阿弥耶佛

Translated to Chinese from the English version of
Amaya The Buddha

Varghese V Devasia

Ukiyoto Publishing

所有全球出版权均由

Ukiyoto Publishing

2023 年出版

内容版权所有 © Varghese V Devasia

ISBN 9789359203379

版权所有。

未经出版商事先许可，不得以电子、机械、复印、录制或其他方式以任何形式复制、传播本出版物的任何部分或将其存储在检索系统中。

作者的精神权利已得到维护。

这是一部虚构的作品。名称、人物、企业、地点、事件、地点和事件要么是作者想象的产物，要么是以虚构的方式使用的。与真实的人（活着的或死的）或真实事件的任何相似之处纯属巧合。

出售本书的条件是，未经出版商事先同意，不得通过贸易或其他方式出借、转售、出租或以其他方式流通本书，不得以任何形式的装订或封面形式（除原版外）。发表。

www.ukiyoto.com

奉献精神

我的妹妹瓦尔萨玛·托马斯（Valsamma Thomas）是我童年和青少年时期最好的朋友，她鼓励我阅读马拉雅拉姆语小说。我有美好的回忆，我们一起读故事，坐在芒果树低洼的树枝上，隐藏在茂密的树叶后面，一起度过几个小时，在我们自己的专属宇宙中，在我们位于喀拉拉邦艾扬昆努的乡村农场，栖息在 Sahyadri 就像布谷鸟的巢。

致谢

感谢浮世出版社及其优秀的编辑团队，推出了如此精彩绝伦的书籍。我的编辑伊斯维·米什拉（Isvi Mishra）帮助我润色了这本小说，最终的作品体现了她出色的审美感以及客观性和文学敏锐性。

写这本小说是一次冥想，一次进入我的存在的旅程。我有过一次死胡同的经历，因为我多次前往别人那里，但都是徒劳。内观帮助我打破界限，跳入未知——从复杂性意识到伴随性和反射性意识。这是一个启示，我可以从"我不知道"到"我知道"和"我知道我知道"，这是纯粹的启蒙。参观菩提伽耶摩诃菩提寺建筑群让我感到谦卑，并帮助我质疑我在宇宙轮廓中存在的真实性。那烂陀教给我一些谦虚的教训：观察现实并理解确定性的本来面目。我前往古姆依嘎曲林寺的旅程是一次深入自我的旅程，它帮助我集中注意力、思考和工作，分析无神论模式和人类生存的必要性。库斯哈那加拉金庙让我能够从外部感知到自己的存在，正如萨特所说，存在先于本质。从认识论上来说，随着写作的进展，我成为了我的探究对象。

每个男人心里都有一个女人；程度不同；阿玛亚就是我，我的存在经常融入一个不同的维度。作为小说的主角，阿玛亚通过投入钢琴、研究、法律实践和内观，在每句话和每一章中都发生了变化。对她来说，法庭、客户、同事、父母、菩提伽耶和那烂陀象征着她的生存。在监狱里第一次见到女儿苏普里亚是一种宣泄，而她前往四王群岛的旅程则是启蒙的顶峰。这本书是她的经历的总结。我感谢在这次迷人的探险中遇到的每一个人。

我感谢那些帮助我写这本小说的人，特别是 Gilsi、Anju、Aparna 和 Jills，他们阅读了手稿并提出了批评性的建议。

内容

母亲和女儿　　　　　　　　　　　1
女儿的呼唤　　　　　　　　　　18
女儿的父亲　　　　　　　　　　31
承诺　　　　　　　　　　　　　48
她的权利和她的生活　　　　　　66
她的自由　　　　　　　　　　　83
怀孕了一个女儿　　　　　　　100
她的希望　　　　　　　　　　113
女儿的诞生　　　　　　　　　127
寻找女儿　　　　　　　　　　142
成佛　　　　　　　　　　　　159
关于作者　　　　　　　　　　178

母亲和女儿

当阿玛亚参加电话会议时,她万万没想到说话的年轻女子是她的女儿苏普里亚,她的父亲二十四年前从巴塞罗那的一家妇产医院绑架了她。阿玛亚分娩时处于昏迷状态,三周后她恢复知觉时,婴儿已经消失了。

当阿玛亚穿越欧洲和印度寻找她的女儿时,有一种超越渴望的渴望,一种超越渴望见到苏普里亚的渴望。后来,在喀拉拉邦母亲的家中,她独自一人,用不同的颜色和尺寸在心墙上画了一百万张女儿的图像。开始从事法律工作后,Supriya 点燃了内心深处的希望,Amaya 在法庭上为捍卫妇女权利辩护。

"我会永远和你在一起,苏普里亚,在任何情况下守护你。"阿玛亚会在心里默念。

晚上从五点开始,就接到很多电话预约她寻求法律帮助,电话响的时候已经是九点一刻了。

在过去的二十四年里,阿玛亚可能无数次地呼唤过她女儿的名字。"Supriya",感叹道"爱你",拥抱了她。感受到婴儿苏普里亚(Supriya)跳动的心,这是母女亲密的最初迹象,真诚而纯洁,敏感而无私,是一次令人兴奋的经历。Supriya 会稍微高一些;她爸爸六岁二岁。卡兰有着迷人的微笑。他在股票市场上买卖欧洲足球俱乐部的股票,特别是西班牙、法国、德国和英国,积累了财富。足球是一种不可分割的文化现象,是西班牙自豪感的象征。他们在巴塞罗那的家里有数百本关于足球的书籍,包括足球的起源、发展、西班牙的足球狂热,尤其是加泰罗尼亚的足球狂热、足球俱乐部和股票市场。

阿玛亚和卡兰的小别墅有两间卧室、一个大厅、一个厨房、一个精美的用餐区,以及一间放有足球书籍、电脑和其他通讯设备的书房。别墅有两个阳台,一个在东,一个在南。阳台上的景色非常壮观,几个小时内观看温柔的蓝色地中海令人心旷神怡,就像一缕浅蓝绿色的车前草叶子蔓延到永恒。海上的日出格外光彩夺目，就像夏季赫尔辛基街头出现的迪克洛（Diklo），一种罗姆族妇女佩戴的镶有珠宝的头巾，跳舞时的样子。清晨的阳光刺眼，就像一位年轻女子在文巴纳德湖两岸的椰子树下寻找男朋友，在奥南季节的普纳马达蛇船比赛之前穿透阿拉普扎。当她和卡兰站在露天画廊时，持续不断的清新微风抚摸着她赤裸的身体。它通过鼻孔回荡，充满肺部，弥漫在所有细胞中，就像几年后她在那烂陀佛寺练习内观冥想一样，在那里性是令人厌恶的。无数次，他们赤身裸体地在阳台上互相拥抱、做爱。这是她从高中时代起就渴望的终极统一，但没有口头表达它的需要。她扫视着海滩，故意忽略了一名好奇而警惕的游客寻找色情越轨行为的目光，而卡兰则热情地拥抱了她。

米拉之家（Casa Mila），也称为米拉之家（La Pedrera），是科代卡纳尔石柱的复制品，透过大型滑动玻璃板出现在远处。卡兰的钢琴放在南阳台上，他演奏柴可夫斯基、帕格尼尼、勃拉姆斯和克拉拉·舒曼。她最喜欢的是莫扎特、巴赫、肖邦和贝多芬。他们一起弹了几个小时，在这中间，她停止了弹奏，钦佩地看着他的手指在键盘上轻轻地移动。尽管如此，他的音乐有时仍会在阿尔卑斯山的日内瓦柠檬湖上空发出雷鸣般的轰鸣回响。这就像在圣家堂里创作音乐，而她静静地站着聆听。教堂音乐有一种强烈的、集中的性暗示，磁性、诱惑性和叠加性，使身体反复颤抖，对他产生难以抗拒的迷人渴望。卡兰将钢琴称为"我们的爱"，将别墅称为"莲花"。那是他们一生中最舒适的地方。他能感觉到她的需要，并随时准备与她在一起。在阳台上，他经常拥抱她；他的身体很温暖，她喜欢他做爱时的一举一动。

苏普里亚无疑会像卡兰一样。她能感觉到对 Supriya 流动的爱，在心里拥抱着她。苏普里亚一生中的每时每刻都在她母亲的秘密自我中长大。作为一个蹒跚学步的孩子，她是爱的化身，在婴儿期敏捷且微笑。当她还是个孩子的时候，就像一只三个月大的博美犬一样，她很顽皮，很好奇。青少年时期，她有一双巨大的乌贼眼，毫无疑问像海豚一样聪明，而且像小象一样无忧无虑。苏普里亚很快就满二十四岁了，充满自信和责任。

"她叫什么名字？"

"他怎么称呼他？"

但阿玛亚给她起了一个名字：苏普里亚（Supriya）。在她的母语马拉雅拉姆语中，这个词的意思是"最亲爱的"。

感受到与女儿的亲密是一种冰雪融化的体验。一个小瀑布，来自她父母家附近的山顶，距离高知三十分钟车程，温柔而闪闪发光。到了夏天，它就变成了一簇小水滴。但在季风期间，水就溢出了。溪流从茂密的植被、爬山虎和高大的灌木丛中流下，周围环绕着椰子树、芒果树和菠萝蜜树，绿色的植物、纯净的空气、叽叽喳喳的鸟儿、跳跃的松鼠和金喙的绿色鹦鹉，对游客来说是一种诱惑。看着松鼠从一根芒果树枝跳到另一根芒果树枝就像训练有素的排球运动员扣球一样。松鼠是最好的杂技演员，因为它们能够垂直和水平跳跃，这让超人中的克里斯托弗·里夫感到羞愧。她最神奇的神秘动物是松鼠，她经常想知道它是如何在树上爬上爬下并毫不费力地倒挂的。这对她来说一直是个秘密，直到有一天，当她看着一只松鼠爬上阳台旁的加那利岛枣椰树时，她向卡兰问道。几分钟之内，卡兰在《纽约时报》上发表了一项研究发现。

松鼠有强壮的后腿，为它们提供强大的推进力。它们后腿的手腕是双关节且可超伸展，因此松鼠可以反转爪子方向，以与上树时一样快的速度跑下树。微小而锋利的爪子和可翻转的后腿可以帮助松鼠在需要时倒挂。锋利的爪子还可以让松鼠在任何地方找到安全的锚地。在解释研究结果时，卡兰笑了。

"我们需要像松鼠一样，"他看着阿玛亚说道。

他一脸困惑，似乎后悔说了这句话。但阿玛亚观察到松鼠喜欢发出松鼠尖叫声，就像巴塞罗那的松鼠喜欢在加那利群岛的枣椰树上爬上爬下一样。多年后，每当她在想象中拥抱苏普里亚时，她都会想起那些松鼠和他的话。

她喜欢和 Supriya 一起去山顶，在做白日梦时从上面观看瀑布。她对女儿的爱就像那可爱的瀑布，从未完全减少。

阿玛亚感谢罗斯和香卡·梅农为她生命中的两件独特的事情——第一次为她命名为阿玛亚。她在西班牙的许多朋友告诉她，这是最美丽的西班牙名字之一。几乎她在马德里和巴斯克地区认识的每个人都表示这个名字非常适合她。朋友们很高兴见到她，称她为"阿玛亚"。她经常听到有人说她有了西班牙名字和西班牙长相。对于一些西班牙人来说，她非常迷人和美丽，比如伊内斯·萨斯特雷和阿玛亚·乌里萨尔。

然而，她的名字起源于巴斯克语，珍贵，或者说非常迷人，阿玛亚与学校的朋友们去游学时，圣塞巴斯蒂安机场的一位空姐说。与她在马德里小学五年级学习时西班牙语老师告诉她的相反，空姐的话更真实。巴斯克人对他们的土地感到自豪，他们的土地栖息在比利牛斯山脉，一直到比斯开湾，位于西班牙和法国之间。他们热爱那片土地，就像热爱自己的心一样。他们的语言是独特的，与欧洲任何其他语言完全不同。其传统已有五千多年的历史，其文化融为一体且生机勃勃。他们的姐妹和妻子都非常有才华，在各方面与男性平等，就像维京女性一样。巴斯克人凶猛、热爱自由、独立、聪明、运动能力强。他们所拥有的独立身份与周围的其他欧洲人完全不同。阿玛亚是他们美丽的名字之一，西班牙人从他们那里偷走了这个名字，自由斗争组织的活跃成员阿伊诺亚说。

阿玛亚喜欢她的第一个名字，而不是最后一个名字梅农。当罗斯从马德里到巴塞罗那巡回演出时，她出生在巴塞罗那。当她在孟买一家建筑公司担任结构设计师时，她想画出安东尼·高迪设计的最著名的建筑的草图。她的丈夫是印度驻西班牙大使馆的一名高级官员，在妻子的所有航行中都陪伴着她，因为他也必须经常在西班牙各地旅行以履行公务。

当梅农夫妇参观巴塞罗那的圣家堂时，罗斯在教堂里生下了她的女儿。由于分娩发生得如此突然，没有任何征兆，梅农夫妇都感到困惑，甚至没有为孩子的到来做好准备。教堂牧师告诉他们，他们的孩子是在圣家族教堂圣地出生的唯一孩子。尽管每周都有数十名婴儿被带入大教堂接受洗礼，但她对上帝来说是最珍贵的。一名洛雷托修女会成员突然出现在那里，她将婴儿抱在手中，并立即将母亲和孩子转移到教堂旁边的修道院。罗丝和新生儿在修道院待了十天，因为婴儿提前六周出生了。她需要持续观察和医疗护理。名叫阿玛亚的修女手里拿着婴儿。为了纪念这位修女，罗斯和香卡·梅农给他们的女儿取名为阿玛亚；然而，他们用马拉雅拉姆语称她为"Mol"，"最亲爱的宝贝"。

阿玛亚对圣家堂、同样辉煌的洛雷托修道院、色彩缤纷、雄伟而充满活力的地中海城市巴塞罗那以及悠扬的加泰罗尼亚语情有独钟。她从小就热爱巴斯克地区、巴斯克人民、他们优美的语言、巴斯克语以及他们的传统和文化。

在巴塞罗那,大教堂外的主干道旁有一个巨大的围板,阿玛亚每次访问自己的出生地时都会在围板前站上一分钟。这些信件传达了强大的含义:*巴塞罗那在加泰罗尼亚,我们说加泰罗尼亚语。*同样,巴斯克地区每隔十公里就有一块标牌,宣称:*我们是一个独立国家,称为巴斯克语,我们说巴斯克语。*

阿玛亚在马德里洛雷托修女会开办的一所学校接受了小学教育。即使还是学生的时候,她就有一种与生俱来的旅行癖。当她的父亲从印度外交部辞职并加入一家跨国公司担任信息分析师后,她有更多机会与父母一起走遍欧洲;她很享受假期间在大城市的短暂停留。在这样的郊游中密切观察许多人、他们的环境、生活方式、传统和文化是一次很棒的经历。她热爱他们的独立,并坚定了她的信念:自由造就了人类;自由与正义密不可分。巴塞罗那、潘普洛纳和圣塞巴斯蒂安热爱他们的独立和真诚。加泰罗尼亚和巴斯克的天空、空气、水和环境都有着独特的魅力,她在加泰罗尼亚和巴斯克地区的任何角落都体验到了自由。

十三岁时,香卡·梅农 (Shankar Menon) 接受了孟买出版的《The Word》的主编这一新职位,阿玛亚 (Amaya) 则在该市的高中就读。她像坎努尔的织布大师一样,通过明智地缠绕纬线,在织布机上交织出明亮的图案,培养了对西班牙的生动记忆。马德里、巴塞罗那和比利牛斯山脉的巴斯克地区,幻想着在那里旅行并用西班牙语、法语、英语、巴斯克语和加泰罗尼亚语交流,这是令人愉快的遐想。

在孟买,她更愿意加入一所以巴斯克圣人命名的学校,圣人是纳瓦拉王国的一名军官,曾在十六世纪初的潘普洛纳战役中率领军队击败了西班牙驻军。随后,他和他的六位同伴创立了耶稣会。他的名字叫伊格纳齐奥·洛伊拉科亚 (Ignazio Loiolakoa),在拉丁语中,他被称为伊格内修斯·德·洛约拉 (Ignatius de Loyola)。

入学后，阿玛亚进入一所卓越的大学圣泽维尔学院读高中，该学院以耶稣会联合创始人的名字命名。她知道泽维尔是来自纳瓦拉的巴斯克人，巴黎大学的教授，也是伊格内修斯·洛约拉的同伴。他作为传教士在果阿和喀拉拉邦工作了几年。

耶稣会士鼓励阿玛亚公开演讲，她成为了一位强有力的演说家。每当在聚会上讲话时，观众都会高呼"阿玛亚，阿玛亚"，这在圣泽维尔大教堂大会议厅的墙壁内以及她的老师和同学的脑海中引起了回响。她能中肯地说话，解释一个问题的利弊，她所知道的想法结构简洁，理由充分。政党工作人员要求她加入他们；因此，除了为了国家的利益而实施这些想法之外，她还将增强自己的能力并说服人们相信她的信念。还有许多非政府组织邀请她加入，以加强他们的努力。

她并不讨厌政治，但更热爱新闻事业，为自己是一名记者而自豪，这是她感谢父母的第二期。当她和父母一起定居孟买时，她想要变得勇敢、客观和善于分析。每天早上她做的第一件事就是阅读父亲在《The Word》上写的社论。这是印度最受尊敬的报纸之一，尽管她还年轻，但她珍惜其中的每一个字。逐字逐句地默想文章；他们常常对思想的清晰度、传达的信息的力量、简短的短语和出色的语言风格感到惊讶。对她父亲社论的每一条评论都精雕细琢，投射出完美的思想，反映了他周围社会的面貌。因此，他通过塑造理性的思维模式，成为女儿生活中的强大力量，体现出成熟的心智和先进的大脑。即使面对诱惑和动荡，她的父亲仍昂首挺胸。他有自己的声音，拒绝成为富人的走狗，并且在政治上很有影响力。

对于阿玛亚来说，她的父亲最看重的是事实数据和个人诚信，当他像科代卡纳尔的石柱一样独自站立时，从不承受政治和社会影响或心理压力。每个星期天，他都会在报纸的第三版上写一篇名为《柱石》的专栏，每个读者都会翻到第三版阅读该专栏，然后浏览第一版的主要标题。作为主编，尚卡尔·梅农拒绝向执政党或反对派提供帮助，这些政党大多由"无知、文盲、犯罪、粗鲁和傲慢的政客"组成。

二十年来，梅农在伦敦、东京、堪培拉、里约、北京和马德里从事外交工作。他在国内政府任职期间，是该国法律、社会、经济和政治事件的最重要的解释者。当局相信他提供的解释。政府主要根据尚卡·梅农的分析制定外交政策。然而，由于一些部长的干涉，他辞去了印度外交部的职务，因为他们想要一个预先模型化的结果。因此，当政府在梅农工作的经济领域与该国打交道时，他们可以从未经验证的信息中获取经济和政治利益。

新闻和攀岩是尚卡·梅农（Shankar Menon）年轻时的爱好。每年，他都会在艾哈迈达巴德的洛约拉参加为期两个月的阿布山攀岩学院夏令营，学习在阿拉瓦利山脉攀岩的要点，特别是面向纳基湖的攀岩技巧。当他还是班加罗尔新闻学院的新生时，学生们在泰米尔纳德邦进行了一次考察旅行。德拉威政党的意识形态是他们研究的主题。在参观科代卡纳尔时，他的一些同学向尚卡发起挑战，要求他攀登柱岩，但他们并不知道他在阿布山有攀岩背景。他们告诉他，没有人能够成功登上顶峰，而那些试图征服这座巨大巨石的人再也没有机会在地球上行走。香卡花了七个小时才翻越了那块巨大的花岗岩。南部的顶峰是卡姆姆山谷和马杜赖米纳克希神庙。帕拉尼神庙及其周围的城镇位于北部。西边是慕那尔的青山；东边有位于申巴甘努尔的耶稣会哲学学院。香卡很珍惜站在上面的感觉，并希望能在这块巨石上呆很长一段时间。登上那根垂直的柱子使他成为大学同学中的英雄，他们试图将其重新命名为尚卡岩石。然而，多年后，梅农将他的帖子称为"柱石"。

加入外交部对尚卡·梅农来说也是一个挑战。他才华横溢，精明能干，上级和下级都尊重他的清正廉洁，并为他感到自豪。在伦敦，他遇到了专门从事绘画和设计的建筑师罗斯。由于两人都讲马拉雅拉姆语，他们立即建立了密切的关系和融洽的关系。他们在特里苏尔的登记处结婚，十五年后阿玛亚出生了。

在印度驻马德里大使馆，梅农有一位年轻的西班牙官员，她的主要工作是将西班牙语、法语、加泰罗尼亚语和巴斯克语文件翻译成英语，她就是 Elixane。每当梅农一家为同事和家人举办聚会时，她都会带着女儿和丈夫去梅农家。Elixane 的女儿 Alasne 与 Amaya 年龄相仿，两人因在同一所学校读同一年级而成为亲密的朋友。阿玛亚从阿拉斯尼学会了巴斯克语，她可以像巴斯克地区的任何母语人士一样讲巴斯克语。Rose 和 Shankar Menon

很喜欢 Elixane 和她的家人，他们经常拜访 Elixane 位于比斯开湾圣塞巴斯蒂安的祖屋。Elixane 和她的丈夫 Hugo 讲述了巴斯克人的故事、历史、语言、文化、传统以及在他们无数次的旅程中从西班牙和法国独立的斗争。他们梦想建立一个由法国和西班牙所有巴斯克地区组成的国家。阿玛亚与她的父母埃利克萨内、阿拉斯内和雨果一起前往阿拉巴、比斯开、吉普斯夸、纳瓦拉、巴约讷和伊帕拉尔德这些分布在西班牙和法国的巴斯克地区。她从小就听着巴斯克人民的人权和英雄事迹长大。渐渐地，阿玛亚的名字、语言和精神都变成了巴斯克语。从 Rose 和 Shankar Menon 那里，Amaya 学会了如何独立并自己做决定。她的父母很高兴。他们的女儿可以站起来了。阿玛亚在与父母和朋友阿拉斯尼的旅途中学习了基本的人权课程。

新闻专业毕业后，阿玛亚加入班加罗尔法学院攻读法学学士学位。多年后，当她成为高等法院的律师时，她最喜欢的领域是妇女人权。完成法学学士学位后，阿玛亚获得奖学金前往巴塞罗那研究西班牙报纸和电视新闻频道中的人权报道。有一天，在大学食堂，她遇见了卡兰。那次会议完全改变了她的生活，超出了她的想象，她花了一年的时间断断续续地前往伦敦和欧洲其他主要城市寻找女儿。她相信她的女儿就在那里的某个地方，和她的父亲在一起。

阿玛亚心情极度沮丧地回到了父母家。除了她的母亲罗丝之外，没有人能理解她的孤独、痛苦和折磨，她从孟买的公司请了长假来陪伴女儿。尚卡·梅农 (Shankar Menon) 和《The Word》一起在孟买，并不断与她的女儿联系。罗丝建议阿玛亚参加为期十天的内观训练课程，以平静自己的心情。她没有反应过来，看着妈妈良久。然后她放声大笑，但过了一会儿，笑声就变成了撕心裂肺的尖叫。罗斯多次拥抱女儿；和她一起度过了日日夜夜。第二年，罗丝再次重复了她的要求。阿玛亚思考着母亲的话，一连几天都默默地坐着。她走到山顶，看日落，看树木，拥抱它们，感受它们的心跳。她没有摘花，而是闻着花香，在灌木丛中漫步。她想触摸、感受一切，绿树、流水、空气、光线，甚至黑暗，她好奇地观察乌龟和兔子，追赶蝴蝶，和影子玩捉迷藏。看着麻雀和杜鹃的巢，她战战兢兢地跑着，试图像杜鹃一样唱歌。当她把腿放入水中感受水流时，瀑布变得更细了。松鼠试图隐藏他们收集的坚果。

偶尔，罗丝也会加入她的摩尔身边。她谈到了她的童年、朋友、学校、学院和大学。她带着好奇和惊奇听她说话。罗丝帮她说话，倾诉她的悲伤，打开她的心扉，平静她的心灵。罗斯听完后，像朋友一样搂着她的脖子，讲述了她父母、兄弟姐妹和朋友的故事。这是一次亲密的分享，有助于打开他们生活的内心图景。情感在生活中占有重要地位，构成一个人存在的核心。在很多情况下，感情需要压倒理性。罗斯解释说，理性就像身体的骨头，而情感则是血肉。人类在亲密的生活情境中并不理性。人类的决定是非理性的，阿玛亚会做出反应，罗丝和她的女儿都同意了。罗斯补充道，衣服、食物和日常对话中使用的词语的选择都是基于感受。阿玛亚会解释说，教育选择的学习领域、学校里的朋友、大学、职业、住的地方、房子、读的报纸、看的电视节目都取决于感觉。罗斯补充道，即使在选举总理或总统等代表时，情绪也发挥着主导作用。

"在生活中，原因会隐藏在边缘，"罗斯说。

阿玛亚看着她的母亲，好像她同意她的观点。

"最后，在选择人生伴侣时，理性几乎没有立足之地。当我爸爸选择你作为他的伴侣时，感情占主导地位，我确信反之亦然，"阿玛亚发表声明。

"这是真的。心理学家表示，人类大约百分之九十五的决定都是基于感觉，而不是理由。你可能称之为偏见，但归根结底，它们都是感觉。广岛和长崎的轰炸是感情的结果。许多美国人有日耳曼血统，不想消灭父母祖传的土地。因此，他们宁愿在日本试爆原子弹。此外，日本人完全是陌生人。美国人认为杀死陌生人并不重要。因此，罗斯分析说，对日本的轰炸并没有给胜利者带来任何持久的痛苦。

"我同意你的看法，妈妈；甚至我选择卡兰的决定也是出于纯粹而简单的感觉。没有一点道理，"阿玛亚说。罗斯拥抱着她的女儿，知道摩尔喜欢拥抱。两人都能感受到凉爽的微风和瀑布轻柔的潺潺声。

第三年，罗丝再次哄着女儿去参加为期十天的内观课程，坐在她身边说："在建筑图纸和设计中，有一种想象的意识。让我们称其为拟议建筑结构的心灵，因为正是人类的心灵赋予了建筑物的完整性、统一性和统一性。心灵是建筑美丽、活力和宏伟的原因。它吸引着你，迫使你观看它，引诱你品味它的辉煌。结构的想象思维必须保持冷静和沉着，才能获得其真实性和结构活力。它必须吸引空气、吸引光线并让室内充满活力。建筑的这种沉稳、尊严和个性使其永恒华丽。看看圣家堂、泰姬陵和帕德马纳巴神庙；皆有想象心、沉静意识、内心寂静。如果缺乏这种冷静，结果就会是恶毒。您可能在每个城市的每个角落都看到过数以千计的此类令人不快的建筑。他们缺乏平静和内心的音乐。当你看到吴哥窟、凡尔赛宫或新天鹅堡时，你会忘记一切；你只专注于一件事，不是建筑物，而是大厦的灵魂。你迷失了，但在绝对性面前。事实上，米纳克希神庙是宇宙的象征。为了与宇宙合一，你应该保持冷静。人类的思想不是想象的现实；而是现实。它经过数百万年的变化而演变。它不是你的智力，而是与你的大脑交织在一起的独立现实；你可以称之为行动中的意识。只有控制你的思想，你才能获得全意识。否则，你就会在这个无限的内心世界的各个角落里无休止地徘徊。不受控制的头脑会编织幻想，给你带来悲伤、痛苦和痛苦，因为它试图随心所欲地分析情况。结果将是一场无休止的斗争、一场毫无意义的努力、一场漫无目的的探索、一场无路可走的旅程。"

女儿听完玫瑰的话，就会看向母亲。罗丝的眼里充满了同情。建筑师的这句话开始在女儿的脑海中反复回响。

他们会坐在瀑布附近，母亲的话也跟着流淌。

"如果你不存在，一切都不会存在。绿色植物、瀑布、这些鸟类和动物、太阳、月亮和星星，以及最终的这个宇宙都是你大脑的产物。当你认识它们时，它们就存在了。一切事物只有通过你的智力、思想和意识才有意义。但你的思想可能会变得疯狂，并且你发现很难控制。通常，头脑会开始抓住你并带你去兜风。它迫使你去思考那些难以想象的事情，而你就成为了它的奴隶。通过控制你的思想来成为它的老板。你需要经过激烈而严格的训练才能控制它。提个醒；你的思想可能成为你的头号敌人。你的个性、个性和存在源于三个独立但又相互依存的现实。它们是你的身体、智力和思想。没有身体，大脑和心灵都无法存在。没有头脑，你就会变成植物人，无法生存。当思想控制身体和智力时，你就变成了奴隶。因此，你必须引导你的思想走向幸福、满足和实现。在进化过程中，我们的 DNA 不断生长、发展和变化。"

这种闲聊会持续很长时间，充满微笑和拥抱，女儿和母亲互相倾听，仿佛是长时间分离后的第一次交谈。

就像生机勃勃的大地一样，母亲会坐着抱着女儿。一种温暖和爱的感觉会像瀑布一样流淌不息，像暴雨后的夕阳，暴风雨后的微风，欢快、活泼，抚摸着树木、植物和叶子的心。女儿会把头靠近母亲的肚子，聆听子宫内部的音乐。她热爱那个美丽的子宫，从一百万个奔腾而焦虑的精子中的一个与她珍贵的卵子相遇的那一刻起，它就承载着她，进化成一个跛行、有思想和独立身份的新生命。与那种核心和谐融为一体，她会听她说话。她的声音就像一条止血带，抚慰着她受伤的心。

"人类的智力逐渐扩展；这花了几百万年的时间。现在我们已经证明智力可以在没有思想的情况下存在。计算机智能远远优于人类智能。当计算机开始创造思维时，人类就会服从计算机。心灵是这个宇宙中最强大的实体。但一个人需要控制心、发展它、引导它。内观是一种控制和塑造心灵的方法。就像训练身体一样。你需要认识到身体、智力和思想都是你的一部分。你是整体；你是主人。它不断地意识到你自己，不让你的身体、智力或思想主宰你。作为一个人，你超越了他们所有人。当你控制和塑造你的思想时，你的生产力会提高一百倍，你会对自己身体的外观、部位、能力和能力感到满意。你利用你的智慧来满足你的需求，变得更有同理心，并努力减轻人类的痛苦。"最后，罗斯解释说，我们需要和她女儿一起在雨中行走来克服痛苦。

六月的季风带来了神奇和华丽，早晨看起来就像晚上，山上的乌云密布，就像印度洋上的海啸一样，还有甘美的菠萝蜜和巨大的蜂巢。瀑布的速度越来越快，声音越来越大，就像曼贾帕蒂山谷里一群雄伟的黑角白化野牛的奔腾声。雷声在连绵起伏的青山上的土坯房之间回响。沉睡在大地子宫里的竹子振动着，期待着即将到来的拥抱，雨滴穿过柔软多汁的泥土。孔雀旋转，杜鹃在咖啡树丛茂盛的叶子中寻找巢穴，产卵，一串串绿红色的豆子看起来像无数的聚宝盆，充满了灿烂的欣快感。河边平房的庭院里，倾盆大雨倾盆而下，母女俩跳跃、旋转、摇摆，全身湿透。空气潮湿，到处都是水，椰子树叶上似乎沾满了水滴。罗斯从内华达山脉带来的一棵孤独的红杉树看起来很壮观。嬉闹还在继续，他们互相看着对方那雕像般的容貌，开怀大笑。这是阿玛亚三年来第一次笑。罗斯拥抱了她的女儿，亲吻了她湿润的脸颊和眼睛。

"爱你，摩尔，"罗丝哭道。

"爱你，妈妈，"阿玛亚一边说，一边爱抚并分开她母亲的异体，遮住她的眼睛，亲吻它们。

对于罗丝来说，带着女儿去文巴纳德湖、库塔纳德湖、阿拉普扎、科瓦兰和伊杜基的绿荫环抱中旅行，是一次朝圣之旅，因为阿玛亚热爱大自然。开车时，罗斯谈到了生命、生命的意义、自我及其巨大的力量。有一天，她坐在科瓦兰的海滩上，谈到拥有平静的心态才能过上优雅的生活。在帖卡迪和慕那尔的山上时，罗丝提醒女儿通过内观恢复自我的潜力。阿玛亚保持着深深的沉默。她沉思了几天，决定去那烂陀参加为期十天的内观训练。

那是改变的开始。阿玛亚背起背包，开始内观禅修。那烂陀是新的。一连十天，她都认真听老师讲课，听从老师的指示，尽力炼功，丝毫不受影响。几天之内，她的内心发生了变化，一种内在的转变反映在她的行为和感知上。她专注于呼吸，只体验呼吸，与呼吸合而为一。那就是她的存在。这就是对心灵的掌控。老师帮助她探索新的调解途径，她重复了这个练习一千次。她的思绪不再走神，完全留在她身边，听从她的每一个指示。她可以控制自己的思维过程并划定界限。心灵听从了她的每一条指令，终于，她可以完全集中注意力了。

阿玛亚回到家，焕然一新。罗丝很高兴看到她自信的外表、姿势、平静和自我意识。她花了很长时间与母亲分享和讨论，并在山顶漫步，触摸瀑布平静的水面。瀑布很雄伟，她能体会到它内在的力量和美丽。松鼠还在那里，从一棵树跳到另一棵树。她微笑着，看着他们。那些在加那利岛枣椰树上爬上爬下的松鼠消失了，阿玛亚正在进化为一个新人；她的内观禅修每天早上和晚上都持续进行。几周之内，她注册成为一名律师。当她开始在地区法院和高等法院执业时，她二十八岁。她的专业服务只向女性、男性欺骗、腐败、暴力、强奸和遗弃的受害者提供。

阿玛亚是一位成功的律师，她在经过精心准备后，积极地为自己的案件辩护，研究对手可能提出的论点的利弊。她与女性站在一起，她的立场始终是专业的，基于法律以及高等法院和最高法院的判决。她确信没有一个女人会像她一样成为男性欺骗的受害者。她从来没有对那些戴着多个面具的野蛮男人表现出任何同情。

阿玛亚在距离法院五分钟车程的城里购买了一栋别墅后，为她的图书馆提供了大量的法律书籍、期刊和有关女性的重要判决。图书馆毗邻她与客户的会议室。旁边是等候室，大约可以坐十位客人。她收取的费用只是象征性的，而且是她的客户可以承受的。对于许多人来说，她出庭并不收取任何费用。她始终与客户、同事和员工保持着专业关系，但她对那些寻求法律补救措施的弱势、受压迫和剥削的妇女的行为也产生了理解。她客观地评估每一种情况，考虑法律观点和她的论点的心理影响。

与客户面谈和讨论是必要的，这有助于记住事实。在口述书面申请后，她指导后辈准备案件卷宗。她允许她的几个后辈在她采访客户和口述法院申请时在场，这样她的后辈在独立执业时就能学习并培养成为未来最好律师的能力。阿玛亚只接受女律师作为她的后辈；照顾他们的职业成长。五年之内，许多法学院毕业生愿意成为她的学弟。在与他们进行个人讨论后，她选择了最值得和最忠诚的人。

她的办公室约有十名工作人员，全部是女性。阿玛亚尊重他们所有人。向每个人支付了合理的报酬，远远高于同等地位的人所给予的报酬。顾客急剧增加，工作量也随之增加。阿玛亚每天四点起床后都会进行一小时的内观禅修。这帮助她控制了自己的思想、想法和欲望。她的思绪很少走神，她可以对女儿产生深深的爱，而不必沉思她所经历的痛苦。阿玛亚在睡觉前进行了一小时的冥想，以帮助她睡个好觉。尽管她从不恨他，但她原谅了卡兰，这是一个具有挑战性的决定。阿玛亚多年来一直在努力达到稳定的阶段，并认真对待她的法律实践，她知道这是她能为客户和她自己伸张正义的唯一途径。

她所辩护的案件是在法庭上执业的有说服力的例子。每当她出庭时，法庭上都挤满了其他律师，甚至还有来自不同法学院的高年级学生、教师和学生。有时，法官发现很难提出澄清问题，而且阿玛亚从来没有败诉过。在她执业的第十年里，她有了一位高效、知识渊博、忠诚的初级律师。她是苏南达，阿玛亚非常信任她。每当阿玛亚去其他城市参加研讨会、会议和出庭时，苏南达就管理阿玛亚的办公室并代表阿玛亚出庭。苏南达有一把阿玛亚住所、办公室和汽车的备用钥匙。

当阿玛亚开始进行内观禅修时，她成为了一名素食主义者。她并不鄙视肉食，但认为素食主义适合她的个人生活。她一个人呆着，周末邀请她的员工和后辈和她一起吃饭。他们一起烹饪不同的菜肴，享受音乐和舞蹈的聚会，因为他们认为生活是幸福和团结的庆祝。她做了必要的安排，让参加她聚会的人在九点前回家。

当她加入当地的一所法学院，向家庭主妇和工人阶级妇女传授法律意识时，社区服务成为她日常生活中不可或缺的一部分。她坚信，了解基本权利、国家政策的指导原则以及有关婚姻、继承、照顾、保护儿童和离婚的各种立法将有助于妇女过上有尊严的生活，她与妇女一起工作。只要阿玛亚能在教育机构见到学生和大学生，她就会抽出时间向他们发表演讲。社会工作学院定期邀请阿玛亚就法律对社区组织和社会福利的影响进行讲座。她成为学院为被遗弃和文盲儿童所做的工作的一部分。

钢琴给阿玛亚带来了巨大的快乐。她周末一起玩几个小时。她的母亲教阿玛亚弹钢琴。后来，洛雷托修女会向她介绍了伟大的作曲家。她是学校音乐会团体的活跃成员，该团体每月在马德里的各个文化中心演出节目。在洛约拉学院和圣泽维尔学院，她有很多学习钢琴的机会。但在班加罗尔法学院，她全身心投入到学习、法律辩论、模拟法庭和法律宣传活动中。

在高知，当阿玛亚从事法律工作时，他开发了一个单独的小说图书馆。她最喜欢的作家是 Madhavikutty，因为她对性觉醒、象征主义以及喀拉拉邦社会中妇女地位的心理社会分析进行了深入的表达。在短篇小说作家中，她最喜欢扎卡利亚，因为他的不墨守成规、爆炸性的想法揭露了性、政治和宗教的蒙昧主义以及卡夫克式的人物。消除痛苦的故事对她的阅读具有吸引力，因为人们不断追求没有痛苦的生活,不仅是为了她自己,也是为了他人。尽管如此,这是一种乌托邦式的理想,一种没有苦难的生活,因为苦难是人类生活不可分割的一部分。只有经历苦难,一个人才能成长、创造知识、获得令人满意的经历。但她内心有一种永恒的渴望,想要超越痛苦。对她来说,小说比任何社会学分析、生活事件或科学定理更贴近生活。在她的小说世界里,存在着正义的概念。它起源于个人,个人之间存在着相互分享的正义。正义不仅是目标,也是道路。真理与正义齐头并进;如果他们面对,就与正义站在一起,因为真理是理想的,并不存在,但正义是实际的。她并不担心特定时间的完全正义,因为它不存在。

正义是人类生活中一个强有力的概念,在日常生活中得到实践,正义的这一部分既是完整的,又是不完整的。这就是为什么她喜欢托妮·莫里森的小说。她的角色努力实现完整的正义,同时对特定时间内所经历的正义感到满意。在卡夫卡看来,生存的欲望是最重要的。即使在主角被处决期间,生活仍然在回响,这是一种对生存的追求。阅读加缪的作品,给人带来无尽的思考。人类无需等待末日来体验完整的正义,因为它在生命的每一个时刻都是完整的。这种对部分整体的追求是人类欲望的原因。

在高等法院执业二十周年之际,阿玛亚邀请所有同事、苏南达和后辈到她家共进晚餐。她已经是一名资深律师,而她的名字被提议为一名高等法院法官。但阿玛亚礼貌地拒绝了,因为她可以在法官面前解释法律,这可以帮助数百名急需帮助的妇女。她安排的聚会约有二十人。食物是素食,有很多菜肴,包括米饭普拉夫和帕亚桑。聚会结束后,当客人离开时,她的手机接到了电话,但阿玛亚无法参加。十五分钟后,当她独自一人时,又接到了电话。号码显示,同一个人再次打来电话。

阿玛亚接听了电话。

"你好。"电话那头有人喊道。那是一个女人的声音。

"你好,"阿玛亚回答道。

"抱歉打扰您,女士。我是来自昌迪加尔的普尔尼玛,"她说。

"是的,普尔尼玛,有什么可以为您效劳的吗?"阿玛亚问道。

"女士，您是阿玛亚吗？"普尔尼玛问道。

"是的，我是阿玛亚。你想要什么，普尔尼玛？"她问道。

"抱歉，女士，问了一些私人问题。我必须请求它让我的心灵平静。"普尔尼玛听起来很坦率。

"告诉我，你为什么想知道我的详细资料？"阿玛亚问道。

"小姐，您是不是喜欢上了一个年轻人？"

多么愚蠢的问题啊。然而，阿玛亚心中却有雷霆闪过。她疯狂地爱着一个年轻人。但不想回忆它所带来的焦虑和痛苦。她拒绝思考过去那些非人性的事件，这些事件像一头没有长牙可以防御的西班牙公牛一样压倒了她。她试图控制自己的思想。冷静点，别压倒我，她对自己的心说。然后她压低声音问自己：*这是谁？*她想用自己的思想来解决难题，成为解决问题的积极伙伴，并充当她的仆人。

"可怜的女人，所有的女人都带着她们过去的记忆。几乎每个人都会不可避免地爱上一个人，一个闪亮的王子。我也有我的过去。"阿玛亚的话语轻柔而温柔。

"你认识我父亲吗？"这是一个简单的问题，没有任何多余的装饰。

但从普尔尼玛的声音中可以明显看出她在颤抖。有些事情令人深感痛苦；有什么东西操纵了她的平静；她试图恢复镇静。

"女士，我父亲认识一个叫阿玛亚的人。似乎他离她很近，或者说，她形影不离。过去三个月我联系了西班牙的一百个阿玛亚，一个西班牙名字，巴斯克。甚至我在欧洲其他地方也打过分数。您可以想象通过电话与完全陌生的人联系的痛苦。这是一场生存危机，就好像我不知道该期待什么，不该做什么。有时我会彻底失望，耗尽我的精神力量、平衡感和希望。这实际上是一场你死我活的斗争。这场生存之战会让我精神瘫痪；这种痛苦是难以忍受的、可怕的和具有破坏性的。每天都有人对我大喊大叫。这是我一生中最痛苦的经历。即使在印度，我也用这个名字联系了十几个人。女士，我很高兴。你终于没有对我大喊大叫了。"

阿玛亚可以听到普尔尼玛持续了几秒钟的抽泣声。这就像一种撕心裂肺的声音，一种破裂的体验。她很清楚这一点。苏普里亚被绑架后的四年里，她也经历了同样的痛苦。阿玛亚对普尔尼玛深表同情。

"女士，请允许我明天晚上八点三十分左右给您打电话。现在我的心情变得焦躁和兴奋，因为我发现说话变得困难。但我很高兴。晚上九点以后给你打电话，我向你深表歉意。我很感激你，女士。晚安，女士，"普尔尼玛说。

"明天晚上八点三十分你可以给我打电话。晚安，普尔尼玛。"

她的内心深处一阵颤抖。她曾爱过卡兰，但那是二十五年前的事了。遭受的痛苦是巨大的，普尔尼玛可能也在承受着同样的痛苦。她的悲伤是她的。无情的痛苦、内心自我毁灭的沉重、求知的渴望、以及想要跨越绝望之墙的拼命努力，都是难以忍受的。如何体验超越痛苦的世界。那些日子，她想像海鸥一样飞向遥远的岛屿，不扇动翅膀，那里没有痛苦，

忽然，她控制住了自己的心神，回到了现实世界，避免了失去心境和平静。修习内观时，她又平静下来，不再去想普尔尼玛。她的心中再次没有了躁动。每天的冥想是一种不加思考地了解自我的努力。内观超出了思想范围，没有什么感觉。她不应该担心。这无助于她的头脑保持平静、富有成效和强大。她热爱虚无的宇宙，那里什么都不存在。它是空的，但有可能拥有一切。阿玛亚专注于呼吸。她独自一人，体验着自己的大脑、头、脸、乳房、心脏、肺、肝、胃、肠、子宫、生殖器、卵子、骨头，数以百万计的细胞，以及每一个生命中循环的血液。有智力、思想和意识。但她却与所有人不同。阿玛亚这个人是不同的、独特的，超越了她的所有部分，超越了它们的整体。她是独立存在的。她有存在的意识、存在的意识和顿悟的临近。这是充分的敏锐度。

女儿的呼唤

那是一个星期一。前一天晚上与同事的聚会很优雅。清晨内观结束后,阿玛亚仔细查看了不同法庭当天列出的案件的详细信息。三个法院共审理了七起案件;其中两项用于入院,三项用于授予临时救济的初步听证会,两项用于最终听证会。其中一个例子是四十八岁的苏尼塔,她的丈夫对她进行经济剥削。当她的丈夫决定嫁给他年轻的会计师时,苏妮塔明白了情况的严重性。前几年,她的富商丈夫和他的会计师之间一直存在婚外情,当时他们一起在马尔代夫、巴厘岛和其他异国他乡度假。

几年前,马达夫是通往火车站的一条小巷里的一名化妆品店主。他常常蹲在他的小店里,因为没有空间站直。Madhav 向女性出售各种美容产品;他有吸引年轻人和老年人的本领。他很有礼貌地与他们交谈,他们发现他的嘴角总是挂着微笑。正在上学的女孩和少女们更喜欢马达夫的美容店,因为那里有她们需要的一切。苏尼塔每天早上都看到他坐在店里,跑向火车站赶早班火车去她的学校。

有几次,苏尼塔在回来时从马达夫那里购买了肥皂、*卡加*和面霜。每当她去他的店里时,他都会温柔地和她说话。他的态度令人愉快。一年后的某一天,他向苏尼塔求婚;当时马达夫二十五岁,苏尼塔二十三岁,当了两年小学老师。她与她的父亲(一位鳏夫和一位退休学校教师)讨论了马达夫的事情。她的父亲表示,他不反对,因为苏尼塔在过去的一年里认识马达夫。如果他是个好人,那就继续吧,父亲向他唯一的孩子保证。一周内,苏尼塔和马达夫在附近的寺庙举行了婚礼。马达夫和另外两个人住在一套租来的单室公寓里,他立即搬到了苏尼塔的住处,这是她父亲在郊区拥有的一套两室公寓。他们最初的婚姻生活很美好,因为马达夫是一位充满爱心和关怀的丈夫。苏尼塔鼓励他在更方便的地方开设一家规模更大的商店。

苏尼塔在结婚两周年之际给了马达夫一张一百万卢比的支票，这笔钱是她从工资中省下来的。这对 Madhav 来说是一个吉祥的开始，他将自己的新公司命名为 Sunita Beauty Care。五年之内，他在城市的不同地区又开设了两家商店。与此同时，由于父亲去世，苏尼塔卖掉了她的两居室公寓，马达夫用这笔钱以他的名义买了一套新房子。

第十年，马达夫创办了一家阿育吠陀护发部门，生产和销售女性美容发油。他声称他制造的油有助于长出乌黑、闪亮、健康的头发。这项新举措是史无前例的；三年内，一家拥有 25 名工人的机械化超现代制造工厂在城市周边开业。马达夫任命了六名 MBA 来在全国推销他的产品。

苏尼塔继续她的工作，现在是一所小学的校长，她观察到马达夫的行为逐渐发生变化，马达夫不再与苏尼塔共用卧室。由于马达夫正在巡演或忙于工作，苏尼塔总是独自在家。马达夫很少与妻子交谈，也没有分享或团聚，他开始强迫妻子离婚。他在郊区建了一栋五居室的别墅，一年内就独自搬到那里。当她的大女儿（一名医生）定居在另一个城市，另一个女儿出国攻读 MBA 时，苏尼塔经历了拒绝和孤独。马达夫准备退还苏尼塔的一百万，仅此而已。由于对家庭法庭的判决不满意，苏尼塔会见了阿玛亚，并提起诉讼，要求适当的赔偿和赡养费。请愿书已列入当天最终听证会的名单上。

在翻阅案卷时，阿玛亚突然想起前一天晚上从昌迪加尔接到的电话。普尔尼玛是谁？她是真实的吗？阿玛亚陷入了沉思。当进入阿玛亚的房间时，她的一位晚辈对看到阿玛亚陷入沉思表示惊讶，这对于早上的阿玛亚来说并不常见。

她的学弟在那里与 Amaya 讨论 Khadija Mohammed Kuttyhassan 的入学申请。卡迪嘉二十八岁，嫁给了三十六岁的穆罕默德·库蒂哈桑。她生了三个女孩和两个男孩。库蒂哈桑在鱼市附近开了一家茶店，每天营业额一千卢比，其中八百卢比是他的利润。他给了卡迪嘉 300 卢比，他的前两位妻子和七个孩子每人 200 卢比。他品尝了一杯当地酿造的酒，价格约为五十卢比，剩下的五十卢比付给了纳比萨，他每两周拜访一次，每次大约一个小时。

库蒂哈桑在卡迪嘉十四岁时与卡迪嘉结婚，当时库蒂哈桑提交了卡迪嘉的假出生证明，声称她十八岁。

在卡迪嘉见到阿玛亚的前一周，库蒂哈桑要求卡迪嘉和他们的孩子搬出他的房子，因为他根据穆斯林属人法对卡迪嘉宣布了三重塔拉克；看到另一个女孩，她是市立学校八年级的学生。卡迪嘉带着五个孩子无家可归。她唯一的选择就是跟随纳比萨。阿玛亚要求她的晚辈通知卡迪嘉出庭。阿玛亚向她的学弟解释说，三重塔拉克是一种刑事犯罪；它对犯罪的一名穆斯林男子判处三年监禁。阿玛亚告诉她的弟弟，监禁并不能解决卡迪贾和她孩子们的问题，因为他们需要一个居住的地方和体面的生计。由于库蒂哈桑身无分文，因此无法从他那里获得赔偿。阿玛亚要求她的学弟学妹们为卡迪嘉找一份工作，以养活和庇护她的孩子。与此同时，有必要为她的两个年幼的孩子找到日托设施，并为两个孩子找到幼儿园。一名儿童在当地一所宗教学校小学一年级。

阿玛亚仔细审查了所有七个案件卷宗，并讨论了与案件相关的法律以及供法院考虑的可能论点。她对强调自己的论点充满信心。她的敦促总是简洁明了，逻辑推理，强调法律补救措施。Amaya在法庭上的案件陈述具有一致性和清晰性，因为它们具有分析性、透明性和客观性，并且基于法律和允许的先例。

在开车前往法院的路上，阿玛亚回忆起她与来自昌迪加尔的普尔尼玛的谈话。她已经去过那个城市两次了；其中一项是关于羊膜合成和消除未出生女童的会议，以便印度父母生一个儿子，第二项是在法庭上代表一名被遗弃的妇女，要求其丈夫给予适当赔偿。普尔尼玛的声音有种熟悉的感觉，仿佛听过很多次。更重要的是，这更触动了她的心。

阿玛亚所有案件均出庭，结果超出预期。法院裁定苏尼塔有权从马达夫那里获得百分之五十的房地产、商业机构、股票和其他财富。他可以在二十一天内自由地前往最高法院对判决提出质疑。法院表示，法院任命的法庭之友将负责执行该命令。

卡迪嘉的申请被列入最终听证会，法院指示库蒂哈桑每天向卡迪嘉及其孩子支付五百卢比。法院命令库蒂哈桑在最终听证会之前腾出他的房子，允许卡迪贾和他们的孩子居住。卡迪嘉喜极而泣，无言以对阿玛亚的帮助表示感谢。

Leena Mathew 的案件很独特，法院宣布了最终判决。莉娜的父母是农民，在伊杜基山上拥有两英亩土地。他们发现为三个比莉娜小得多的孩子（一个女孩和两个男孩）提供足够的食物、衣服和教育是一项挑战。莉娜必须步行约八公里才能到达学校，穿过几条溪流，在季风期间这些溪流很危险。由于山体滑坡，茶园周围的山上经常下大雨。莉娜赤脚行走了十年；以优异的成绩完成了入学考试。管理学校的修女们鼓励莉娜继续读两年高中，在她们的经济支持下，莉娜以学区第一名的成绩完成了学业。修女们允许莉娜住在奖学金宿舍，准备医学入学考试。当结果出来时，莉娜是参加入学考试的前五十名候选人之一。很快，莉娜加入了班加罗尔的一所医学院。她的奖学金足以支付她所有费用。

Leena 在七年内完成了毕业和硕士学位，专攻耳鼻喉科。很快，莉娜医生就加入了一家顶级医院，成为一名外科医生，薪酬丰厚。她几乎把所有的收入都寄给了父母。在她的支持下，她的兄弟们接受了良好的教育。莉娜博士帮助她的父母在城市附近建造了一栋别墅。帮助父母和兄弟姐妹是莉娜医生唯一的愿望，所以她忘记了结婚来组建家庭，因为她总是担心他们的福利。莉娜博士想赡养年老的父母。她的兄弟们结婚了，在其他城市定居，忘记了他们的姐姐，她为他们的生活付出了一生。不幸的是，莉娜在开车去上班的路上发生了事故。伤势严重；她的右手瘫痪了。莉娜今年五十八岁，最初几个月需要轮椅。

当她到达已故父母的住处时，她的兄弟、妻子和孩子拒绝莉娜进入房子。在一些社会工作者的帮助下，莉娜租了一套两居室的公寓，并在其中一个房间开设了一家诊所。一个月内，Leena 见到了 Amaya，讨论了她的问题，并要求 Amaya 处理她的案件并申请法律补救措施。她的两个兄弟都是受访者。阿玛亚向法庭详细解释了她委托人的困境及其对一位充满爱心、心地单纯的著名外科医生的生活的法律影响。阿玛亚强调了该案对年轻人社会及其家庭生活的影响。阿玛亚系统地捍卫了委托人的权利，揭露并驳斥了对手提出的在法律上站不住脚的论点，阿玛亚确信法院法官完全站在她委托人一边。在最终判决中，法院命令被告腾出姐姐为父母建造的房子，立即将其所有权和占有权移交给 Leena Mathew 博士。法院还指示他们每月向莉娜医生支付十万卢比，这是对他们从小就舒适地照顾和教育的终身补偿。对于阿玛亚和她的客户来说，这是一次巨大的胜利。

阿玛亚晚上五点钟到家。她会在六点前到达办公室，所有的下属都会在那里。他们的时间是从早上八点到晚上五点，然后是六点到八点。她希望对他们进行严格的培训，以学习法律执业技能，其中包括采访客户和收集必要的文件证据。他们的任务还包括按时间顺序提交文件、将其提交给上级、起草请愿书、准备附件以及制作足够数量的副本。将其提交法院考虑、出席听证会以及记录法院的决定同样重要。最后一步是从书记官处收集经过认证的判决副本。

她的后辈们很注意阿玛亚在听证会上如何辩论案件、她在法庭上提交的具体文件以及她使用的词语和法律概念。最后，阿玛亚试图反驳对手的论点以及她如何为委托人辩护，强调了宪法条款、各种立法和判例法。

阿玛亚走进办公室时注意到候诊室里坐着一位年轻女子。她的学弟学妹们告诉阿玛亚，这名女子是该市一所大学的助理教授，想讨论她的案件。十五分钟内，阿玛亚打电话给她，要求解释她的问题。他们进行了一个小时的讨论。这个女人的名字叫特蕾莎·约瑟夫；她毕业于一所著名大学的科学专业和物理学研究生。获得奖学金后，特蕾莎前往美国常春藤联盟大学攻读博士学位。尽管国外的大学和研究机构提供了诱人的工作机会，特蕾莎还是回到了印度，在自己的国家工作。与此同时，她在同行评审的国际期刊上发表了两篇文章。

返回印度后不到两个月，特蕾莎就参加了某镇天主教主教所属大学附属学院的助理教授职位的选拔。大学的规则和印度高等教育的最高机构大学资助委员会对学院来说是强制性的。教职员工和行政人员的工资由州政府支付。特蕾莎热爱她对研究生的教学、研究和研究指导。学生们对她的知识、技能和态度给予了高度评价。

加入学院后六个月内，学院管理层开始坚持要求特蕾莎行贿 500 万卢比，以确认她的任命。如果她不能一次性支付 500 万，可以选择支付基本月工资的一半，直到退休。特蕾莎修女拒绝这样做，主教立即终止了她的服务。由于她是一名单亲母亲，这对学生来说是一个坏榜样，因为特蕾莎在采访中没有透露自己是单亲母亲，这也是她终止服务的原因。后来，特蕾莎意识到所有教职员工和行政人员都为任命或确认任职而支付了大量贿赂。特蕾莎没有收入来抚养她两岁的寡妇母亲，她需要照顾孩子。

在包括宗教团体在内的私人管理机构开办的学校和学院中，尽管政府支付了教职员工的工资，但在任命教师和其他工作人员时，腐败现象十分猖獗。大多数喀拉拉邦教育机构、医院和慈善信托机构都属于私人团体、宗教团体和组织。他们在州立法议会选举中的影响力是巨大的。没有这样的实体认为接受数百万卢比的贿赂是犯罪行为，并且在道德上是不可接受的行为。大学、教资会和政府很少对犯错的管理层采取行动。于是，就默许了严重的不法行为。特蕾莎的处境显而易见，她必须离开印度才能过上有尊严的生活。否则，只有法庭才能帮助她惩罚主教的不当行为。阿玛亚要求她的下属立即完成必要的步骤，以撤销管理层终止她服务的决定。

还有两个客户在那里等着。她与他们讨论并要求她的后辈查看他们的案件档案以采取进一步行动。八点三十分，她的电话响了。电话是普尔尼玛打来的。

"晚上好，女士；我是来自昌迪加尔的普尔尼玛。昨天我给你打电话了。抱歉，小姐，再次打扰您了。"这是一个明亮而清晰的声音。这是一种熟悉的声音，仿佛她在想象中、梦中和醒着的时候听过很多次。

"是的，普尔尼玛，晚上好。我记得我们的谈话。"

"女士，我不知道如何开始。你一直在我的生命中。我一生都能感受到你并经历你。这是一种感觉，一种看不见的现实，而不是想象的。你是我内心的一种坚实的感觉；我能感觉到你；没有你我就不完整。在过去的三个月里，我说服自己你就在这个世界的某个地方。你也是一个有血有肉的人，一个能够思考、行动、感受生命复杂情感的人。"

有一种与说话的人融为一体的感觉。普尼玛就好像她生活的一部分，他们之间存在着不可分割的纽带。

"Poornima，我能理解你的感受。但请告诉我你到底想告诉我什么。"

"女士，我觉得很难用语言表达，但让我解释一下。我需要你的帮助，你的存在。没有你我的痛苦将是永恒的，我无法想象这样的困境。这将是我存在的终结。"

"Poornima，我觉得很难理解。请你澄清一下好吗？"

"女士，我父亲已经昏迷了三个月了。只有你才能帮助他恢复意识。"普尔尼玛的话很简单。

阿玛亚觉得这个要求很奇怪。她不是神经科医生，甚至不是帮助一个人恢复意识的医生。她的父亲需要专家的医疗护理，对他的精神和身体状况进行科学的测试、验证、分析和解释。法律从业者没有接受过从事这项工作的培训。最多，她能帮助父女俩合法地维护自己的权利。但她没有对普尔尼玛做出反应，也不想伤害她，因为试图消除痛苦是一种需要，是最终的责任。

"Poornima，在这方面我可能帮不了你什么忙。您需要获得最好的神经科医生、医生和心理学家的服务。去彻底调查他生活中过去的事件，即使它们是微不足道的。通常看似不重要的事件可能会导致一个人精神上的痛苦。"这是一个表达了担忧的建议。

"女士，这就是我接近您的具体原因。对我来说，你是帮助我父亲恢复意识的最好的神经科医生和心理学家。"普尔尼玛是精确的。

普尔尼玛的话很有魅力，但又不真实。它们对听众来说很有吸引力，令人着迷，通过接受它们作为事实，默认地引诱人们相信想象现实领域中生活的某些方面，但它们并不存在。普尔尼玛的话是虚幻的，因为她创造的这些话没有真正的客观性，而且仍然是神话。她从自己的焦虑、担忧和希望中创造了一个传奇，超越了事实，相信它们是真实的。对她来说，误解变得切实可行，并可能导致偏执。一阵长时间的沉默。

"女士，我再次为我的不清楚道歉。我的心烦躁不安，无法理性地表达自己的想法。让我澄清一下。我的父亲失去知觉；他断断续续地喊着"阿玛亚，阿玛亚。"他想要对我说什么，眼神严肃地看着我。他恳求我仔细听他讲话。我只是想知道阿玛亚是什么。我无法理解它的含义。"

有一阵微弱的抽泣声。普尔尼玛情绪激动。接下来是长时间的沉默。再次传来一阵骚动，一阵剧烈的刺痛。尽管他处于半昏迷状态，但他还是念出了她的名字，而他的女儿则讲述了这件事。

"我可以知道你父亲叫什么名字吗？"沉默打破了；言语很清楚。

"他是阿查里亚博士。"

这是一个熟悉的名字；阿玛亚听过很多次，因为他是昌迪加尔一家制药公司的董事长。当她提到他时，她询问了他的名字，以帮助普尔尼玛。

"他是医生吗？"

"他是一名神经外科医生，专门从事大脑绘图和大脑重建。我祖父去世后，我父亲接管了公司。"Poornima 是具体的。

Acharya Pharmaceuticals 是全球知名的药品生产公司，也是顶尖的研究机构之一。有文章介绍其在开发疫苗和修复受损人类大脑的药物方面的科学成就。她饶有兴趣地阅读了同行评审期刊上的一篇法律医学文章，内容是该公司为治疗痴呆症（特别是阿尔茨海默氏症）设计的一种非常成功的药物。但由于具有令人愉悦的副作用，当局禁止了这种药物和疫苗。它在百分之六十五到七十的研究对象中引起了类似于生活情境的幻觉。数据显示，服用该药物一周的受试者中，百分之八十一的人会产生"不寻常的情绪"。对于这样的人来说，生活中的一切都显得美好、舒适、空灵。后来，医学界和研究人员强烈反对和担心这种药物可能被滥用来操纵大脑。尽管如此，它并没有对人造成任何身体、精神或心理损害，除了过度使用该药物可能会使人昏迷数周。该公司在推出该药物后立即撤回了该药物。

"但我不知道你对我有什么期望。我的角色是什么？据我所知，我与你的问题无关。但请告诉我，我能如何帮助你？"阿玛亚的态度很明确。

普尔尼玛继续说话。她解释说，阿查里亚医生三个月前遭遇车祸，一直昏迷不醒。妻子突然去世后，他无法承受这种损失。他们在读医学本科时就结婚了。他们毕业后都去了英国；后来，她的父亲去了美国，研究大脑重建和修复，她的母亲因为无法单独生活而加入了他。他们总是疯狂地相爱。但即使结婚七年，她的母亲仍无法怀孕，这让她非常不安。她变得抑郁、喜怒无常、孤独，而她的丈夫也无法忍受妻子的痛苦。精神科医生警告他，他的妻子可能会出现自杀倾向。他巧妙地说服妻子，两年内他们就会生孩子。而他们又去了欧洲两年，享受地中海的阳光和沙滩，安心无忧。第二年年底，Poornima 诞生了。后来，他们又分别在曼彻斯特、法兰克福、阿姆斯特丹和布拉格呆了几个月，为期一年。回到昌迪加尔后，阿查里亚博士接任了该制药公司的董事长一职。

阿玛亚全神贯注地听普尔尼玛讲话。当时已经九点了，打电话的人请求她允许第二天八点三十分给她打电话。

她在故事中扮演什么角色？为什么普尔尼玛打电话给她？孤独中的回击是一个声音，普尼玛的生活和她自己一样生动而复杂。

尽管如此，心里还是有一种无法解释的不安，这是一次尖锐而令人震惊的询问，既刺痛又令人安慰。不可否认，这是一种充满活力、田园诗般、永恒的宁静，阿玛亚将自己提升到了一个新的 metanoia 生物圈。

修完内观后，她十点钟就睡觉了。

当天列出了六起案件。阿玛亚浏览了后辈准备的清单，再次阅读主要问题并记下辩护的核心论点。通常，她会按主题提出申诉人的申诉，强调法律，强调其优点和法律效力，最后强调在自由、平等和机会均等背景下的权利侵犯行为。她代理的案件客观、动态；法官们经常赞赏她的简洁、自发性和法律敏锐性。

她在法律领域的卓越表现源于多年的严格纪律以及与客户、法官和律师的密切合作。阿玛亚从不羞于接受自己对具体事实或所提出的法律观点的不熟悉。她从经验中了解到，接受无知会增强她的尊重和信任。法庭上的辩论不仅是她知识的阐述，也是她的知识的展示。它将法律适用于正在讨论的案件。最重要的部分是做出有利判决所需的论据。因此，她根据与手上的抗辩密切相关的判例法，在法官面前和事实陈述中建立了一种法律和心理环境。她还研究了此类判例法是否对审理此事的法官具有约束力。阿玛亚在时间管理上很谨慎，因为论点不能太短，否则会被认为缺乏实质内容或太长而分散法官的注意力。同样小心翼翼地向对手表示尊重，她赢得了所有人的尊重。

Amaya 在法学院就读期间，曾与同学 Surya Rao 等人连续三年参加不同城市的模拟法庭比赛。整个练习模仿了真实法庭中的律师和主审法官。它为阿玛亚提供了技能发展和实践的动态机会，从而遇到了律师将面临的复杂情况。如何处理上诉案件、判决案件，如研究、收集相关资料、分析问题、指定判例、起草、书面提交和最终辩论。阿玛亚欢迎未解决的问题或任何似乎有争议的裁决。

有一次在加尔各答举行的模拟法庭比赛中，阿玛亚在礼拜场所强烈主张妇女平等。在一些礼拜场所，有一个传统，十岁到五十岁的月经期妇女不准进入，并且禁止她们进入。这种做法是基于相信神是单身汉。到了月经年龄的女性会诱惑神灵，从而失去他的贞操。阿玛亚强烈反对这一传统，并祈求法庭给予男女平等。她的对手认为，禁止妇女进入是一种古老的做法，必须得到尊重，因为这是该特定礼拜场所的基本做法。最重要的是，这是该神的一些追随者的坚定信仰。

阿玛亚辩称女性的月经是自然现象，并不是不洁的，以此来反击她的对手。月经是一个生物学事实，是怀孕的第一步。甚至所有的男人都是由来月经的女人所生的。如果经期妇女是不洁净、肮脏的，那么如果经期妇女不洁净，她们怎么能进入礼拜场所呢？通过拒绝妇女进入，也就否定了妇女的平等和平等机会。因此，这种做法剥夺了妇女的人权。拒绝十岁到五十岁的女性入境，即使她们可能不属于月经年龄组。因此，这种做法构成了对女性气质的否定。阿玛亚认为,对女性的禁令不仅仅是针对月经;它攻击了宪法规定的妇女自由。任何基于传统和规则的否认在人权、妇女尊严、平等和平等机会面前都是徒劳的。基于传统的剥夺权利不仅是晦涩难懂的,而且也是过时的。

这种否认是基于神话、传说和偏见。它导致违反民主国家的法律。基于神话、迷信和宪法中对妇女基本权利的否定的宗教习俗对人类存在的意义提出了质疑。阿玛亚引用了法庭对孟买达尔加事件的判决。法院在裁决中明确表示:"妇女可以与男性平等地进入达尔加的至圣所。"因此,该禁令"违背了基本权利"。

印度宪法保障每个公民的自由、平等和平等机会。印度所有年龄段的女性都必须有机会与男性平等地享有这些权利。因此,她认为某个特定的礼拜场所需要取消对女性的禁令。她的口头陈述客观、真实、有规律、有力、鼓舞人心。

晚上的时候,就有很多新客户。其中一位是二十岁出头的大学法律系学生卡玛拉。该学院隶属于一所大学,约有一千名学生,由私人管理机构管理。它有司法行政领域的三年制、五年制法学学士学位、两年制法学硕士学位和MBA课程。这些学生来自遥远的地方,学院在其广阔的校园内设有两座大型独立的男女宿舍,距离城市两小时车程,位于半森林地区。管理办公室位于校园内。董事长是一位未婚男子,大约六十五岁,有着神一般的人格。他担任内阁大臣五年,建立了广泛的人脉,积累了财富和无限的权力。地方官僚,如地区税收官、警察局长、税务官员和一些法官,都是他的精神弟子。旅馆里的人,尤其是女性,经常闲聊,主席是一个性掠夺者,过着秘密的生活,而旅馆就是他的后宫。那些与他睡过的人都得到了特殊的恩惠和奖学金,过着奢侈的生活,但受害者却保持着深深的沉默。

卡玛拉来见阿玛亚,讲述她的悲惨经历。她出身于一个中下阶层家庭,父亲在茶园工作。她的母亲去世了,有两个弟弟妹妹。在过去的三个月里,卡玛拉不得不和董事长一起过夜。每天晚上十点,他的私人女随从都会悄悄地进入旅馆并带走卡马拉。一开始,卡马拉是否认的。主席对她进行了身体攻击,迫使她屈服。两天之内,卡玛拉不得不同意他的愿望,但在做爱时却表现得很残忍。卡玛拉常常不得不和他一起进行不自然的活动，而且没有逃离校园的可能。

两周后，卡玛拉与一位密友讨论了她所遭受的性奴役。她建议卡马拉除了强迫她拍照外，还用别在衣服上的微型录音工具记录主席的谈话。卡玛拉在她的衬衫纽扣和录音仪器上安装了一个隐藏的摄像头。阿玛亚完全沉默地听着卡玛拉的讲话。这是关于一个担任重要社会职务的人犯下的罪行。性掠夺者从不尊重女性的尊严，并且可能变得暴力并杀死受害者。为了掩盖自己的罪行，他可以同时移动天地。政治精英、宗教领袖和官僚都强烈支持这些袭击者。她的知识来自她过去二十年处理的各种案件。

卡玛拉在许多个夜晚记录了谈话并在主席的房间里拍照。阿玛亚说，她想听听录音并查看照片，以验证它们是否能经得起法律的审查。

由于期末考试已经进行，卡马拉不会返回大学。阿玛亚要求后辈们立即准备一份案件卷宗，并向卡玛拉承诺提供专业帮助。

两名修女在那里迎接阿玛亚。其中一位是更优秀的。他们向阿玛亚作了自我介绍，并告诉她，他们的修道院位于一个内陆村庄，有四名修女。其中两人是教区管理学校的教师，领取政府工资补助。另外两人在同村的一家诊所工作。他们的宗教团体共有四十六名修女，她们都在农村地区和贫民窟工作。教区牧师担任学校的当地经理和主席。修女们面临着严重的问题，因为牧师不断骚扰其中一名修女以获取性好处。有一次，当修女去他的办公室时，他对她进行了性侵犯。纠缠已经变得难以忍受，修女们几次书面通知主教。但主教没有任何回应，他的沉默令人窒息。他似乎含蓄地支持单身牧师的性出轨或性掠夺行为，这意味着修女们满足牧师的愿望是很自然的。

修女们害怕反抗主教，因为他是她们的精神和世俗领袖。修女们在经济上依赖他，都是黑劳士，因为主教对她们的诊所和日常生活拥有最终决定权。由于失去了另一种生计，修女们无法离开会众。他们放弃了家庭生活，接受了童贞、顺从和贫穷的生活，成为了孤儿，没有机会过上有尊严的生活。上级在解释困境时情绪颇为激动。她说，这并不是修女们第一次成为牧师犯罪的受害者。他们恳求阿玛亚向教区牧师发送一份机密警告通知来帮助他们。经过短暂的思考，她同意向神父转交一份书面信息。

在查看电子邮件时，阿玛亚发现了一封来自她母亲的电子邮件。她每周至少收到一次来自罗斯的定期电子邮件，因为她喜欢写长信。尽管罗丝已经八十多岁了，但她的视力似乎仍然很完美。阿玛亚喜欢阅读她的信息，因为每个字都充满了冗余。罗斯经常引用诗歌和轶事，并发送她在不同城市设计的建筑的照片。她偶尔会写下自己在科塔亚姆度过的童年。

与她的母亲不同，她的父亲更喜欢给他的摩尔打电话，阿玛亚非常喜欢听他的难以言喻的故事。尚卡·梅农（Shankar Menon）从《世界报》退休，回到喀拉拉邦，加入了罗斯，并定居在他们的村屋里，屋边有一座华丽的瀑布，周围绿树成荫，周围有大量的动植物。

时间是八点三十分左右，阿玛亚对当天的工作感到很高兴。突然她的手机响了。电话是普尔尼玛打来的。

女儿的父亲

普尔尼玛正在经历创伤性的精神痛苦。这可能是从她母亲三年前的去世开始的,而她父亲的车祸可能又加剧了这种情况。她父亲连续几个月的昏迷状态无一例外地影响了她的平静和幸福。但她的痛苦远不止于此,因为她意识到一个与她的母亲、父亲和她自己有关的奇怪问题。她想知道那到底是什么。她的母亲在加利福尼亚州攻读博士学位期间与丈夫一起生活。当她意识到,即使在一起多年之后,她仍无法怀孕时,她陷入了沮丧。精神科医生的警告吓坏了阿查里亚医生。他想不惜一切代价避免悲剧发生。于是,他带着妻子去了马赛和巴塞罗那,并在那里度过了两年。他们在巴塞罗那生下了女儿普尔尼玛。但普尔尼玛不明白为什么她的父亲在半昏迷一两秒的时候重复阿玛亚的名字。这对她来说是一个谜,正在寻找一个连接点。她相信这种联系可以挽救她父亲的生命。

"嗨,女士,晚上好。我是普尔尼玛。"阿玛亚一接过电话,就传来了那清脆的声音。

"嗨,Poornima,"阿玛亚接听了她的电话。

"小姐,抱歉再次打扰您。我的心如此激动;有必要和你谈谈。我想知道一些事实来挽救我父亲的生命,"普尔尼玛补充道。

阿玛亚本能地沉默了。

"女士,我爱我的父亲,就像我的母亲一样。我无法想象没有他的生活。我母亲的去世影响了他,他仍然在受苦。我相信你能让他恢复完全意识。也许他正在寻找你,想要见到你。"普尼玛说道。

阿玛亚默默地听着她的话。

"听着,普尔尼玛,我不认识你的父亲。我从未见过他。我想我无法帮助他恢复意识。但我对你的痛苦感到难过。精神上的痛苦是最严重的悲剧。"阿玛亚很平静,说话也很谨慎。

"请原谅我问你一些私人问题。请。"那是从另一端传来的恳求。

"好,去吧。"

"女士,您在西班牙吗?"

"你为什么问这个问题?这和你父亲昏迷不醒有什么关系?"停顿了一下,阿玛亚问道。

"当我父亲日复一日地重复你的名字时,我想知道阿玛亚这个词的含义是什么。我到处寻找才知道它的含义。有人告诉我阿玛亚是一个西班牙名字。然后我用谷歌搜索;意识到这是巴斯克语,是阿拉伯人征服西班牙时借用的。即使这个启示也没有解开这个谜团。我仔细地查阅了父亲大学时期所有与他有关的论文。没有任何地方提到阿玛亚。但每当他处于半昏迷状态时,我都能听到他喊"阿玛亚"。解读起来很困难,但我感觉到这是你的名字。突然,我想到了;阿玛亚跟我有关系;我需要寻找她,找到她。"普尔尼玛再次一字一顿地说道,仿佛每一个音节都充满了意义。

"这可能是整个西班牙的一个常见名字。在欧洲其他地方,这个名字已经很流行。即使在印度,也有人可能拥有它。所以,你父亲要找的人就是我,这没有逻辑联系。"阿玛亚解释道。

"我无法做出任何合理的推论。但请原谅我问一个私人问题。你出生在巴塞罗那吗?"普尔尼玛再次表示歉意。

"是的。我出生在巴塞罗那,"阿玛亚回答道。

"谢天谢地。现在我可以解决这个问题了。当我在父亲的文件中找不到阿玛亚在美国的那几年的任何线索时,我仔细研究了我父母在马赛和巴塞罗那度过的两年。在他的一本笔记本里,我看到了一张纸;那里写着:"阿玛亚。"女士,看到那张小纸片我就放心了。太珍贵了,比我们制药公司值钱多了。"普尔尼玛的话充满了自信。

"但这并不能证明我和你父母有任何联系,"阿玛亚斩钉截铁地说。

"是的，这并不能证明。让我寻找更多证据。我可以明天八点三十分给你打电话吗？"普尔尼玛恳求道。

"是的，普尔尼玛，如果我能减轻你的痛苦的话。"答复是直截了当的。

"女士，我很高兴与您交谈。当我感觉到你在另一边时，我觉得我永远认识你。晚安，女士。"

"晚安，普尔尼玛。小心。"

第二天，在办公室里，翻阅当天列出的案件细节时，普尔尼玛突然陷入了沉思。她坚持不懈，像侦探一样进行研究，准备呈现可验证的事实。普尔尼玛检验了她所说的每一个字的真实性；表现出对他人的同理心和尊重。她可能立即经历了充分的社会化，并将其他人认为重要的价值观内化了。普尔尼玛怀疑与她交谈的人可能与她的父母有深不可测的联系；这种关系对他们来说很珍贵。普尔尼玛的每句话都充满了神秘的感激之情，并希望打破任何幻想。

她的父母在马赛和巴塞罗那呆了两年，为她母亲带来心灵的平静。她的母亲可能在马赛、巴塞罗那或两者都接受了医疗帮助。它可能是为了克服因不孕而造成的精神创伤的心理和身体援助，或者是为了怀孕而采取的医疗补救措施。正如普尔尼玛声称的那样，她的父母在马赛和巴塞罗那的逗留很成功；它有一个美好的结局。他们在巴塞罗那逗留的第二年年底，她出生在巴塞罗那。但他们在那里的日子也给他们的女儿带来了一个谜。自从她父亲遭遇车祸后，她一直试图解开这个秘密。他一直处于昏迷状态，每当他半昏迷几秒钟时，他就会背诵这个名字，阿玛亚。她父亲的潜意识里有她的形象，他每时每刻都记得她。能够帮助她父亲恢复知觉的是阿玛亚。普尔尼玛寻找阿玛亚，认为她是他的朋友，深深地印在他的记忆中。把她带到他面前可以治愈他，因为她可以帮助他回忆起和她在一起的美好时光。普尔尼玛相信阿玛亚拥有力量、魔法和亲密感，可以帮助她的父亲完全恢复意识。她想要发现赤裸裸的真相，粉碎困扰她的恐惧，消除即使在奇怪的时间打电话给陌生人的痴迷，并用平静来安抚她的心灵。她的呼唤中还隐含着对发掘那张面孔的不懈渴望。

阿玛亚向后靠在椅子上。其中有普尔尼玛、阿查里亚医生和他的妻子。尽管普尔尼玛的母亲已经不在了，但她的脑海里的画面却很清晰。阿查里亚医生失去知觉，无法用言语表达他的需求。下次她会向普尔尼玛询问她父亲的名字。"你为什么这么好奇？你为什么想知道他的名字？"她质疑自己的意图。然而，她想更多地了解他，以帮助普尔尼玛克服精神上的磨难。阿玛亚试图取代卡兰代替阿查里亚博士。关于卡兰的记忆犹新。他二十多岁，身材魁梧。她第一次见到他是在大学食堂。看来他是在找人。

巴塞罗那闪闪发光。阿玛亚在与卡兰会面前一周抵达巴塞罗那大学校园。她让自己有条不紊地研究媒体对西班牙侵犯人权行为的报道。手中的奖学金让她的努力更加光明。她对新闻和人权真正感兴趣，并决定通过收集定量数据来研究特定现象。这项研究的重点是报纸文章、社论和电视新闻频道如何专门反映被压迫人民的自决权。

人权是崇高的理想，但充满个人、社会、经济和政治偏好的新闻业往往因精英主义的胁迫而转移人们的注意力。侵犯人权事件出现在媒体上，是为了那些生活在权力和政治专属飞地的人的间接利益。尽管精英们极力否认他们在镇压群众中所扮演的角色，但另一端的被隔离的弱势群体却成为了受害者。侵犯人权行为的爆发体现了仇恨的邪恶色彩，而这种脱节以可怕的程度不断扩大。为了保护未公开身份的人员的利益，影响许多人的违规行为变得具有新闻价值。在某些情况下，侵犯人权行为是被不明势力秘密镇压的。在特定情况下，偶然的侵犯人权行为将成为整个国家的问题。阿玛亚想对它们进行一年的分析，然后返回印度从事法律工作。

巴塞罗那是一个非常适合居住的地方。阿玛亚出生在那里，并在马德里度过了童年，因此她了解这座城市。巴塞罗那的一些大学在欧洲排名第一。申请大学奖学金对阿玛亚很有帮助，因为她懂加泰罗尼亚语、尤斯克拉语和西班牙语，而且大学也让她更容易做出决定。新闻学院面试委员会对阿玛亚被录取感到高兴。她在宿舍里得到了一间设施齐全的房间，男女学生日夜混在一起。校园生活令人兴奋，因为这里有学习和严谨研究的环境。建筑非常华丽，阿玛亚还记得她和母亲一起参观校园的情景。罗斯喜欢哥特式风格，用新技术重新改造它们，并将它们与喀拉拉邦传统的家居建筑融合在一起。

地中海美食、纯净空气和灿烂阳光都有其魔力。校园内的美术馆每天都有数百名参观者，其中包括学生、教师和游客。夜生活丰富多彩，有音乐、舞蹈、电影、独幕剧、文化展览、辩论、聚会、比赛等。但没有人窥视别人的私生活。那里有绝对的自由、平等和机会均等。这所大学已有大约五百五十年的历史，开设了许多课程，学生几乎来自所有欧洲国家。来自印度的十几名学生，新闻学院就只有阿玛亚一人。几年前，当她第一次和母亲一起参观这所大学时，她对大学学习的渴望就萌芽了。校园位于加泰罗尼亚广场附近的城市内，拥有约七十个本科课程和三百五十多个硕士课程。新闻学院拥有国际知名的所有现代研究技术和设施。Amaya 发现其图书馆设备齐全，藏有数千册书籍、期刊、期刊和报纸，而 Vellichor 引人入胜且充满活力。数字图书馆非常出色。阿玛亚在图书馆里呆了相当长的时间。

后来，阿玛亚开始与她最信任和喜爱的卡兰一起走访西班牙不同城市的电视频道、报社和其他通讯机构。在接下来的二十四年里，阿玛亚一直在寻找她的女儿和父亲卡兰。这是一场永恒的追逐，始于巴塞罗那一家医院的产房。医院记录提到，新生儿的父亲卡兰在第十八天将婴儿转移到他们家。那个被他们称为"莲花"的家是一个充满爱和幸福的地方，阿玛亚和卡兰在那里度过了一年。她清楚地记得和迦尔纳一起去医院的情景。卡兰也是在得到医院允许的情况下才把孩子带回家的。尽管阿玛亚在分娩过程中处于昏迷状态，但婴儿仍然健康、活泼。由于新生儿已经接受了强制性体检并接受了所有必要的疫苗接种，因此不需要在母亲昏迷时将婴儿留在产房。医院允许卡兰带孩子回家，母亲昏迷了二十二天。但当她从昏迷中醒来时，她再也看不到女儿的脸了。在开车前往法院的路上，阿玛亚回忆起她的痛苦。

那天，阿玛亚和苏南达代表了一位名叫帕尔瓦蒂的女士，她七十岁出头。结婚八年后，她二十六岁时，在村里雨季的一次山体滑坡中失去了丈夫。尽管她很难筹集到足够的资金，但她仍然未婚，以照顾唯一的孩子并送他上学和大学。几年后，她建造了一座拥有三间卧室并配有浴室的房子。她的儿子在附近城镇的一家银行找到了一份高薪工作，并与他的同事结婚。在接下来的二十五年里，帕瓦蒂照顾他们的两个儿子，打扫房子，做饭，洗每个人的衣服。那时，她的孙子们都找到了工作并移居到其他城市。帕尔瓦蒂六十八岁时，她的儿子和儿媳前往瓦拉纳西、温达文和印度北部的许多其他圣地朝圣。他们带着帕瓦蒂一起去，因为她的梦想是去朝圣。

两个月后，当她的儿子和儿媳回来时，帕瓦蒂并不在他们身边。他们告诉亲戚、朋友和邻居，他们的母亲在访问瓦拉纳西时倒在圣河恒河岸边身亡。按照宗教习俗，他们将她的遗体和骨灰火化，并浸泡在圣河中。帕瓦蒂的儿子向市政府提交了由牧师和火葬场当局正式签署的死亡证明，将房子转移到他的名下。一周之内，他安排了一场纪念已故母亲的宗教活动，然后按照习俗提供食物。

三年后的一天晚上，一位年长的妇女出现在帕瓦蒂儿子居住的村庄里。尽管她很疲惫，但穿着不干净的衣服，村民们还是认出了她。她就是帕尔瓦蒂。在马图拉的温达文时，她的儿子和儿媳将帕瓦蒂留在人群中，然后消失了。帕瓦蒂一起寻找他们好几天。她不知道该去哪里，也不知道儿子的情况。由于不懂印地语，她无法与任何人交流。但她相信有一天她的儿子会来救她脱离苦难。帕尔瓦蒂又饿又累，来到寺庙管理的寡妇之家。还有数以千计的寡妇被她们的孩子抛弃。帕瓦蒂在那里呆了两年，有一天逃离庇护所并乘坐火车。一年的时间里，她去了很多地方。在维杰亚瓦达火车站时，帕瓦蒂遇到了一名前往喀拉拉邦的护士。她告诉护士她想去喀拉拉邦，但没有钱。护士拿走了她的火车票，购买了食物，然后前往喀拉拉邦。她帮助帕尔瓦蒂乘坐公共汽车去她的村庄。帕瓦蒂有一个令人心碎的故事要讲述。这是一个被儿子欺骗和抛弃的故事。阿玛亚（Amaya）为帕瓦蒂（Parvati）对她的儿子和儿媳进行了辩护，最终听证会当天。

阿玛亚参与的另一起案件涉及一名十四岁的未成年人。伊斯兰教学校的老师是一位五十七岁的男子，他让她怀孕了。他强奸了受害人两年，并告诉她，他所做的是一种让她变得更聪明的治疗，这将帮助她毫不费力地学习阿拉伯语。经过初步辩论后，法院确定了另一天进行最终听证会。

接下来的两天是法庭假期，周六和周日，阿玛亚的后辈和办公室工作人员从周五晚上到周一早上都是空闲的。阿玛亚浏览了这一周收到的杂志和期刊。周六是完成个人工作、打扫房间、弹钢琴、看小说、写电子邮件和看电影。

她非常喜欢《哈利·波特》电影，因为她读过所有的书。阿玛亚特别喜欢《饥饿游戏》中的詹妮弗·劳伦斯。阿玛亚偶尔会观看《为奴十二年》的某些部分；欣赏《卡威女王》中的玛迪娜·纳尔旺加（Madina Nalwanga）。这是具有象征意义的，相信每个小女孩都可以适当地成就伟大。阿玛亚认为瑞茜·威瑟斯彭在《狂野》中的表演非常出色。阿玛亚在当地报纸上写了一篇关于*妇女参政论*的评论，凯瑞·穆里根、梅丽尔·斯特里普、安·玛丽·杜芙和海伦娜·伯翰·卡特仍然是她的理想演员。

观看以女性为中心的马拉雅拉姆语电影是她的爱好。当女主角出演主角时，她就知道一部电影有很大的魅力。马拉雅拉姆语女性对爱、伤害、焦虑、痛苦、痛苦、恐惧和期望等情感的微妙处理是无与伦比的。阿玛亚认为帕瓦西·蒂鲁沃图和曼朱战士是世界级演员，与梅丽尔·斯特里普或安吉丽娜·朱莉相媲美。*乌亚雷*的帕瓦西和*路西法*的曼朱战士是她最好的选择。Amaya 喜欢《*Perumazha*》中的 Kavya Madhavan，并认为 Kavya 没有获得足够的机会来展现她非凡的表演天赋。在过去的演员中，阿玛亚更喜欢《Chemmeen》中的希拉、《伊鲁廷特·阿特马武》中的莎拉达和《纳卡沙坦加尔》中的莫尼莎。她喜欢宝莱坞老电影；她最喜欢的演员是斯米塔·佩蒂尔和沙巴娜·阿兹米。

阿玛亚独自一人在办公室里。晚上很平静。从窗户里，她可以看到路灯在高大树木长满绿叶的树枝上的轮廓。突然，她想起了童年时在马德里的印度大使馆大楼内的家和她在郊区的学校。学校大院里有很多树木。修女们非常注重拥有丰富的植被，她们相信这可以为学生创造更好的学习环境。阿玛亚最喜欢一位名叫艾丽莎的修女，她是她的科学老师。Alisa 具有讨论科学的天赋，她用适当的例子系统地解释了每个概念。因此，她引导学生思考并发展他们的结论，使他们独立。她的教学在知识、技能和态度塑造方面是全面的，因为它从来不是一个信息收集的地方。

阿莉莎是阿玛亚的妹妹，她出生后立即将她收养在巴塞罗那的圣家族大教堂内。听着阿玛亚讲述故事，艾丽莎开心地笑了，拥抱了阿玛亚。这是一段亲密而健康的关系的开始，修女教导阿玛亚自主思考、做出决定、客观评估情况以及解释事件和想法。但阿玛亚只失败了一次，因为她无法通过不评价她生命中最重要的人来评价他。但要确定他的身份并不容易，因为他与几乎所有人都不同，潇洒、大胆、充满活力。阿玛亚深深地信任他，从未预料到会发生任何与她对人类根深蒂固的信仰相悖的事情。就像希腊神皮斯蒂斯一样，他进入了她的生活，是信任、诚实和自信的化身。

一天晚上，新闻学院的食堂里，阿玛亚正在品尝一杯咖啡。然后她看到了他，一个迷人的年轻人，身材高大，乌黑飘逸的头发一直垂到耳垂。他看起来像是在寻找什么人。

"嗨，"他看着阿玛亚说道。

"嗨，"阿玛亚看着他回答道。他的外表令人惊叹。

"我可以坐下吗？"他指着她身边咖啡桌上的一张空椅子，请求她允许。

"当然可以，"阿玛亚说。

"我是卡兰，"他稳稳地坐在椅子上，伸出右手，自我介绍道。

"很高兴认识你，卡兰；我是阿玛亚，"她说，与他握手。

"这是一个多么美丽的名字啊。很高兴认识你，阿玛亚。"他微笑着说道。看着他微笑的脸真是令人愉快。她想，他的外表威严而有魅力。

"谢谢你，卡兰；这是巴斯克语。但西班牙人声称拥有它，阿拉伯人也声称拥有它，"阿马亚说。

"你看起来很漂亮，比我在西班牙见过的任何人都最迷人。你从哪里来的？"他一边夸奖她，一边询问道。

"我来自喀拉拉邦，"阿玛亚说。

我也来自印度，但在这里定居并做生意，"卡兰解释道。

"我正在新闻学院研究人权问题，"阿玛亚补充道。

"哦，太好了。你是一位知识分子，同时也是一位社会活动家，"卡兰发表声明。

他的英语带有美国口音。然后他们一起喝咖啡。

"我喝了很多咖啡。我们有共同点。让我们从这里开始吧，"卡兰说。

阿玛亚看着卡兰。他的脸就像一座雕刻的雕像，非同寻常；他那双磁性的眼睛里闪烁着罕见的光芒。

"让我们每天一起喝咖啡吧，"卡兰建议道。

"当然，"阿玛亚说道，仿佛在等待邀请。她有一种想要再次见到他的冲动。

"阿玛亚，我明天这个时候回来；很高兴见到你，"卡兰说。

"我会在这里，"阿玛亚保证道。

他起身走开。从背影看，他显得优雅；他那飘逸的黑发有着诱人的振动。但阿玛亚始终不知道为什么她答应再次见到他，也无法理解为什么。这可能只是一时冲动发生的。这是她的头脑做出的决定，而不是她的理智。她认为这没有任何目的，或者有一些无意识的动机。她可能在学校和大学期间压抑了这些冲动。在法学院忙于法律和法律辩论。在模拟法庭上，苏里亚·拉奥（Surya Rao）主要是她的搭档。她周围都是男学生，但与他们进行私人谈话是一个奇怪的想法，尽管这对每个人来说都是很自然的。因为她的知名度，她可能会压抑这种冲动。突然间，阿玛亚进入了一个新的环境。卡兰的存在很诱人，当他走到她面前时，他的外表威严。她喜欢他；想和他长聊，因为他很迷人。

阿玛亚整个晚上都惦记着卡兰，因为校园里的夜生活可能会让人产生对男伴的渴望。更明亮的灯光、更响亮的音乐和亲密的亲密关系令人着迷。希望吞噬了她，她渴望见到一个男人，而卡兰就是她的好朋友。尽管如此，阿玛亚还是担心他第二天是否会出现，因为她觉得他可以填补男性朋友缺席的空缺。她的感情是对一个坚强的男人的吸引的产物，但仅凭这一点并不能发展成真正的爱情，因为她不想留在痴情的世界里。但是，想到他是一种愉快的经历。尽管她想要超越欲望，但她渴望身体上的亲密，渴望性兴趣的火花，这是她无法否认的。阿玛亚想念卡兰很长时间；她喜欢拥抱他并与他做爱。一整天，她一边开着座谈会，一边试图忘记他，但这是一项艰巨的任务，因为他时不时就会出现在她的脑海里。

晚上到了，阿玛亚在自助餐厅等他。他很快就出现了，笑容满面。他的手里拿着一束玫瑰花。

"嗨，阿玛亚，"他远远地向她致意。

"嗨，卡兰，"她回应道，满怀期待地站起来，眼睛闪闪发光。

"很高兴认识你，阿玛亚。再次见到你真是太好了。"他兴高采烈。然后他轻轻地将那束玫瑰放在她的手上。

"谢谢你，卡兰，送给我这朵可爱的玫瑰。它们新鲜又美丽，"她说。

"你比这些玫瑰美丽得多。这就是为什么我来看你，和你说话，和这位可爱的女士一起度过几个小时。"阿玛亚想，他的话令人着迷。

他们一起喝了咖啡，然后出去了。阿玛亚感觉到他的存在让她精神振奋，她很享受在他身边行走。迷宫般的小路看起来很吸引人，他们一起走了几英里，分享故事、事件、概念和想法。十一点左右离开前，他握住她的手掌，吻了一下。

"爱你，阿玛亚，明天见，"他说。

"爱你，卡兰，"她说，但对她的话感到惊讶。她问心是否爱他，心给出了肯定的回答。她看着他骑马。这是一种温暖人心的感觉。她站在那里，凝视着他，直到他消失在学校门口的希望雕像后面。

阿玛亚对卡兰的第一印象是他神秘的性格。一开始是一种迷惑，一种被诱惑的感觉，用身体不那么明显的诱惑来引诱思想、哄骗心灵。见到他的第二天，她寻找的不仅仅是外表的吸引力，而是他的性情，强调他的反应、态度、诚实、善良、感情和智慧。她对他进行了评价，并确认他是一个尊重他人、脚踏实地、鼓舞人心且不带评判性的人。睡觉前，她问自己的心，自己是否做了错误的决定，心告诉她要追随自己的欲望。

第二天，卡兰打电话给阿玛亚，邀请她和他一起去海滩上的一家餐厅吃晚饭。阿玛亚说她很高兴和他一起去。卡兰到达五点三十分左右，询问阿玛亚坐在后座上是否舒服。他的话语很温柔，她低声答应了。和卡兰一起去对阿玛亚来说是一种美好的感觉。这座城市看起来迷人、宏伟。巴塞罗那的夏季正值高峰，人们与家人和朋友度过了愉快的夜晚。每条街道都有一些音乐和舞蹈的庆祝活动。餐馆和自助餐厅人满为患。

不到二十分钟，他们就到了海滩。巴塞罗那是海滩爱好者的天堂；阿玛亚在多次与父母一起来到这座城市时就知道了这一点。有鼓手、小提琴手、魔术师、歌唱推销员和沙画艺术家。卡兰将他的宝马 GS 停在一家餐厅外，轻轻地帮助阿玛亚下了车。餐厅的座位安排很优雅，他们选了一张两人座位的角桌，这是他提前预订的。

"阿玛亚，我是世界上最幸福的人。现在我有你了。去年，我一直在努力寻找伴侣，当我遇到这位可爱的女士时，寻找就结束了，"卡兰开始了一段对话。

"我同样很高兴见到你，卡兰。你征服了我的心，却不知道我已经爱上你了，"阿玛亚补充道。

"谢谢你，阿玛亚；你很出色，聪明，受过良好教育，很有魅力。你年轻、热情、热情、迷人。"卡兰带着迷人的微笑说道。

"我二十三岁了，"阿玛亚说。但她不知道为什么要告诉她自己的年龄。心里有一丝遗憾，刺痛着她。

"我今年二十九岁了，但等待了很长一段时间，终于等到了与一位可爱的女人的偶然邂逅，有了积极的结果。现在你和我在一起。这是一次丰富的经历。有了你们的陪伴，我感到更加坚强。"卡兰的话对阿玛亚产生了特殊的心理影响，就好像他在暗示一样。和卡兰在一起的一切看起来都很愉快。他的赞美让阿玛亚充满了莫名其妙的承诺和棘手的个人承诺。看着卡兰有一种磁力效应。她表达了对他的爱，相信他的每一句话，他飘逸的黑发对她的心灵产生了超凡脱俗的影响。阿玛亚被迷住了很长一段时间。

卡兰请阿玛亚下订单，她选择了加泰罗尼亚传统的鱼制品 Bacalla。第二道菜是用奶油肉汁和墨鱼一起煮的肉丸。有鸡肉配土豆泥，然后是龙虾印度饭。最后，他们喝到了不加糖的热黑咖啡。阿玛亚和卡兰边吃边聊，在餐厅里一直待到八点。然后他们在海滩上骑了一小时长途车，午夜时分回到大学宿舍。离开前，卡兰请求阿玛亚允许拥抱她。

"卡兰，我爱你。你和我是永远的朋友。"她的话令人回味，而且她是带着微笑说的。然后突然被他吸引了；她把柔软的身躯投入他的怀抱。他的亲近对阿玛亚来说是一种新鲜感。

"谢谢你，阿玛亚，"他低声说道。当他靠向她时，他能看到她浓密的黑发，闻起来就像比利牛斯山脉异国葡萄园里的古老葡萄酒的味道，空灵而迷人。当她把脸埋在他的胸口时，他紧紧地、温柔地把她的身体拉向他，但阿玛亚发现它美丽、温柔、满足和愉悦。

"我的阿玛亚，我爱你，"他又说了一遍。"今天是我一生中最有意义的一天，"他一边说，一边将她的下巴放在手掌里，抬起来，看到她黑色的眼睛。

她笑了。

晚安，亲爱的。"他低声说道。

"晚安，卡兰，"阿玛亚向他祝福。但他从她嘴唇的动作中注意到即将发生的分离，她呻吟了一声。

为什么她会被卡兰吸引？为什么她表现得好像认识他很久了一样，阿玛亚心里嘀咕着。她到底是爱他，还是只是一时的痴情？阿玛亚感觉自己无法摆脱这种关系，仿佛陷入了情感之网。一瞬间，一种窒息的感觉笼罩了她。但她立即纠正了自己的感受，声称窒息是由于短暂的恐惧造成的。这与她与他已经建立起来的辛酸融洽关系无关，与空气中残留的香气、与他香水的痕迹无关。

除了兴奋之外，还有一种对未来短暂的焦虑感，一种紧迫的印象，一种令人兴奋的永恒的感觉，没有短暂的担忧。阿玛亚觉得她的爱不仅仅是迷恋，不是因为他英俊，而是理性决定的结果。她经历了卡兰的关怀所带来的爱与信任的成长。阿玛亚比较说，她对丈夫的爱比她母亲的爱更强烈。阿玛亚毫不犹豫地完全爱上了卡兰。

她对卡兰的喜爱是一种承诺，建立了令人难以置信的联系。她想永远坚守这个誓言，只在他心里。尽管她对他一无所知，但她还是可以考虑其他事情。信任足以建立牢固的联系，而背景并不重要。

第二天早上，接到了卡兰的电话。"亲爱的，过来陪我吧，我们会在一起的。"

"当然，卡兰，我喜欢和你住在一起，"她回答道。她认为没有必要分析他的意图来做出慎重的决定。

"收拾好你的物品；我将在晚上六点前到达那里。

"我会准备好，卡兰，"她回答道。

卡兰在她体内成长，将她的渴望和隐藏的渴望变形为一个化身。她有种想要吞噬他的冲动，畏缩了许久，以为自己再不快点就会被人抢走。恐惧改变了她，揭示了她内心深处的无意识冲动，但又让她变得前所未有的强大。因为他有着相同的价值观和目标，所以不可能从他身边抽身出来。她开始钦佩他的品质，相信他尊重她以及他们共同的、双方同意的偏好。

正如所承诺的，卡兰于下午六点到达。他温柔地拥抱了阿玛亚。

"阿玛亚，我爱你。你看起来如此迷人；我完全爱你，"他说。

他的话充满魔力；它们深入阿玛亚的内心，消除了她的疑虑和恐惧。她可以在他身上看到自己，因为他是她的镜子，她开始重申自己是一个拥有许多他所尊敬的品质和能力的人。

卡兰把行李搬上车；不允许 Amaya 持有他们中的任何一个；小心翼翼地把它们放在他的宝马车里。他打开车门，让她坐在司机旁边的座位上。车内，卡兰微笑着，亲吻了她的右手掌，喃喃道："爱你，我的爱人。我很幸运能拥有你，因为你是无价之宝。"

"谢谢你，亲爱的卡兰，"阿玛亚回答道。

不到二十分钟，他们就到达了诺瓦马尔贝拉海滩对面一栋小而精致的别墅庭院。

"欢迎来到莲花，阿玛亚，"他一边打开车门一边说道。

这对阿玛亚来说是一种新的感觉。她和卡兰独自一人住在巴塞罗那海滩附近的一所房子里。卡兰拉着阿玛亚的手,带她进去。这是客厅,他称之为起居室,满墙都是伊朗地毯,家具齐全。中央吊灯、壁挂式电视、雄伟的落地钟和雕刻精美的木制家具装饰着房间。

"亲爱的,这是我们的家。"他温柔地拥抱着她,在她的唇上亲吻。阿玛亚感到舒适而疯狂,因为这是一种令人麻木的感觉,一种诱人的感觉融合了她身体的每一个细胞。

卡兰带她绕房子转了一圈。餐厅毗邻现代化的厨房,阿玛亚立刻就有宾至如归的感觉。厨房旁边是储藏室和洗衣房。餐厅附近是他们的主卧室,客厅旁边还有一间卧室。卡兰的书房在另一边,里面有很多关于足球、足球俱乐部和股票市场的书籍。客厅有一个开口,通向一个整洁的大理石游泳池,三边都有高墙以保护隐私。

"我以你的名义买了这栋房子,亲爱的阿玛亚。昨天它正在出租;我认为我们应该呆在自己的家里,"卡兰说着,递给阿玛亚登记文件和备用钥匙。他的话语中,带着一丝喜气。巴塞罗那市政府签署了这些文件。她读到自己的名字,阿玛亚·梅农,二十三岁,印度公民。

"卡兰,"她喊道。她的话语中充满了兴奋。"你应该把房子,我们的莲花,登记在你的名下。"

"阿玛亚,我爱你。"他再次拥抱了她。她注意到,他小心翼翼地避免挤压她。

晚餐时,卡兰用橄榄油煮羊排、西红柿片、洋葱和蘑菇。阿玛亚煮了吉拉米饭。有酒,白酒和红酒。"每天晚饭后喝点白葡萄酒;它有利于消化和良好的睡眠。研究表明,女性更喜欢白葡萄酒,"卡兰说,提供白葡萄酒。

"研究表明了什么?"阿玛亚问道。

"目前还没有关于白葡萄酒好处的研究结果。但人们坚信白葡萄酒可以帮助女性怀孕、顺利怀孕并生出健康聪明的婴儿,"卡兰解释道。

阿玛亚看着卡兰，笑了笑。"在这种情况下，我更喜欢每天喝白葡萄酒，"她说。

晚餐后，他们收听基兰最喜欢的 BBC 和 CNN 节目；阿玛亚也喜欢它们。入睡前，他们发生了多次性行为。这对阿玛亚来说是最美妙的经历，她知道卡兰在做爱时很小心，不伤害她。然后，阿玛亚睡在他身边。

"嗨，阿玛亚。"第二天早上六点左右，卡兰给她打电话，手里端着热气腾腾的咖啡。两人坐在卧室的沙发上，喝着咖啡。阿玛亚微笑着看着卡兰。

"嗨，卡兰，爱你，"她说。她和他的亲密就像友谊中的浪漫。她已经知道他已经成为她最好的朋友。阿玛亚的承诺是忠诚，因为她决定和他在一起。她知道他们的相处会经历坎坷，但他们的关系将是一段诚实的旅程。她确信卡兰爱她。

她和卡兰的突然联系就像坠入爱河。他喝咖啡的方式有一种令人着迷的力量。她感到兴奋和全神贯注，总是想和他在一起。她告诉他，她一周内不会去大学，并留在他身边。卡兰同意了她的建议，微笑着，仿佛他完全是因为爱才决定和她在一起的。没想到阿玛亚想要拥抱卡兰；她喜欢讲述马德里、她的父母以及她从孟买和班加罗尔毕业的故事。她知道有些事情是微不足道的，但通过与卡兰分享这些事情，她觉得有必要与他合而为一，失去自己独立的身份。

早餐后，他们手牵手来到南阳台，那里有卡兰的钢琴。从东边和南边的画廊都可以看到海滩，许多游客已经在享受夏天了。Lotus 的院墙内有几棵加那利岛枣椰树，松鼠在树干和树叶上横行。她感觉到卡兰站在她身边，她转身拥抱他；她感觉自己好像疯狂地爱着他。吻完她后，他帮她脱衣服。他们站在那里做爱，这是她一生中最愉快的行为。

然后他们坐在钢琴前一起演奏弗朗茨·舒伯特。卡兰弹得非常好，十五分钟后，阿玛亚停止演奏并观察他的手指动作。她开始对他们的关系编织幻想。这是一个充满色彩、音乐、舞蹈和想象现实的世界。确实有一种磁性的吸引力、亲密感和承诺，尽管有时她感到不理智。但她喜欢粘着它们。卡兰的感情对她产生了影响，她超越了白日梦的世界。她知道还需要几天的时间才能克服这种幻想。

有时，她无法控制自己不陷入沉思他们共同生活的世界。至于阿玛亚，则是一见钟情，她把自己完全交给了卡兰。她想象他以某种方式行走、走动，威严地站着，热爱和他在一起的一切。

"卡兰，"她突然叫他。

"是吗，阿玛亚？"他看着身边问道。

"你钢琴弹得特别好，"她说。

"你的钢琴演奏得更好了，亲爱的阿玛亚，"他拥抱着她说道。

"谢谢你，亲爱的卡兰，"她回答道。

她和卡兰一起去学习。"阿玛亚，我买卖欧洲足球俱乐部的股票。这是一项利润丰厚的业务。您需要充分了解每个俱乐部的历史、球迷俱乐部、参加的比赛、球员的姓名和背景以及市场价值。我一年前开始这样做，现在每天至少花六个小时。我用在股市赚的钱买了房子、汽车、自行车和一切。"他的话语平静、深情、令人着迷。

这间书房配备了电脑和其他电子产品，看上去就像一个音乐工作室。

晚上四点左右，他们去了游泳池。卡兰喜欢裸泳；建议阿玛亚脱掉衣服。看到卡兰像专业人士一样游泳真是令人兴奋。阿玛亚加入了他，但她是游泳新手。他们在泳池里待到六点，卡兰用棉毛巾擦干身体。"你看起来很美；你的整个身体都很好，阿玛亚。"他一边说，一边擦着她湿漉漉的头发。然后他拥抱了她，她感觉她和卡兰只有一个身体。

傍晚的天气很宜人，微风徐徐。阿玛亚和卡兰走了很长一段路，分享故事和事件。她对卡兰表现出了尊重，因为她知道他和她有同样的感觉。她一边走一边想着他，渴望能靠近他的身体。有时她想象着离开他；有时她想象着离开他。她感到极度痛苦，所以走路时紧紧握住他的左手掌。

阿玛亚不喜欢悲伤、焦虑和孤独,但与卡兰在一起的喜悦和失去他的恐惧却持续存在,毫无预兆地侵入她的脑海。说话间,她看着他的脸,发现他正在认真地听她说话。然后她想象卡兰不会做错事,完美地信任她和他的关系。他们是天作之合,注定永远的一对。突然,她有一种冲动,想要讲述她的个人故事。

"卡兰,"她喊道。

"是的,亲爱的,"他看着她,回答道,然后停下了脚步。

"你认识卡兰吗?我出生在圣家族大教堂内。"

"真的吗?"他的话语之中,充满了惊喜。

他们坐在沙滩上,互相看着对方,她讲述了这个故事。卡兰渴望知道他心爱的阿玛亚身上发生的一切。眼睛睁大;他珍视她的每一句话,就好像从来没有人讲述过如此亲密、迷人、神奇的故事。广阔而拥挤的海滩上没有其他人。当卡兰说她出生后,一位名叫阿玛亚的修女立即把她抱在手里时,卡兰倾身向她,表达了他的惊讶。他看到一位身穿欢快、乐于助人、温柔的白袍的尼姑,手里抱着珍贵的婴儿,就像五卷故事中一条蛇叼着最珍贵的宝石一样。

"阿玛亚,我们去见见阿玛亚修女吧。"卡兰表达了他想见见修女的愿望。

好吧,我们去见见她吧,"她微笑着说,支持卡兰的建议。

"我们明天就去吗?"他问。

"当然,"她表达了她的同意和准备。

突然,一连串的雷电响起。阿玛亚从椅子上跳起来,把思绪从巴塞罗那海滩上拉了回来。开始下雨;从她的办公室里她可以看到被雨水浸透的树梢。断断续续的雷电、狂风持续不断。她听到有东西从她家院墙的门外掉下来。她走到靠近大门的窗户处,向外看去。主入口附近有一根倒下的树枝。风还在继续。没想到,电话响了。普妮玛打来电话了,她想。

承诺

普尼玛想要分享一个复杂的人类问题。它不断地打破她的平静，迫使她寻找一个答案，以满足她寻找寻父之人的追求。普尔尼玛可能认为一个人可以帮助他恢复意识。普尔尼玛的痛苦是令人难以想象的。

"嗨，"阿玛亚接起电话后说道。

"嗨，女士，晚上好。我是普尔尼玛，来自昌迪加尔。抱歉再次麻烦您了。昨天我告诉过你，我会寻找更多关于这个人的证据，我父亲在他变得半昏迷时反复讲述他的名字，尽管他大部分时间都处于昏迷状态。过去三个月我一直在寻找那个人。我相信你就是那个人。"普尔尼玛是精确的。

"你有证据吗？"阿玛亚问道。

"你在巴塞罗那的大学上学吗？"普尔尼玛问道。

"当然，我在巴塞罗那大学，"阿玛亚回答道。

"这就是我的证据，女士；你就是我要找的人。"普尔尼玛的声音里带着一丝确定和喜悦。

一阵雷鸣电闪，手机一片空白。电力也断了，漆黑一片，就像阿拉伯海的飓风一样。阿玛亚拿起手机手电筒，走到大门前，发现整个区域一片漆黑。打开未使用的逆变器带来了办公室和住宅的照明。电话仍然处于闲置状态。然而，心里却有一种难以言喻的焦虑；有一个巨大的东西压着他的头，一种神秘的刺入心脏。普尔尼玛想分享她对父亲和他认识的女人的搜索结果。他们是在巴塞罗那的大学里认识的。这是他发展和珍惜的个人和亲密关系，但他没有向任何人透露。普尔尼玛翻阅了他的旧档案和日记来帮助他。并不是为了窥探他的私生活。她很谨慎，没有去评判他，也没有对她的父亲进行毫无根据的中伤。她无法继续谈话；一切突然结束了。由于雷电，固定电话无法接通。普尔尼玛第二天就会打电话来。突如其来的期待看似无限却又无形，粉碎了平静，就像毁灭性的龙卷风过后的沉重和沉重。

在修习内观时，阿玛亚控制了她混乱的心。专注于她内心深处的自我、存在、存在。她超越了痛苦和悲伤、痛苦和绝望。那不是喜悦、繁荣、满足，而是纯粹的平静、圆满中的虚无。她专注于自己的心，使自己漂浮在虚空中，有极乐、涅槃的体验。

阿玛亚一觉睡到凌晨四点。她又修了一个小时的内观，体会到了平静，一种没有任何情绪的平静，这不是否定，而是虚无。内观让她能够全天专注于工作，以表现出她的工作满意度和意识。这不是义务或责任，而是减少她自己和他人痛苦的旅程，意识的终极旅程，体验完整的自我。

电力部门技术人员上午修复了故障连接；电话也正常工作。早餐后，阿玛亚打扫了整个房子，闷闷不乐。大约花了三个小时才完成这项工作。然后她在连接自动熨烫系统的自动机器中洗衣服。喝了一杯咖啡后，她开始读她最喜欢的小说。这个故事讲述了一个女孩对教育、事业和幸福生活的追求。她是寡妇的女儿，靠做体力活为生。这个小女孩学习成绩很好；她的老师鼓励她，人们注意到她画得很好。在接受一些基本训练后，这个女孩开始画超现实主义的图像。高中最后一年，她开始在市政厅展出画作。数百人参观了展览；这个女孩可以卖掉她的十几件艺术品，足够她上大学了。然后她开始前往印度和国外的不同城市举办展览。突然，阿玛亚开始一边读书一边和她一起旅行。她把自己带入了一个不同的世界。她结识了其他人，住在大城市，说着新的语言。对她来说，阅读就是重新创造个人对叙事的参与。然后她回到了过去的巴塞罗那。

她和卡兰一起去见名叫阿玛亚的修女。进入雄伟的圣家堂是一次令人心旷神怡的经历，她带领卡兰来到了大教堂。二十三年前，她出生在那里；她再次讲述了这个故事。

"阿玛亚，你真幸运；你是第一个，也可能是唯一一个出生在这些圣地的人。"卡兰说道。

"是的，卡兰，我感觉自己与这座教堂融为一体，现在又与你融为一体。"她的话语充满爱意，充满信任。

"你对我来说是如此珍贵,是我追求的终点。当我在食堂第一次见到你时,我就断定这是我旅程的终点。我真幸运。"一边说着,卡兰拥抱了阿玛亚。

"我们站在我出生的地方互相拥抱。多么可爱的巧合啊。"阿玛亚感叹道。

"当然。在这里,我们体验到了我们工会的成就感,"卡兰说。

"来吧,我们去洛雷托修道院吧,它就在同一个院落的另一边,"阿玛亚拉着卡兰的手建议道。

当他们到达修道院门口时,她再次告诉他,她生命的头十天是在修道院里度过的。修女们深情地照顾着她的母亲和新生儿。

"阿玛亚,你充满了爱。我从来没有见过像你这样能爱的人。你像个孩子一样信任我。你可能从修女那里得到了这些品质,"拥抱着阿玛亚·卡兰说道,然后他微笑着。她喜欢他的笑容。

当询问阿玛亚修女的情况时,一位年长的修女告诉他们,她在圣塞巴斯蒂安。阿玛亚和卡兰立即决定前往距离巴塞罗那五百六十七公里的圣塞巴斯蒂安。卡兰告诉阿玛亚他们可以在六个小时内到达那里。阿玛亚建议他们在途中的一个可爱的小镇萨拉戈萨过夜。卡兰很高兴听到阿玛亚的提议。

卡兰请求阿玛亚掌舵。从巴塞罗那到萨拉戈萨的距离是三百一十二公里。他说他们花了一整天的时间,建议他们开慢一点,看看高速公路两边的风景,晚上四点到达萨拉戈萨。卡兰坐在阿玛亚旁边,谈论着乡村。但对于阿玛亚来说,她的吸引力中心是卡兰,因为她想依附于他,这是她亲密关系的表达。这是一种对身体亲密、更深层次的结合和彼此强烈分享的强烈渴望。当她想到自己的时候,她关心他的需要,珍惜他的幸福,时刻想着和他在一起,和他一起旅行。她渴望得到照顾、认可和身体接触来表达强烈的情感,包括感情、性结合和喜悦。她的存在,就是为了与他合而为一。

阿玛亚知道她的文化根基和期望鼓励坠入爱河,她先入为主的爱情观念与她的情感和行动相一致。她高度的性唤起是父母之间深爱的结果。无论她在哪里遇见卡兰,或者每当她在他面前,这都有助于与卡兰产生强烈的性爱亲密关系。压抑多年的淫荡之情突然爆发。

开车很愉快，因为有卡兰和她在一起。他的存在是前进道路上的动力，目标就是他。两边的农田和宅邸看起来很神奇，但无法吸引阿玛亚的注意力，因为她的注意力完全集中在卡兰身上。

中午时分，他们在阿拉贡地区一家加油站附属的公路餐厅附近停了下来。装满车后，他们去餐馆点了一份烤特纳斯科和一小份药根小羊肉。阿玛亚发现琉璃苣配土豆很美味，并告诉卡兰琉璃苣被称为蔬菜女王。混合蔬菜炖菜配上白培根片非常美味。最后，他们点了酒桃子，这是一盘用红酒和肉桂浸泡过的桃子。阿玛亚和卡兰在餐厅里待了一个多小时。午餐后，卡兰开始开车，在很多地方，他们停下来观看低矮的山丘、河流、农田和葡萄园。

晚上五点，他们到达萨拉戈萨，入住埃布罗河畔的一家酒店。阿玛亚站在窗边，俯瞰着河流。卡兰走近她，拥抱了她，她看着卡兰说："永远和我在一起，永远不要丢下我一个人。"卡兰看着阿玛亚，微笑着吻了她的嘴唇。她感觉自己好像正在与卡兰合而为一。

"你爱我吗，卡兰？"她突然问道，知道自己的问题毫无意义。但她的内心却渴望得到他肯定的回答，或者说她想听到卡兰的声音："我爱你，亲爱的阿玛亚。"

卡兰将她紧紧地贴在胸前，说道："阿玛亚，我爱你，胜过爱我的心。你就是我的呼吸。"

"我也爱你，"她热情地说。"看看 Murallas Romanas，罗马城墙。有人告诉过我；一位罗马陆军少校为他的妻子建造了它。他深深地爱着她。"

"阿玛亚，我喜欢为你建造一座宫殿。"他带她参观了河对岸的阿尔加费里亚宫 (Palacio de la Aljafería)。

"然后我会要求我的母亲在埃布罗河上建造一座比彼德拉桥更雄伟的石桥，"阿玛亚像个女孩一样笑着说道。

"我爱你的纯真阿玛亚；你也太天真了。"他吻了吻她的脸颊。

"当你毫不怀疑地信任某人时,你就会变得天真、没有自私,"阿玛亚回答道。

夜幕降临,他们绕城而行,融入人群之中。他们在河岸上一家被花园包围的开放式餐厅吃了晚饭,品尝了鸡肉 chilindron,这是一种用 chilindron 酱、胡椒、洋葱和西红柿烹制家禽的菜肴。bacalao ajoarriero 是一种出色的精致鱼类菜肴,具有独特的风味。他们俩都很喜欢炖蔬菜。然后他们喝了热黑咖啡,并在十一点三十分左右回到了自己的房间。阿玛亚躺在卡兰旁边,左手放在他裸露的胸前,她觉得自己很幸运,很幸运有一个爱她并且她可以爱的男人。他的所有想法、言语和行动都是积极的,并鼓励她不要担心。阿玛亚深知卡兰注重自己的感受,理解她最轻微的悲伤和焦虑。他的话语充满了舒缓的力量和活力,她喜欢一次又一次地听他说话,整天和他在一起。她意识到了;他们花时间做事,他们都喜欢。卡兰有着非凡的专注力。除了他充满爱意的言语之外,他的身体也充满了感情。在抚摸、爱抚和做爱中,他毫无顾忌,时刻考虑着阿玛亚的喜好。在他的一切活动中,她都是他的第一位。

卡兰在她说话时倾听,并在他说话之前允许她说话。他试图理解她所说的一切。他通过鼓励她开车或弹钢琴来找到幸福和满足,而她很喜欢这些。卡兰可以让她发笑;他很擅长讲笑话和大笑。在他们陪伴的有限时间内,他有时会表达自己的无知,表现出对进一步了解知识的兴趣,并且从不羞于向她寻求建议和专业知识。除此之外,他毫不犹豫地向她寻求帮助,他认为阿玛亚对此有更好的掌握或技巧。

第二天早餐后,阿玛亚和卡兰出发前往圣塞巴斯蒂安。不到一个小时,他们就进入了巴斯克地区。公路两旁的农田美得令人窒息。有苹果园和葡萄园。阿玛亚喜欢开车;她不间断地向卡兰讲述她学生时代与父母一起前往巴斯克地区的经历。他们偶尔停下来观看即使在小镇上也出现的令人惊叹的复杂建筑。午休时间是在潘普洛纳,他们在那里吃炖鱼,称为 marmitako,配上金枪鱼、土豆、洋葱、胡椒和西红柿。橄榄油炸鳕鱼配红辣椒味道很棒。他们享用了 txistorra(一种猪肉香肠)和甜点 leche frita。

午餐后，卡兰开始向北行驶，阿玛亚看着他开车。傍晚四点左右，他们到达圣塞巴斯蒂安，直接前往修道院会见修女阿玛亚。询问时，一名宗教人士知道他们想见阿玛亚修女后，要求他们在会客室等候。五分钟之内，一名中年尼姑走进了房间，她立刻就认出了那个穿着牛仔裤和T恤的女人。

"阿玛亚，"她哭着跑向阿玛亚，拥抱了她。阿玛亚在她的怀里感觉很可爱很长一段时间。修女亲吻了阿玛亚，表达了见到她的喜悦。

"妈妈，"阿玛亚称呼修女。

"阿玛亚，你已经成为一个女人了，就像你的母亲一样。我很高兴认识你。"修女大声说道。

"我很兴奋，妈妈；认识卡兰，我的人生伴侣，"阿玛亚将卡兰介绍给阿玛亚修女。

"你好，卡兰，"修女与卡兰握手打招呼。

"你好，妈妈，"卡兰回答道。

"阿玛亚一直在谈论你。她告诉我你是第一个碰她的人。剪断脐带后，您接过她，并亲自将母子转移到您的修道院。他们在洛雷托呆了十天，"卡兰说。

"哦，上帝，阿玛亚，你已经告诉他一切了。你是多么美妙啊；你是一个如此美丽的女人；我们最后一次见面是在你前往印度之前的马德里。十年后的今天，我再次遇见你。这是梦想成真。"修女惊叹道。

"是的，妈妈，卡兰表达了他想见见您的愿望。"阿玛亚看着卡兰说道。

"卡兰，你真幸运；阿玛亚是百万分之一，"阿玛亚修女说。

"是，妈妈。"卡兰打开肩包，取出一个用金色纸包着的小包。"妈妈，这是给您的小礼物。"卡兰说道。

"卡兰，没必要。"她收到了阿玛亚和卡兰送的礼物。

"妈妈，您可以打开看看是否喜欢。"阿玛亚说道。

阿玛亚修女打开小盒子，取出一串带有白金十字架的金念珠。"它看起来很可爱；谢谢阿玛亚、卡兰送来的漂亮礼物；我很珍惜它，但不能亲自使用它。它会被保存在我们的博物馆里，以纪念你们的来访。"修女看着卡兰和阿玛亚说道。

然后阿玛亚修女带他们去餐厅，提供咖啡和小吃。两人坐下来聊了很久。茶点结束后，阿玛亚修女带大家参观了小教堂、研讨室、会议厅、图书馆和花园。在告别之前，阿玛亚修女和他们一起走向他们的车。"阿玛亚，见到你真是一个惊喜。你永远在我心里，"她拥抱着阿玛亚说道。

"妈妈，谢谢您的关爱，谢谢您记得我，把我放在心里。"阿玛亚说着，亲吻了阿玛亚修女的脸颊。

"卡兰，很高兴认识你。你们两个是一对迷人的情侣。我祝愿你在未来度过一段有意义的时光。"她与卡兰握手。

"谢谢您，妈妈；当你访问巴塞罗那时，请来我们家，"卡兰请求阿玛亚修女。

"当然，我很高兴再次见到你，"阿玛亚修女安慰道。

"再见，妈妈，"阿玛亚说

"再见，"阿玛亚修女回答道。

阿玛亚和卡兰前往市中心，在一家酒店登记入住。由于已经八点了，他们没有出去，在一楼的一家餐厅吃了晚饭。早上六点开始返程；阿玛亚坐在驾驶座上，一边开车一边谈论一百件事。一百五十公里后，他们在小亭吃早餐，中午在加油站附近的餐厅吃午饭。休息一个小时后，卡兰开始开车，晚上五点到达巴塞罗那。阿玛亚用卡兰给她的备用钥匙从停车场打开了房子的侧门。

"阿玛亚，谢谢你给我带来了愉快的旅行，"卡兰在进屋时说道。

"我必须感谢你，卡兰，感谢你的爱、陪伴和团结。和你一起旅行真是太好了。你真是太体贴了。"阿玛亚亲吻着他的脸颊说道。

他们在游泳池里待了一个小时。尽管是盛夏,水还是凉的。阿玛亚很喜欢和卡兰一起裸泳,有一种独特的魅力。然后他们用土豆煮蔬菜普拉夫、花椰菜、菠菜,晚餐后弹了一个小时的钢琴。卡兰惊讶地看着阿玛亚手指在键盘上的动作。她正在演奏她最喜欢的肖邦作品,卡兰可以从音乐中认出作曲家。后来,卡兰扮演克拉拉·舒曼。

当书从手中滑落时,阿玛亚从椅子上站了起来。当她意识到自己现在是在科钦,而不是二十五年前的巴塞罗那时,她感到惊讶了片刻。完成工作后,她浏览了电子邮件,然后在六点左右阅读了当地报纸上发表的两篇文章。一是关于妇女对其专利财产的平等权利;二是关于妇女对其专利财产的平等权利;第二个问题是关于妇女在宗教中的剥削。她正在等待昌迪加尔的电话,并渴望知道普尔尼玛想说什么。不到五分钟,电话就来了。

"女士,晚上好;我是普尔尼玛。"

"嗨,普尔尼玛,"阿玛亚回答道。

"由于我们的谈话被打断,我无法继续讲话;我不想稍后再打扰你。"普尔尼玛澄清道。

"昨天,我问你是否在巴塞罗那的一所大学;你给出了肯定的回答,你是大学的学生。我在我父亲的文件中看到一条记录,说他见过你。"普尔尼玛解释道。

"纸条上写了什么?具体的词是什么?"阿玛亚问道。

"在大学的自助餐厅遇见了阿玛亚,"普尔尼玛从纸条上读到。

"但这并不意味着什么;每天有数百人光顾自助餐厅;可能有很多女性的名字是阿玛亚,因为它不仅在大学而且在整个西班牙都是一个常见的名字,"阿玛亚说。但她心里却有一个挥之不去的疑问。"Poornima 正在寻找 Amaya Menon 吗?普尔尼玛是谁?阿玛亚内心争论不已。但她不想再向普尔尼玛问任何私人问题。让她带上更多阿玛亚身份的证明。

"我很想知道。我相信我父亲在巴塞罗那大学认识的阿玛亚能够帮助我父亲恢复意识。这对我来说至关重要。请帮忙,"普尔尼玛恳求道。

给普尔尼玛寄予虚假的希望是错误的，除了这个问题之外，一个严重的问题涉及到某人的真实身份。阿玛亚不想声称她是在巴塞罗那大学食堂遇见她父亲的人，也不想鼓励普尔尼玛在没有有效和可证实的证据的情况下将自己的结论强加给别人。

"女士，让我看一下所有旧文件。寻找已有四分之一世纪历史的手写笔记是很困难的。此外，我不知道存在这样的注释或文件。但我会进行搜索。我决心找到我父亲在大学里认识的阿玛亚。只有她能帮助我父亲。否则，我就不得安宁。"普尔尼玛说道。

"在这种情况下，确凿的证据至关重要，"阿玛亚说。

"女士，明天这个时候我可以和您谈谈吗？"普尔尼玛恳求道。

"不客气，普尔尼玛，"阿玛亚回答道。

"谢谢你，女士；晚安。"

"晚安，普尔尼玛。"

普尼玛正在遭受苦难，阿玛亚决心帮助普尼玛。曾经，她多年来一直承受着难以想象的悲伤，但在母亲的帮助下，她克服了困难。她的坚持是那么强烈、深入人心、情有可原。罗丝冷静、有个性，能感受到女儿的悲伤并同情她。罗丝对女儿的纯粹认同使阿玛亚进入了一个新的意识世界，这是由于完全了解她的需求而产生的。秘诀是了解受苦者的感受，而不是责备或评判。

将罗丝视为平等的人是阿玛亚小时候或年轻时从未经历过的新知识。她温柔的言语、行动、对女儿痛苦的关心以及训练和控制她的思想的准备改变了一切。阿玛亚对她母亲建议的内观的可能性感到惊讶。这是一个不同的宇宙；奇怪但真实的是，当阿玛亚意识到一个人内部存在问题时，内观彻底改变了她的生活焦点。转变是通过控制一个人的心，一层一层、一片叶子地发生的。罗斯告诉阿玛亚，这不是一个发现，而是一个人内心的创造，因为没有任何东西是预先存在的。学习调节思想是走向孤独的旅程，是一场与阿玛亚所爱之人缺席而形成的孤独的斗争。

她训练自己通过独居来消除痛苦和痛苦。多年来，苏普里亚的缺席对阿玛亚的情感和梦想都是一个打击。在评估了发生的事情之后，阿玛亚意识到她无法挽回苏普里亚的缺失，苏普里亚是她在没有感觉的情况下认识到的对现实的强大认识。

"接受赤裸裸的事实，不要逃避，以勇气和决心面对它们，过上平静而富有成效的生活，"罗斯建议道。

创造生活的意义，并通过坚持不懈的努力来实现它。拥抱恐惧、焦虑、担心、愤怒和报复会破坏和平，增加痛苦，并且无法区分真实与虚幻。这种认识就是力量；这种认识就是力量。当她成为命运的主人时，没有人能打破它。如果她不警觉，孤独就会再次吞噬她，让生活变得毫无意义，走向痛苦之路。当她感觉到这种情况时，她控制住自己的思绪，不去胡思乱想，一起弹钢琴几个小时，因为音乐可以平静她的思绪，并将她与宇宙联系起来。阿玛亚创作了舒缓且流行的音乐。

在她开始冥想自我、她的存在、警觉性和存在之前，她所经历的孤独是毁灭性的。苏普里亚失踪后，她的感觉主要是爱的缺失和依恋的剥夺，这在她的心里造成了痛苦、沮丧和痛苦。没有出口，没有一丝希望，因为天空黑暗而可怕。这降低了阿玛亚的推理能力，因为她一再无法集中注意力，甚至无法做出最直接的个人决定。日常生活变得破旧肮脏，一切都令人恶心。她解决问题的能力下降，导致她产生消极的自信和抑郁。卡兰和苏普里亚的消失，在她的心里留下了无法治愈的伤痕，而他渐渐减弱的脚步声也敲响了家庭生活的丧钟。阿玛亚试图逃离自己，但卡兰的影子到处跟着她；对现实的恐惧像利维坦一样增长。对一切的恐惧追赶着她，而与此同时，真相却在逃离她。这是一场争夺苏普里亚的占有欲的对抗，与虚无的搏斗。它因极度恐惧、羞耻和自怜而产生恐惧和逃亡。

阿玛亚鄙视人际关系，讨厌信任任何人，因为陪伴对她来说是徒劳的。她的孤独使她丧失了行动能力，没有意识到她与苏普里亚在一起。阿玛亚在她体内逐渐消失。她在涂鸦自己的身份，厌恶自己的存在，并用随着炸药反复引爆而爆炸的受伤感情来刺激自己。欺骗超出了她的想象，承诺也化为碎片。这是一场灾难，她的人生目标在她眼前受到了创伤。即使她成为了母亲，她也无法触动女儿，无法将她放在心上。她有一百万次想象她的女儿爬行、迈着婴儿步、走来走去、跑来跑去。阿玛亚（Amaya）成为她的女儿，苏普里亚（Supriya）成为阿玛亚（Amaya）。

最后，罗丝帮助阿玛亚克服了创伤，将其可怕的存在从她的脑海中根除。

这就是阿玛亚想要帮助普尔尼玛克服焦虑的原因。这也是阿玛亚希望让女性为正义而战的动机，她的法律斗争始终是女性公正的传奇。在过去的二十年里，她帮助数百名女性站起来，体验独立、自我价值和尊严。她在各个法庭审理的案件反映了她将妇女从性奴役、剥削和压迫中解放出来的决心，并使她们做好面对现实和非人性环境的准备。公正是人道的，在任何情况下都必须是至高无上的，她的口号是善意的歧视，有利于女性。

周日早上阳光明媚。阿玛亚已经决定去她父母家看看，那里距离市区有三十分钟的车程。罗丝和香卡·梅农在正门等待阿玛亚，因为他们知道她会在早上十点左右回家。这是她的一贯做法。当香卡·梅农（Shankar Menon）在印度政府担任外交职务时，她的母亲是一名建筑师。辞去政府工作后，罗斯与丈夫一起返回印度。在孟买，尚卡·梅农（Shankar Menon）担任《世界报》（*The Word*）的编辑多年，罗斯则加入马拉巴尔山（Malabar Hills）的一家公司，担任全职建筑师。Rose 工作的 Design-Glory 公司非常看重她将哥特式建筑和印度南部风格（喀拉拉邦的原型）与当代建筑相融合的独特风格。Design-Glory 只专注于绘图和设计开发，其客户来自印度各地和国外。罗斯加入公司后，客户数量增加了三倍。

阿玛亚满怀爱意地拥抱了八十多岁的父母，他们看起来健康又爽朗。在担任《*The Word*》编辑期间，香卡·梅农（Shankar Menon）是许多新闻学院的客座教授，并撰写了多本有关政治、新闻和自由的书籍。他的著作《写作的自由》和《敢为人先的编辑》为新闻业做出了杰出的贡献。他告诉阿玛亚，他已经完成了另一本书的初稿，名为《无名记者》，讲述了在该领域工作的记者。香卡·梅农（Shankar Menon）是一位为人权和平等而奋斗的人文主义者；阿玛亚从小就知道这一点，并继承了他的许多品质。她钦佩他的社论和其他专栏，这些都是人类对自由和正义不断追求的有力表达。他不崇拜任何人，也不惧怕任何人，并且嘲笑民主中出现的独裁者和独裁者。通过分析多年的统计数据，他揭露了那些煽动暴力、发表仇恨言论、纵容私刑和大屠杀的人，并证明他们成为了有权有势的部长。然而，他们是空虚的人，充满了恐惧，害怕一切，甚至害怕自己的影子。作为一名编辑，梅农揭露了犯罪分子与政治家的关系以及犯罪分子如何演变为政治家和高管。他写道，为了保护民主，抗议是必不可少的。他的结论是，一个忘记抗议的社会是一种无知和死亡的文化。对于香卡·梅农来说，最重要的科学发现是发现自由和平等。

同样，对于梅农来说，保护民主最健康的方式就是公开抗议。将自己提升为神性的政治家赋予他们的日常生活和行动以宇宙意义。他们声称，他们所做的一切都是为了自己的荣耀。因此，对于一个奴才来说，他的政治主子的每一句话都带有预言的潜力，真理就这样消失在英雄崇拜的边缘，成为一种后真理的表达。

阿玛亚每周都会去看望她的父母。每个月，他们都会和阿玛亚一起去高知待几天。对于阿玛亚来说，她的父母是她最亲密的朋友；他们也认为她是最好的朋友。罗丝和香卡对见到女儿表示特别高兴。罗斯和梅农经常紧紧地拥抱着他们的女儿，把手放在对方的肩膀上，享受着令人窒息的团结。他们花了几个小时分享自己的世界观，研究法律和社会花絮，讨论最新技术、科学发明、建筑奇迹、新闻调查、书籍、音乐、艺术、人权和社会正义。有时他们会回忆马德里的生活，以及对巴塞罗那、巴斯克地区和欧洲各个城市的访问。他们的谈话总是以分享个人生活、健康、愿望、工作和未来结束。

阿玛亚会和她的父母一起做饭，这是一种喀拉拉邦风格的素食餐，包括阿帕姆、米饭、不同的菜肴、水鹿、帕帕德和帕亚萨姆。餐厅是厨房的延伸，面对面坐在一起分享食物，是一种亲密而迷人的感觉。晚上四点喝完茶吃点心后，他们会去瀑布散步。罗斯和尚卡·梅农爬山没有任何问题。当季风活跃时，雄伟的瀑布和绿色植物令人惊叹。阿玛亚可以看到山的另一边新建的高楼大厦。他们担心新的建筑会翻过山丘，破坏瀑布的宁静和偶然。

在阿玛亚发动汽车离开之前，罗斯和香卡·梅农拥抱了他们的女儿。

"妈妈，爸爸，爱你们。"说着她吻了他们俩。

"爱你，亲爱的*摩尔*，"罗斯说。

"爱你，阿玛亚，"香卡·梅农说。

在开车返回科钦的途中，阿玛亚满脑子都是罗丝和香卡·梅农以及他们在村里的生活。他们对自己和他们的生活感到高兴。然后普尔尼玛就生动地出现了，她说话的方式，因为她目的明确，就像一个侦探，声音的语调也很精确。普尔尼玛说话不紧不慢，她很尊重与她说话的人；她从不傲慢，总是谦虚，这是充分社交和教养的标志。

阿玛亚相信普尔尼玛会打电话给她并提供一些证据。八点三十分，电话响了。阿玛亚从声音中知道普尔尼玛有些兴奋。

"女士，我有确凿的证据证明我父亲是在大学食堂遇见你的，"普尼玛说道。

"那是什么证据，普尔尼玛？"阿玛亚心砰砰直跳地问道。人们渴望更多地了解普尔尼玛的故事。

"我可以在我父亲的档案中找到一些关于阿玛亚的笔记，我坚信那是关于你的。"然后普尔尼玛读了第一个："八月二日遇见阿玛亚。"

阿玛亚全身颤抖，一种无法控制的实体正在通过狭窄的隧道吞噬她的想法被粉碎了。在洪流注入的无限真空中，她经历了压倒一切的默默无闻。她穿过无缝的虚空，体验着石化般的失重感，交织着一种征服般的呼吸困难的感觉。

阿玛亚一瘸一拐地坐在椅子上，命令自己的头脑保持冷静。坐在椅子上，她回想起第一次见面。那是八月二号星期三，十九点九十五分。

"Poornima，第二个证据是什么？"恢复平静后，阿玛亚问道。

"这是关于你参观他的房子，莲花。"普尔尼玛突然停了下来。

阿玛亚简直不敢相信自己的耳朵，因为她在八月五号星期五去卡兰家住了。

"请告诉我你父亲的全名，"阿玛亚请求道。

"他是卡兰·阿查里亚，"普尔尼玛回答道。

阿玛亚静静地坐了几秒钟。

"女士，你保守着一些关于我父亲的秘密。只有你能帮助他。他一直在念叨你的名字。"普尔尼玛急切地请求帮助。

"Poornima，你是你父亲唯一的孩子吗？"阿玛亚问道。

"是的，我是伊娃博士和卡兰·阿查里亚唯一的孩子。七月三十一日，十九岁九十六，我出生在巴塞罗那，"普尔尼玛说。

"Poornima，"阿玛亚叫着她的名字，似乎还想再说些什么，但又停了下来。

"是的，女士，"普尔尼玛的回答听起来像是一个询问。

"Poornima，我是阿玛亚；你正在寻找我。告诉我，我能为你做什么？"阿玛亚问道。

"女士，请立即来昌迪加尔。认识我的父亲。我相信我的父亲会认出你的存在。他将会恢复知觉。如果高知没有直飞昌迪加尔的航班，请乘坐包机。我可以支付一切费用。我父亲是这个国家最富有的人之一，所以钱不是问题。"普尔尼玛对说服阿玛亚感到担心。

"我什么时候来昌迪加尔？"阿玛亚问道。

"请从今天开始；否则，明天。如果你不介意的话，我可以来科钦，然后用我们的私人飞机带你去昌迪加尔。"普尔尼玛表示歉意。

"我是一名律师；从周一开始，整整一周列出了大约四十个案件。对于我的客户来说，他们的请愿是生死攸关的问题。这个案子也影响了他们的家人，我对他们负责。"阿玛亚解释了她的情况。

"女士，我的父亲可能会死。请来吧，"普尔尼玛恳求道。

"我想消除客户的痛苦，他们是我的首要任务。如果你坚持的话，周六我可以去你家。"阿玛亚说得很准确。

"我很感激你，女士。我要求你立即来昌迪加尔还有一个原因。我担心我父亲的安全；他的生命有危险。许多专业竞争对手无法消化我们制药公司前所未有的增长。我们公司内可能有人为他们工作。我已经任命了最值得信赖的医生和护士来照顾他。此外，我花了很多时间和父亲在一起。"普尔尼玛的话语中带着些许痛苦。

"你需要非常小心地保护你的父亲。很高兴知道他周围有你信任的人。顺便说一句，我可以从高知乘坐航班飞往德里，然后转机飞往昌迪加尔。不用担心我的旅行；我会处理的，"阿玛亚说。

"当然。女士，"我明天晚上八点三十分给您打电话可以吗？"

"当然可以，晚安，女士。"

"晚安，普尔尼玛，"阿玛亚回答道。

突然间，全场鸦雀无声。卡兰在医院记录中输入的名字是伊娃（Eva），而不是阿玛亚（Amaya）；护照、签证、出生日期、居住地址和其他文件的复印件。出生的婴儿是伊娃和卡兰的女儿。

阿玛亚哭了。那是一声无声的尖叫，但她的心却在爆炸，痛苦剧烈。阿玛亚二十年来第一次失去了对自己的控制。她的头脑决定了这些条款。"让我哭啊哭，洗去我过去二十四年的痛苦和不幸，"她说。阿玛亚坐在那里两个多小时，没有思考任何事情，只感到空虚和完全的黑暗。

她再次置身于一条有数千根细长竖井相连的隧道中。永恒的深渊吞噬了一切。但不知从哪里传来一个婴儿的哭声。阿玛亚想要去找那个孩子，但他跑了，但没有到达目的地。叫喊声越来越大；在季风前的洪流间歇性地发出刺耳的雷声时，成千上万的人像狐狸一样狂吠、嚎叫和尖叫。尖叫声变得更加响亮和可怕。海啸的轰鸣声压过了尖叫声。天高的水墙及其力量可以摧毁一切，粉碎任何阻挡它的东西。天气很冷，她一起在海浪上漂浮了几个小时。那是一种鼻孔、喉咙、肺部和胃部破裂的死亡感觉。

阿玛亚看到数百栋房屋被拆除，她试图到达其中一栋。不知何故，她进入了一座大房子，里面只有身穿白色纱丽、剃光头的女性拒绝人类。由于不受欢迎，他们的儿子把他们扔进了寺庙。

"我们的日子屈指可数了；我们没有权利像人一样生活，因为我们是寡妇。"她们异口同声地喊道。

"但是有一天你会守寡；"你没有出口，"一位正在吸吮婴儿的盲人妇女喊道。

"别诅咒她，"另一个女人悲伤地说。

"今天或明天你必须成为其中一员，这是不可避免的。机器人会收集你的尸体，把它扔进一个很深的缝隙里，让你像老鼠一样腐烂。"第一个女人说得好像在读一本圣书。"人生就是一场毫无意义的斗争。如果你试图赋予它一个意义，没有人会接受它，"盲人妇女继续说道。

守寡就像死亡，但看起来并不像是一个平等者。女人会受苦甚至死亡；地球将不再有它们。当女性消失时，男性也会消失。在过去的四百万年里，这些会说话、会思考的动物一直存在。他们花了五十万年的时间才用脚走路。创建一种语言花了超过一百万年的时间。他们殖民了这个星球的所有角落，追捕尼安德特人，爱上了他们的女人，繁衍了一些混血儿，并摧毁了澳大利亚和美洲的几乎所有动物。他们发现了火、铁矿石、武器、烹饪和农业。宗教因诸神、化身、童贞女生育、祭祀、闪亮的剑、对数百个绿洲的夜袭、对犹太人的屠杀、改变其妇女的信仰、童婚、十字军东征、圣战和塔利班而蓬勃发展。

宗教创始人率领军队，入侵和平人民，屠杀数千人。他们娶妇女和小女孩为妻妾，传播信仰，到处都有成千上万的人头被血迹斑斑的剑砍下，就像祭坛上的祭牲一样。胜利者为想象中的现实建造了礼拜场所，并称其为仁慈的。这些虚构的实体恐吓人类并开始为他们决定一切。女人是胜利者的财产，她们许诺天堂里充满了年轻女孩的肉体享乐，酒水潺潺。许多人因牧师、大主教和骗子的亵渎而失去了理智。他们编纂神话，重写传说，分发魔法书籍，消灭古代文化和文物，并消灭那些拒绝相信的人。终于，人类来到这里，等待一个没有人类的星球。这位正在吮吸婴儿的寡妇继续哀叹，她是宗教狂热分子在怀孕期间挖眼的受害者。他们开枪射杀了她的丈夫，因为她与丈夫同行时脚踝没有被遮盖。

毗邻的隧道里有一个怪物；阿玛亚可以看到他身后远处有一丝光芒。但对于她来说，战胜那头像山一样站立的野兽，将隧道扛过它的头顶，是一项艰巨的任务。她爬向他，躲避他的注视，但花了好几个小时才从他脚下穿过。这个怪物正在看守一个关押年轻女性性奴隶的集中营。你需要与野兽战斗并杀死他，以拯救隐藏在营地中的奴隶。世人不知道；有一个性奴隶集中营，数百万人正在腐烂。她翻墙进入田野。那场面太恐怖了，从来没有遇到过这样的人间悲剧。所有的女人都赤身裸体，剃光头；没有人的手、腿都被锁在铁柱上。在腐烂的阶段，她可以看到他们被砍断的双手，一只接一只，像一座山，就在入口附近。令人厌恶的一幕让她崩溃了。

性奴隶开始像受惊的猴子一样哭泣，这是一次令人心碎的经历。她一根一根地把链子挣断了。花了亿万年的时间才完成这项任务。他们如飓风般向大门奔去，饥肠辘辘，将怪物吞噬殆尽。骚乱所产生的灾难性噪音，回荡在集中营的各个角落。对于被剥削和被束缚的妇女来说，这是一场解放和自由斗争。阿玛亚加入了他们，他们像云墙一样移动。

"阿玛亚，"拍着自己的肩膀，在与普尔尼玛交谈后，她深感震惊，自言自语道。当时是半夜。她二十一年来第一次想念内观，因为她内心的混乱如此强烈。蹲下、将手臂放在大腿上并进行冥想是一项挑战；即使她试图闭上眼皮，也很难入睡。她知道她正在和她的女儿说话，在过去的二十四年里，她醒着的时候都梦见她。有一种无尽的渴望，想要面对面地见到她，和她说话，拥抱她。但与普尔尼玛交谈时内心的快乐却消失了。

有一种超然的感觉，一种与普尔尼玛保持情感距离的愿望，让她拥有自己的生活、幸福和满足。然而，如果可能的话，她希望普尔尼玛能通过与父亲会面来消除她的痛苦。与普尔尼玛分享她的生活是不可行的，因为她不能成为她的女儿。普尔尼玛不再是她母亲心中所爱抚的那个人，她在大约四分之一个世纪的时间里一直梦想着她。对于阿玛亚来说，苏普里亚是她自己的，但普尔尼玛却是别人的。突然卡兰变成了一个陌生人，一个局外人。她在大学认识的卡兰温柔、充满爱心、充满活力，是一个伴侣和朋友。但带着女儿失踪的卡兰是个外星人。

然后阿玛亚就睡觉了，经过三个小时的睡眠不安后，六点起床。这是她多年来第一次睡得晚。她可以修一个小时的内观，她的心就会受到控制。冥想结束后，她心中的一块大石头永远被移走，这是一种喜悦。她充分享受这种自由。

她的权利和她的生活

从圣塞巴斯蒂安回来后，阿玛亚经历了一种独特的内心快乐，并与卡兰建立了更深的联系。阿玛亚以为她从小就认识他，他们到处都在一起。她开始喜欢他对足球、足球俱乐部、股票市场、摩托车、汽车的认同以及他对他人的评价，但仍然讨厌斗牛。她的团结和团结日复一日地增长。当阿玛亚意识到他们有这么多共同点时，惊讶不已。这帮助她更好地理解了卡兰的爱。他们一大早就醒来时，他给她煮了睡前咖啡，她很珍惜这一点。卡兰坚持每天做一些特别的早餐。他早餐炸了一个牛眼。阿玛亚更喜欢用辣椒、洋葱片、一块腰果、丁香、小豆蔻、一点肉桂和少许盐炒鸡蛋。味道鲜美。

阿玛亚吃了一靶心，因为她不想伤害卡兰。每次去新闻学院，她都会在大学食堂吃午饭。卡兰和阿玛亚一起准备晚餐；和卡兰一起吃饭总是一种温馨的经历。他在《Tere Ghar Ke Samne》中分享了天底下的故事、讲笑话，并为 Dev Anand 演唱了穆罕默德·拉菲（Mohammed Rafi）的印地语情歌。卡兰每天做完最后一顿饭后都会亲自打扫和拖地厨房。阿玛亚每天早上都去大学；这天剩下的时间他都忙于他的股票生意。

他们每周一次清空游泳池并用绿色清洁剂清洁。和卡兰一起生活是一次愉快的经历。她和他在一起的生活没有什么可担心的，也没有什么问题。有时，阿玛亚觉得卡兰太爱她了。她想要与他争吵和打架，这是终生在一起、分享生活现实所必需的。没有争吵和摩擦的生活让她心里有些许失望。当她独自坐在大学图书馆里时，时不时地觉得卡兰是个谜，因为没有人能那么体贴、充满爱心和完美。偶尔，她也会要求卡兰偶尔和她一起打架。听到阿玛亚的恳求，卡兰会笑起来。

"你有时应该不同意我的观点，伤害我的自尊，让我哭泣。你让我的生活变得无忧无虑，让我们的团结变得完美。我曾见过父母吵架，但半小时后，他们就会成为朋友。这样的争吵中充满了美丽。"阿玛亚解释道。

在巡演期间，卡兰陪伴着她，访问报社、电视频道、图书馆和档案馆，为她的人权研究收集数据，因为他不想让她独自一人。他非常擅长安排阿玛亚的酒店预订和旅行日程。他表示愿意做这项工作。和卡兰在一起的生活是一首完美的交响乐，但她对它的完美感到害怕。人们一直担心这种情况会导致悲剧和难以想象的痛苦。当阿玛亚告诉卡兰她的恐惧和焦虑时，他紧紧地拥抱她，让她贴近他的心。阿玛亚喜欢他身体的味道。通过用鼻子触碰他的腋窝，她享受着幸福的狂喜，这是他拥抱的一体性的副产品。然后，他们做爱了；分享令人震惊。他们是作为最好的朋友长大的。这是友情中的浪漫，分享中的亲密，信任中的凝聚，Karan 逐渐演变为 Amaya 和 Amaya，Karan。

卡兰告诉阿玛亚，他想转一些钱到她的银行账户，买一辆车去大学，并为她的研究收集数据。给卡兰账号后，两天之内，一辆全新的梅赛德斯奔驰就出现在他们的车库里。阿玛亚在核实银行余额时找到了足够的钱来购买同样昂贵的东西。但看到转账是由一位"不愿透露身份的朋友"进行的，她有些困惑。阿玛亚笑着称卡兰为"神秘人"。卡兰笑了。

他们在南阳台上用一架 Disklavier 钢琴度过了很长时间。这是一款传统原声钢琴与现代技术的结合。阿玛亚在罗斯的一架立式钢琴上演奏了她的第一堂钢琴课。马德里洛雷托学校的一架三角钢琴看起来很气派，阿玛亚在它可爱的键盘上花了很多时间。卡兰认为弹钢琴有助于同步手眼协调、提高敏捷性并降低高血压和呼吸频率。弹钢琴可以显著减少心脏病，增强免疫反应以及手指、手掌和双手的灵活性。它提高了注意力集中能力，使大脑更加活跃和专注。阿玛亚知道卡兰说的是他的心声，但却像一位医生。她意识到弹钢琴可以帮助她聆听钢琴产生的音乐。钢琴家一次要做很多事情，读乐曲，听你弹奏的音符，同时踩踏板。卡兰会说钢琴可以教你如何协调自己的生活、欲望和未来。阿玛亚猜想他可能读过有关弹钢琴对身体和医疗益处的文章和书籍。

马德里洛雷托学校的修女们坚持认为精神上的好处。他们是优秀的音乐教师，致力于发展和内化钢琴文化。他们告诉阿玛亚弹钢琴很容易；人们可以坐下来按下琴键来演奏。音乐是一种自然现象，是宇宙的语言。修女们解释说，星系、恒星和行星通过音乐进行交流，因为这是她们唯一能理解的语言。当上帝创造宇宙时，他用音乐说话，宇宙学习了每个音符并为自己演奏了数十亿年。那种音乐回荡在宇宙的各个角落，当外星人造访我们的星球时，他们用音符说话，修女们笑着说。卡兰说，弹钢琴改变了人类的大脑。卡兰认为所有动物，包括海豚、黑猩猩、大象、牛、狗、猫、孔雀、母鸡甚至老鼠，都会在听钢琴音乐时表达喜悦。弹奏钢琴及其音乐，可以刺激大脑，提升心智，让大家享受生活；阿玛亚想起了母亲的话。

"钢琴演奏通过识别音调、音程和和弦并培养音高感来提高听觉意识，"卡兰解释道。

"阿玛亚，你的能量水平永远会更高。在弹钢琴的过程中，钢琴家增加了新的神经连接。"有一天，卡兰坐在露台上喝晚茶时说道。

"它有助于大脑及其功能，例如健康的思维、更好的注意力和成功的行动，"卡兰继续说道。

阿玛亚看着他，就好像他在像神经科医生一样说话。在他看来，充满活力的大脑是愉快的记忆、舒缓的意识、有吸引力的演讲、有力的语言和受控的情绪反应的所在地。阿玛亚钦佩地看着卡兰。他的解释准确而科学。

"弹钢琴会让你保持精神警觉、年轻和充满活力，"罗斯在马德里时告诉阿玛亚。罗斯是她的第一位钢琴老师，她弹得非常好，香卡·梅农很欣赏她的才华，在她弹奏时长时间坐在她身边。罗斯有一架立式钢琴，是从伦敦巴格利巷的一家钢琴店购买的，里面有大量珍贵的钢琴收藏。Upright 是一架非常棒的钢琴。它的身体部位由不同类型的木材制成。音板是云杉的，由于其弹性而混响最强烈。钢琴音板被制成弯曲的并且有一个冠部，就像扬声器锥体一样。枫木用于弦轴板，因为它具有高度的稳定性。所有八十八把钥匙都是用一整块杉木制成的。盒子是橡木的，边缘是枫木和桃花心木的组合。外部和后柱是乌木的。

"伟大的科学家都是优秀的音乐家，"罗斯在教女儿如何阅读音符和双手演奏时告诉她。阿玛亚学得很快，洛雷托学校的修女们鼓励阿玛亚掌握她的技能。

从巴塞罗那回来并从抑郁症中恢复过来后，阿玛亚继续弹钢琴，并与母亲住在村里的家里，俯瞰着瀑布。在与母亲一起度过的三年里，罗丝一直试图在阿玛亚支离破碎的生活中创造一个音乐环境。当阿玛亚搬到高知从事法律业务时，罗斯送给她一架新的施坦威艺术三角钢琴。阿玛亚每个周六、节假日和周日晚上都会一起玩几个小时。她生命中创造的神奇音乐令人难以置信，与内观一起彻底改变了她的生活。然而，一个想法仍然在她的脑海中闪烁，就像一线希望一样，遇见她心爱的苏普里亚。

严格来说，电话是在八点三十分打来的。"女士，来自昌迪加尔的热烈祝福。我是普尔尼玛。"声音回荡着。

"嗨，普尔尼玛，"阿玛亚回答。

"我昨晚无法入睡；我在想你对昌迪加尔的访问。这将是我寻找的最终结果。我相信你存在于某个地方，你认识我的父亲，你可以帮助我的父亲。但我还是无法消化；我可以找到你；我跟你说过话了。"普尔尼玛的话充满了自我实现和希望。

"Poornima，我唯一的目的就是帮助你克服痛苦。如果我去你们那里对你们在这方面有所帮助，那就值得了。"阿玛亚的回答中带着含蓄的超然。她知道自己已经超越了痛苦、悲伤和抑郁的世界，在这个世界里，生活是一种责任的表现，帮助他人实现自我价值。普尼玛需要达到一种意识状态，让她感觉没有痛苦、焦虑和抑郁，阿玛亚想帮助普尼玛。

"女士，您真是太好了。尽管如此，我不知道你和我父亲是什么关系，也不知道我父亲在什么背景下与你联系在一起。但有一点是肯定的，父亲不可能忘记你，因为你已经深深地刻在他的记忆和意识里。这可能是某种未表达出来的感激之情，也可能是隐藏的内疚感的结果，甚至是其他原因。我确信你就在他心里，"普尔尼玛叙述道。

阿玛亚思考了一会儿，评估了普尔尼玛所说的话、语气、意图和背景。尽管它的信号是直接的，但其意图是在两个人之间建立一种关系。阿玛亚的法律头脑做出了一个假设。但没有必要对此发表任何声明或反应，而是长时间的沉默。

"我可以问你一个私人问题吗？"普尔尼玛低声恳求。

"是的，"阿玛亚回答道。

"你有女儿吗？"

"是的。"阿玛亚立即回答。

"你怎么称呼她？她多大了，在做什么？"普尔尼玛似乎想了解很多事情，以便与阿玛亚建立积极的融洽关系。

"她的名字叫苏普里亚。她二十四岁，跟你同龄。我不知道她在做什么，可能是专业人士。"阿玛亚的发言尽可能简短、客观。

再次陷入沉默，仿佛没有什么可谈的，或者他们已经走到了死胡同。

"晚安，女士。抱歉，我没说清楚，否则可能伤害了你的感情。"电话那头传来阿玛亚的话。她心中一片哗然，后悔说出了女儿的名字和年龄。

第二天，阿玛亚仔细检查了列出的案例。有四份入学申请，三份用于初次听证会，一份用于最终听证会。她浏览了所有文件并记录了争论的重要问题。最后一次审判的案件是一名二十岁的女性。诉讼当事人 Divya 请求为她和她三十二岁的 Abdul Kunj 一岁的女儿提供适当的赔偿。他在与迪维亚发生婚外情后抛弃了她。迪维亚在与富商阿卜杜勒·昆吉（Abdul Kunj）建立了几年亲密关系后，开始与他住在一起。她的父母是印度教徒，反对她和穆斯林阿卜杜勒·昆吉一起等待，但当他们知道迪维亚已经怀孕六个月后，他们才勉强同意。阿卜杜勒·昆杰（Abdul Kunj）已婚并育有四个孩子。他无法合法地与迪维亚结婚，但将她安置在他仓库附近的一栋两居室的房子里。迪维亚生下女孩后，阿卜杜勒·昆杰对她进行了身体虐待，两周内，他抛弃了母亲和孩子。迪维亚的父母拒绝接受她，她在一个废弃的垃圾场里度过了许多个夜晚，并被流浪狗感染，直到特蕾莎修女的修女们救了她。阿玛亚决心为迪维亚伸张正义，因为她知道喀拉拉邦各地有数百起此类案件。

第二天，阿玛亚看到普尔尼玛的电子邮件，有点好笑。这是一封很长的信，普尔尼玛首先为没有征得阿玛亚的许可向她发送电子邮件而道歉。她澄清说，她是从阿玛亚最近在《妇女权利和妇女生活》杂志上发表的一篇文章中获得阿玛亚的电子邮件地址的。在访问昌迪加尔时，Poornima 想要讲述具体事实，以帮助 Amaya 了解 Acharya 医生的家人。

其中有关于普尔尼玛家庭的简要介绍。她在昌迪加尔长大，父母充满爱心。直到十年级，她都在一所修女开办的学校里，她们教她做一个好人。尽管阿查里亚博士药物研究中心附属医院的事务十分繁忙，她的母亲（一名医生）还是找到了足够的时间来照顾普尔尼玛。这并不夸张。普妮玛从母亲那里学到了爱的意义。

她的父亲 Karan Acharya 博士是 Dr Acharya 制药公司的首席执行官，在父亲去世后，他承担了董事长的职责。年轻时，他曾三度代表旁遮普足球队获胜。阿查里亚博士是一位出色的钢琴演奏家，他们的家中回荡着最伟大的浪漫主义作曲家大师的音乐。在攻读神经学博士学位并开发治疗阿尔茨海默氏症的药物时，他研究了音乐对大脑功能的影响。

普尔尼玛的父母形影不离，他们的爱情有一种耀眼的美丽。他们年轻时相识，相爱并结婚。她的母亲大约七年无法怀孕，因此她变得抑郁。夫妇俩休了三年长假，阿查里亚医生与妻子一起前往马赛，她的母亲在那里接受治疗。阿查里亚博士独自在巴塞罗那度过了一年，第二年买卖足球俱乐部的股票。由于他已经是亿万富翁，而且制药公司在他父亲的领导下经营得很好，所以他进入股票市场是令人惊讶的。普尼玛评论说，由于未知的原因，他可能表现得好像忙于买卖足球俱乐部的股票。

阿玛亚停读了一分钟。一个值得信赖的人的谎言扭曲了她的个性、人格和人的尊严。阿玛亚又把下一段讲了一遍。"这三个月来，我一直在寻找你，一和你说话，我就开始认真地翻阅书面文件，哪怕是一张草稿，上面都特别提到了你的名字。我可以在我父亲大约二十五年前写的一份文件的空白处找到你的名字。当您要求我出示真实文件时，我搜索并发现了您第一次访问我父亲位于巴塞罗那海滩的房子。但没有任何关于他的股票业务的交易记录。有从印度汇钱购买房子、汽车和支付其他费用的记录，这些费用在制药公司的业务费用项下。"读完之后，阿玛亚又停了下来。普尼玛永远无法追踪他的股票业务的任何记录，这是事实。

父母在欧洲逗留的第二年中期，普尔尼玛出生在巴塞罗那。但她不明白为什么她怀孕的母亲要前往巴塞罗那分娩。马赛著名医院设有设备齐全的妇幼保健设施；她的母亲在那里接受治疗。

这是一场精心策划的骗局，是阿玛亚最信任、最关心、最爱的人所施的诡计。她在读书时经历了痛苦；疼痛试图压倒她。"安静，冷静。"她试图控制自己的思想。

"女士，我父亲的行为有些神秘。他怎么能把怀孕的妻子抛在马赛，独自留在巴塞罗那呢？然后他开始和你见面。我没有证据证明我父亲和你之间有关系。但我正在寻找更多可能隐藏在我父亲档案中的证据。我正在把它们挖出来，阅读每一个潦草的字迹。我想帮助我的父亲恢复意识；这些小笔记会在这个过程中帮助他。我坚信你是唯一能帮助他的人。"阿玛亚叹了口气看完了邮件。

阿玛亚用紧握的拳头敲击桌子。一股钻心的疼痛袭遍全身。一年多的时间里，她在巴塞罗那、伦敦、日内瓦、维也纳和赫尔辛基的街道、公园和火车站闲逛，经历了一千次同样的痛苦。她在寻找新生儿的过程中度过了一段痛苦的时光。这是一场永恒的狩猎，一场可悲的追求。在心碎的逗留期间，可怕的黑暗填补了她的空虚。她把自己进化成一个被鄙视的人类，一个失去了身份的漫无目的的游牧者。她坐在海德公园里几个小时里无所事事地四处张望，在日内瓦火车站漫无目的地闲逛，在维也纳多瑙河岸边漫步时哼着摇篮曲，她把自己降低到了非人类的水平。她所承受的痛苦比奥伊齐斯的痛苦还要剧烈千倍，没有人能承受比这更强烈的痛苦。

阿玛亚把头靠在桌子上抽泣着。在赫尔辛基，一名大学生坐在她旁边问道："你为什么如此绝望？你为什么哭泣？你的眼里充满了悲伤。"她用手帕帮阿玛亚擦脸。"请不要再哭了。不要长时间坐在这里；天色越来越暗，越来越冷。我怎么帮你？请跟我来喝杯咖啡。"她请求道。阿玛亚和她一起去了。餐厅里很温暖，咖啡热气腾腾，营养丰富。她护送阿玛亚到酒店大堂。"保重，保暖，"她拍拍阿玛亚的肩膀说道。"我是伊莎贝尔；如果您有问题，我就在城里，随时为您服务。"伊莎贝尔给了她一张卡片。她是一名本科生，在一家餐馆做兼职。阿玛亚在她的陪伴下所体验到的安慰是永恒的、令人心酸的。阿玛亚能感受到赫尔辛基这座幸福人类之城的中心有一颗温暖的心。吃早餐时，阿玛亚想起了伊莎贝尔那张友善的面孔。

早餐后，阿玛亚去了办公室。她的后辈们会在早上八点到达那里。阿玛亚忙碌了一天，她出现在不同的长凳前。苏南达在两名法官组成的法官席上协助阿玛亚处理迪维亚的案件，争论在下午持续了两个小时。被告任命了德里最昂贵的律师之一。他对迪维亚的生活进行了放荡的描述，将她脱得一丝不挂，并花了大约一个小时将泥土泼在她的全身上，并用法律术语大肆宣扬。阿玛亚没有花太多时间向法庭展示迪维亚受虐待的身体和青肿的脸。阿玛亚根据各种法律驳斥了对手的诽谤，并令人信服地确立了迪维亚的权利。法院在判决中斩钉截铁，要求阿卜杜勒·昆吉向迪维亚支付一千万卢比的赔偿金，并以迪维亚的名义将另外一千万卢比存入指定银行，用于孩子的照顾、保护和教育。

开车回家的路上，就到了巴塞罗那。每天她都焦急地想在晚上六点左右从大学回家。卡兰会在他的书房里忙于股票交易。"阿玛亚，爱你；今天过得怎么样？你吃了没？"他常常充满感情地问很多问题。每天晚上，阿玛亚一回到家，卡兰就会拥抱她并亲吻她的嘴唇。他们一起喝晚茶；据她所知，卡兰总是等她喝茶吃零食。巴塞罗那的旁遮普和孟加拉餐厅定期提供萨摩萨三角饺、烤 namak para、bedmi puri raseela aloo 或 chatpati aloo chat 作为小吃。

阿玛亚相信卡兰所表达的温暖和爱是纯粹的，并在他的怀抱中享有信任，这是她在大学时代所不知道的。许多年轻人表示希望与阿玛亚在一起，建立持久的联系，但阿玛亚对所有人都无条件地说"不"。她没有男朋友或伴侣可以分享生活，尽管她在青春期的复杂心理需要这样做。作为独立的产物，阿玛亚拒绝与他人捆绑在一起，过着团结的生活，因为阿玛亚没有理由放弃她的孤独。她并不孤独，也没有经历过孤独，也从未想过尝试性。她从来没有想过要听从内心的呼唤，寻找一个陪伴。

她没有意识到发展一个人的身份可以增强自尊，也从未意识到拥有亲密的友情对于身体、情感和社会发展至关重要。从巴塞罗那回来后，在她抑郁的岁月里，阿玛亚回忆起她可能给一些接近她寻求性快感的年轻人或其他渴望建立持久关系的年轻人带来的失望。她对许多人粗鲁或傲慢，因为她对自己的才能过于自信，尤其是在辩论、公开演讲、引导博学的讨论以及流利地用六种语言表达自己的能力方面。别人的奉承和钦佩让阿玛亚不懂得理解年轻人。她在学校里只有一位朋友，阿拉斯内，他教她说尤斯克拉语。但阿玛亚并不知道与其他同学的友谊会鼓励她在选择合适的生活伴侣时强化健康的期望。她拒绝交朋友，这影响了她为成功的成人关系打下坚实的基础。因此，它对从许多人中选择生活伴侣产生了负面影响。她个人的选择是她自己的，因为她从未与任何人讨论过，甚至与罗丝讨论过。

她从来没有意识到，与至少几个人的亲密友谊可以帮助她在需要时接近他们，并让她拥有更好的适应力。当她和母亲在村里生活了三年后，她突然意识到：她怀念拥有不同兴趣、才能、外表、价值观和信仰的朋友，这些朋友可以帮助她评估卡兰。

她对同学阿努拉格本科时在孟买从事新闻工作的情景记忆犹新。他是所有项目和活动的表演者、组织者和领导者。学生和老师都喜欢他。有些人钦佩和崇拜他。在学习中，阿努拉格对自己的未来有明确的计划，与他的父亲一起工作，他的父亲在该市拥有一个新兴的电视新闻频道。政治家、官僚、实业家和电影明星都曾参观过他的工作室。阿努拉格喜欢成为社会舆论创造者和决策者，决定未来的政治家和政策制定者，从而成为众人瞩目的焦点。许多男女学生始终围绕在他的身边，就像他的随从一样。阿玛亚与阿努拉格保持着友好的距离，但他一再钦佩阿玛亚的学术卓越、公开演讲素质、辩论能力和情感成熟。

阿玛亚对学院重新开始的新机会感到不知所措，因为这是一个新地方，周围有许多新鲜面孔，但与他们交朋友并不是她的首要任务。尽管如此，阿努拉格非常重视拥有许多朋友，因为他知道共同的兴趣和个性对于塑造未来具有至关重要的发言权。他想向阿玛亚学习,如何构思想法,如何中肯有力地表达,给观众留下深刻的印象。此外,阿努拉格很重视阿玛亚的公司,但阿玛亚更愿意保持尊重的距离并相信职业关系。阿努拉格想花更多时间与阿玛亚在一起,并喜欢与她一起进行共同活动。他希望与阿玛亚建立持久的关系;这是故意的,让他高兴。只要有机会,他就尽力让阿玛亚开怀大笑。

阿努拉格充满信心;第一年的前两个月对于建立持久的关系至关重要。他甚至愿意为阿玛亚做一些小事,并与她一起参加校园活动。几乎在所有场合,阿努拉格都是积极的参与者,比如教师周,教授们进行自我介绍,并就他们提供的课程进行熟悉讲座,或者教授邀请提交学期论文的学生参加咖啡俱乐部。他含蓄地鼓励阿玛亚与他交谈。音乐节、慈善演出、戏剧、野餐等社交活动,阿努拉格都跟着阿玛亚,这样的活动给了他自然的互动机会。

阿玛亚是许多校园组织的成员,阿努拉格是有选择性地加入的。这样的协会在其成员之间提供了反复的互动,阿努拉格故意试图接近阿玛亚。非结构化的校园活动有更多的机会进行更好、更密切的沟通,小组项目提供了丰富的思想交流机会。因此,阿努拉格故意偏向阿玛亚所属的项目,以更接近她。第二年年底,阿努拉格建议阿玛亚在他父亲的电视新闻频道实习一个月,因为他知道这可能会创造一个与她建立持久友谊的绝佳机会。很多学生都申请去实习,但最终被选中的却寥寥无几。当阿玛亚决定申请电视新闻频道的培训时,阿努拉格庆祝这对他来说是一个启示;她并不讨厌他。

渐渐地,阿努拉格与阿玛亚建立了温暖的联系,并邀请她参加节日和家庭聚会,例如生日庆祝活动、屠妖节、拉姆纳瓦米、圣克里希纳贾扬蒂、新年和在父母宽敞的别墅里举行的象神节。阿努拉格总是表现出有兴趣去班德拉的家接阿玛亚,开车穿过孟买繁忙的街道,前往马拉巴尔山,他的父母和两个兄弟姐妹住在那里。阿努拉格对他面向海滨大道的富丽堂皇的房子感到自豪。阿玛亚第一次来是为了庆祝他的双胞胎姐妹阿努帕玛和阿帕娜的生日,她们是阿努拉格所在学校的高中生。他提前一周邀请阿玛亚共进晚餐,并告诉她只有家人才能出席,因为他很清楚阿玛亚不喜欢人群。阿玛亚第一次见到阿努拉格的父亲，一个受过良好教育的人。他让阿玛亚在家，讨论国家的政治局势。阿努拉格的母亲拥有计算机科学硕士学位，并在一家非政府组织工作，为孟买不同贫民窟的妇女免费提供计算机知识。当她走进屋子时，她轻轻地拥抱了阿玛亚。她的友善、简单和开放让阿玛亚感到惊讶。阿努帕玛和阿帕娜讲述了许多关于他们的学校、老师和管理学校的修女的故事，并亲吻了阿玛亚的脸颊。

这是一次简单的生日庆祝活动，但却充满了丰富的情感交流。阿玛亚喜欢阿努帕玛和阿帕娜的陪伴，他们唱马拉地语虔诚歌曲和一些印地语电影歌曲。看来每个人都很享受这顿晚餐，也很欣赏阿玛亚的到来。阿努拉格的母亲询问了罗斯的情况，很高兴得知她是康奈尔大学的一名建筑师，曾在伦敦、马德里和孟买工作。阿努拉格的父亲对尚卡·梅农和他编辑的《The Word》评价很高。阿努拉格在晚餐时保持着尊重的沉默，听着父母与阿玛亚的谈话。尽管这是一场生日聚会，但阿玛亚仍然是众人瞩目的焦点，阿努帕玛·阿帕纳也做出了相应的反应。

"阿玛亚，再来吧，"当阿玛亚感谢他们邀请她时，阿努拉格的母亲说道。她向阿努帕玛和阿帕纳赠送了两幅画作，一场阿拉普扎和卡塔卡利的划船比赛。

在回到班德拉的家中时，阿努拉格与阿玛亚交谈并表达了参观他的家的高兴。生日聚会结束后，阿玛亚多次拜访阿努拉格的家。阿努帕玛和阿帕娜对阿玛亚很熟悉，并对她的存在表示高兴。他们的母亲对待阿玛亚就像对待家人一样。

"阿玛亚，生命是我们创造的；同时，它是由朋友制作的。过去三年我们一直是朋友；我邀请你和我一起创造我的生活，我也准备好和你一起创造我的生活。"阿努拉格在最后一个学期的最后一个月满怀期待地对阿玛亚说道。

阿玛亚意识到，这是一种恳求。阿努拉格是一位好朋友，成熟且忠诚。他有他的情感、欲望和前景，但阿玛亚从来没有以亲和力和感情来回报它们。她和阿努拉格的相处就像朋友一样，仅此而已。

"阿努拉格，你是我的朋友，并将永远是朋友；我从未想过除此之外的任何事情，"阿玛亚说。

"我可以用一生来等你。给我一句话；你是一颗价值连城的宝石。我们可以在生活中做伟大的事情；作为一个团队，我们将会成功。来吧，让我们建立一种生活。"阿努拉格恳求道。

"我很抱歉，阿努拉格。我和你的交往很专业；我没有其他意图。请理解我；你很棒、聪明、英俊、勤奋、成熟。你是一个充满善意、希望和真诚的人。我感觉到你对我的感情，是真诚的，没有任何狡诈。"阿玛亚解释道。

"阿玛亚，我永远不会忘记你。你将永远在我心中；我非常爱你。我的感情只属于你，而且只属于你。我从来没有想过要别人成为我的伴侣，我一生的伴侣。在你身上，我看到了生命的圆满；我们的未来将是辉煌的。但我知道你的人生还有其他计划；你目前并没有考虑建立持久的友谊。我祝你好运，拥有光明的未来。"阿努拉格说道。阿玛亚能从他的声音中感受到深深的悲伤。

"阿努拉格，谢谢你的理解。我们永远都是朋友，"阿玛亚说。

"如果你改变主意，请告诉我。我可以永远等待，"阿努拉格说。

"阿努拉格，请继续你的计划；别等我。再见，"阿玛亚回答道。

"再见，阿玛亚，"阿努拉格回答道。

那天晚上，阿玛亚接到阿努拉格母亲的电话。"阿玛亚，我们永远爱你，你是我们所有人的家人。我们都非常想念你，因为我们无法认为其他人是阿努拉格的生活伴侣。我们有很多梦想，你们两个在我们的电视新闻频道工作，将其发展成为一个伟大的机构。我忘不了你。"

"女士，我爱你们大家；我对你的尊重是超越界限的。但我的决定是最终的。"阿玛亚回答道。

"我永远爱你，"她颤抖着说道。

阿玛亚很长一段时间都记得她的话，主要是当她和母亲罗斯在村屋里时，阿玛亚注意到瀑布在夏天也会发出同样的隆隆声。它从心底里流泪了。

苏里亚·拉奥（Surya Rao）与众不同，外表不同，行为举止也不同，说话也很聪明。他是阿玛亚在法学院的同学。他又高又瘦，有着最敏锐的智力，能够细致地分析社会和法律问题。Surya 是 Amaya 在许多模拟法庭比赛中的同伴，他们一起去了许多城市。他说话时不带感情，只依靠法律和现有高等法院和最高法院的判决。

阿玛亚第一天遇见了苏里亚，当时他独自站在法学院走廊的一个角落里。和阿玛亚一样，他没有亲密的朋友，独自在校园里闲逛，或者在图书馆里一起坐上几个小时。他可以提出最尖锐的问题，突出法律问题背后的各种问题。教师必须思考如何回答或引导苏里亚参与的讨论。苏里亚很少反驳自己的论点，也很少用琐碎的论点与他人对峙，也很少羞辱他的对手。他从来没有说过一句没有应有的尊重的话。他的解释是开放式的，以便其他人可以继续讨论并理性分析。苏里亚是典型的法律专业人士，在交易中是一个安静、沉思的内向者。

苏里亚并不热衷于与阿玛亚建立友谊，也不热衷于表现出对她存在的偏好。尽管如此，当他们作为一个团队一起参加模拟法庭、辩论或公开演讲时，他对阿玛亚的福祉表现出了浓厚的兴趣。他是一位强有力的演说家，以明确的术语简洁地讨论了人权和正义，听众对他的演讲和学术表现出极大的兴趣。对他来说，大多数人的福利不应凌驾于正义之上，因为正义不受政治讨价还价的影响。有一次在关于印度宪法的辩论中，苏里亚认为宪法不是一个自给自足的道德工具，因为制宪会议的决定从未保证条约对所有人的公平性。他举了印度部落的例子，因为没有人试图维护他们的权利；因此，他们得不到正义。宪法是由选定的一群人制定的协议，但它并没有制定所有人都同意的法律；因此，部落为了正义而起义是正当的。宪法是一项互惠互利的协议，因为它是一项自愿行为，也是使其自治的男女的决定。但各部落并不是平等互利的伙伴，也没有互惠的服务；因此，没有公平的条款。其他制宪会议成员受过高等教育、地位优越、有影响力、善于表达、权力过大，而这些都是部落所缺乏的。因此，部落没有义务遵守不公正的法律。对于部落来说，宪法未能实现那些通常赋予契约道德力量的话语；因此，它在道德上是软弱的。批准宪法的机构内各党派的讨价还价能力在部落利益方面并不平衡。制定宪法的不同群体忽视了部落，否定了部落的自治和互惠理想。通过宪法的团体坚持自己的观点，不参与部落的立场。从此以后，宪法不再保证真正的平等或机会均等。

苏里亚的主张引起了观众的激烈争论。有人称他为反民族分子，是一个反对印度的人。苏里亚的曾祖父是印度国大党成员和自由斗士，曾在塞瓦格拉姆与圣雄甘地一起度过了几年。他与他一起前往印度许多地方并组织人民反对英国人。他因参与自由斗争而在耶拉瓦达中央监狱被监禁四年。他在特伦甘纳拥有一千多英亩的农业用地，作为地主，他仁慈地将九百五十英亩土地分配给在他的农场工作的劳工和无地者。他的儿子因对统治阶级的反贫困政策感到失望并死于狱中而加入了印度共产党。苏里亚的父亲加入了毛主义运动革命共产党，通过群众动员和武装叛乱夺取国家权力。他在安得拉邦、奥里萨邦和巴斯塔邦的部落中工作了四十多年，与中央准军事人员作战。苏里亚的母亲每天在农场工作八到十个小时，照顾她的三个孩子，并向他们教育和灌输父亲关于平等、机会均等、人权和正义的故事和理念。苏里亚成为一名坚定的毛主义者，决心为部落争取正义。由于学术成绩优异，苏里亚很快获得了奖学金并被著名教育机构录取。

阿玛亚和苏里亚决定在恰蒂斯加尔邦的部落中进行为期一个月的实地考察项目。苏里亚建议选择丹特瓦达区的苏克马地区，因为他的父亲在那里工作了十五年多。当苏里亚向阿玛亚讲述这个故事时，她感到很想了解这些部落，并表达了自己工作的愿望。由于不了解苏里亚的毛主义背景，法学院鼓励苏里亚和阿玛亚在部落中进行实地考察项目。观察苏克马人们的社会和经济状况令人震惊。许多村庄的几乎所有男人、女人和儿童都遭受着政府、矿业公司、商人、森林官员、店主、官僚和政客的非人道剥削。穷苦人家住在破烂的土坯房或竹屋里。大多数阿玛亚和苏里亚留下来的部落都是从其他定居点被驱逐的人。政府将他们祖传的土地交给矿业大亨，他们建立了煤炭开采、铁矿石、石灰石、白云石、锡矿石、铝土矿和水泥工厂。许多村庄告诉他们，由于政府已经将土地用于采矿，居民将在短时间内被驱逐出目前的社区。数千个部落处于极度饥饿和贫困之中，这是侵犯人权最严重的情况之一。人身攻击和强奸很常见；许多孩子都是在这样的情况下出生的，阿玛亚目睹的人间悲剧超出了她的想象。大多数人没有东西吃；许多妇女和儿童在森林中寻找可食用的根和叶时丧生。由于没有学校，许多儿童仍然是文盲。那里不存在医疗保健设施，人们看起来体格矮小、虚弱且痛苦。

阿玛亚和苏里亚与部落的家人住在一起，和他们一起去森林里采集树根、树叶、种子和蜂蜜。有时，他们会收集干树枝来做饭，并将它们顶在头上。他们与妇女一起，在露天用木柴或在房子附属的小厨房里烹饪从森林中收集的根和叶子，那里没有通风。广大部落人口遭受着政府精英或商界人士的极端剥削和压迫。阿玛亚与大量妇女儿童交谈，主要询问她们的健康和育儿问题

吃完微薄的晚餐后，几乎所有的村民都聚集在村中心的男人、女人和孩子周围，围着火跳舞。苏里亚用他们介于唱歌和跳舞之间的方言向他们讲话，解释了反抗结构性变革的必要性。政府的福利计划和非政府组织的社会工作带动了周边社会和经济的发展。但他们带来的改变是无效的，因为他们未能实现人权和正义。苏里亚为他们从未享受过的部落争取收入、财富、政治权力和机会。

尽管如此，苏里亚坚称他们不会用基本权利和自由来换取经济优势。由于社会和经济的极端不平等，收入和财富的平等分配是必要的。而且，部落生活了数千年的土地是他们祖传的财产，任何政府都没有权力将他们驱逐出那里。随着部落土地创造的财富转向有政治影响力和富有的人，苏里亚要求平等原则，例如为每个人，特别是社会底层的人的利益分配财富。财富和机会的分配不应该基于任意的法律；因此，矿业大亨创造的财富需要为部落等最不富裕的群体服务。

人们在暴雨、雷电和强风中挤在狭小的小屋里。突然，有一个青年跑了过来，低声说道："警察，警察。"妇女和儿童开始大声哭泣，男人们逃跑并消失在丛林中。青年搀扶着阿玛亚和苏里亚以最快的速度跑到了峡谷，在一块岩石下躲了一夜。苏里亚告诉

阿玛亚，武装警察每六个月至少袭击一次村庄，不分青红皂白地向年轻人开枪，在此过程中，每个村庄都有数十名年轻人丧生。由于部落受到政府的摆布，没有任何抱怨的机会。在苏克马村逗留期间，阿玛亚对苏里亚的尊重与日俱增。他是一个为受压迫的人类争取正义的人，反抗压迫政府滥用权力、剥夺正义来征服部落。

"阿玛亚，完成法律学习后，我将回到这个地方，和这些人呆在一起，并努力提高他们的意识。我将为平等、平等机会和财富分配而奋斗，我认为这是正义，"坐在岩石下的苏里亚说道。

阿玛亚看着苏里亚。当闪电在森林中闪烁，烧毁了木麻黄树梢时，他的眼睛就像火炬一样。苏里亚已经成为部落的一员。"苏里亚，我钦佩你的真诚、奉献和远见，"阿玛亚回答道。

"我是什么并不重要，重要的是这些人需要什么。我邀请您与我一起为此目的，我们将共同努力。你我可以成为一股强大的力量；我们将成功地为这些被压迫和无声的群众伸张正义。"苏里亚的话准确、有力、客观。它们从花岗岩树冠上反弹回来，花岗岩树冠看起来就像村子中央一棵巨大榕树的聚宝盆。阿玛亚不知道该怎么说或做出反应，尽管它们在她耳边回响。

"苏里亚，我非常尊重和钦佩你和你的工作，但我有我的计划。作为一名人权记者，我可以启发公众、官僚机构和政府。我的想法不同，"阿玛亚解释道。

"好吧，阿玛亚，但我想，"苏里亚说。

回忆起与苏里亚在一起的日子就像咀嚼醋栗，苦中带刺，酸中带甜。岩石下的藏身处的夜晚，半夜，萤火虫照亮了树木繁茂的山丘，大自然的狂欢节与丹特瓦达部落的地平线融为一体，就像马德里马塔德罗期间一百万个间歇性的摩天轮灯光，多年来一直具有独特的吸引力。

但在巴塞罗那，卡兰以宙斯般的外表俘获了阿玛亚，用诱人的话语迷惑了她，将她陷入了迷人的怀抱，却没有透露自己的意图。阿玛亚相信并信任他，他像一座灯塔一样矗立着，即使在雨夜也像丹特瓦达阴影下的洞穴一样闪闪发光。阿玛亚和卡兰一起前往马德里，从五家报纸（可能与她父亲编辑的《印刷报》相当）和六家与阿努拉格的电视新闻频道相媲美的电视新闻频道收集数据用于她的研究。像往常一样，卡兰制定了行程，预订了机票和酒店房间，制定了实地考察、采访、参观景点、娱乐活动，最后是斗牛的时间表。阿玛亚不喜欢斗牛，但这是卡兰的选择。无论他去哪里，她都想陪着他。卡兰花了相当多的时间来安排马德里十天的每一天的活动和参观。

她的自由

阿玛亚注意到，马德里在过去十年里发生了巨大变化。机场的外观令人眼花缭乱，道路非常干净，交通也很管制。这座城市闪烁着灯光和广告，建筑极其美丽，建筑令人惊叹，科技无处不在。他们的酒店位于萨拉曼卡的塞拉诺街，阿玛亚以前从未住过如此豪华的环境，但卡兰立即感到宾至如归。他对一切都很放心，细心的阿玛亚也觉得很舒服。在花园餐厅吃完晚饭后，他们在城里散步。阿玛亚能够认出她度过十三年童年的环境。街道上挤满了人；有些路口没有交通，几乎所有路口都有音乐、舞蹈和其他娱乐活动，充满节日气氛。

阿玛亚和卡兰无休无止地交谈，分享故事，发表观察，享受彼此的陪伴。和他一起散步是一次愉快的经历。她想永远和他在一起，走向无限。午夜时分，他们回到了酒店。从二十八楼房间的窗户可以看到班基亚塔、毕加索塔、马德里塔、托雷埃斯帕西奥教堂以及许多教堂和大教堂的尖塔。

按照计划，阿玛亚采访了西班牙最古老的报纸之一的一位处理人权问题的资深记者。记者开始说英语，但后来转而说西班牙语，因为阿玛亚懂流利的西班牙语。她提出问题，记者客观地回答了她的所有疑问，令她满意。记者带着阿玛亚和卡兰来到档案馆，展示了许多有关人权的文章和事件故事。图书馆藏书十万余册，主题多样，涉及新闻、政治、宗教、艺术、文化、经济等相关学科。图书馆附属的博物馆非常出色。他们花了大约一个小时的时间参观了各个展品。记者向阿玛亚发放了一个数字密码，可以使用该图书馆十二个月，这帮助她打开了过去五年的人权报纸网站。阿玛亚向他赠送了一尊精美的卡塔卡利雕像，该雕像由喀拉拉邦的德瓦达鲁木材制成。她对报社的访问持续了大约四个小时。由于下一站是晚上的电视新闻频道演播室，阿玛亚和卡兰回到了酒店。卡兰租了一辆 SUV 十天；去不同的地方都很方便。

参观电视台办公室让她重新思考媒体上出现的新闻的真实性。电视主播告诉阿玛亚，任何事件都可以根据节目制作者的观点和意识形态来预测。"不存在客观真理，扭曲的事实会造成幻觉，因为事件本身并不存在；发生的就是解释，"主播解释道。他在同一新闻频道有十八年的工作经验，怀疑新闻作为新闻的存在。即使是那些看电视节目的人也更喜欢看解释。一张图片或一段视频只有在主播或记者澄清后才有意义。"没有解释的事件就缺乏意义和真实性。就像艺术家用自己的签名为自己的画作命名一样，如果没有这些细节，艺术就变得毫无价值。在电视节目中，无论是政治事件、市场炸弹爆炸还是宗教集会，图像、色彩组合、角度等都根据阐释而呈现出含义。即使是谋杀现场也可能是一次英勇事件、爱国叙事或背叛，无论如何解释。所以，真理在于观察者；真理在于观察者。她独自创造了它的价值、真实性和意义，"主播继续说道。对他来说，人类存在概念之外没有人权，人类居住之外没有上帝，社会群体之外没有国家。当一个人赋予一种意义时，它就呈现出一种特定的意识形态；因此，除了人类个体之外，不存在任何价值。

在餐厅吃完晚饭后，阿玛亚和卡兰走到丽池公园，数百名年轻人成对或三五成群地散步。阿玛亚和卡兰坐在面向喷泉的长凳上，思考着电视主播的话。阿玛亚发现很难接受他的许多提议。但对于卡兰来说，主播表达的大多数想法都代表了现实，因为个人需求是首要考虑的。阿玛亚感到惊讶；卡兰的看法第一次与她不同。尽管如此，她还是尊重卡兰的爱。

"卡兰，对我来说，正义是我们对社会、对因压迫而受苦受难的人们的爱的表达，"阿玛亚在坐在长凳上发表声明。

"我们无法通过抽象的思维来伸张正义；这是个人的定义；那个人就是我，"卡兰回答道。

"一个人或社区的偏好可能会压迫另一个人或群体，"阿玛亚说。

"正义从我开始，也从我结束。我的首要任务是我的伴侣、孩子、父母、兄弟姐妹和其他家庭成员。后期扩展到社区、社会。所以，个人的偏好才是最终的标准。" Karan 解释道。

"是否有可能维护人类固有的价值观？如果正义是个人及其家庭的问题，那么更大的社会及其存在会发生什么？如果你拒绝人性，同时接受个人和社区的关注，自由、平等和平等机会将永远消失，"阿玛亚表达了她的恐惧。

"除了个人自由之外，不存在任何自由。在一个个人失去身份的社会中，平等和机会均等毫无意义。一个人爱他的家庭，每个人都有这种为人民谋福祉的观念。对人性的爱是没有意义的，没有人能做到，因为这是乌托邦；它不可能存在。有个人，就有家庭、社区和国家。"卡兰态度斩钉截铁。

"你的意思是说自由、平等和正义仅限于个人，在更大的背景下没有任何意义？"阿玛亚提出疑问。

"当然，在任何情况下，个人都是第一位的。我赋予宇宙色彩、声音、味道和意义。宇宙存在，因为我存在。如果我不在那里，它就会消失。所以，一切都是以个人为中心的，"卡兰看着阿玛亚解释道。

"你如何区分别人的利益和你的利益？"阿玛亚问道。

"我的焦虑、担忧、痛苦、悲伤、幸福、快乐和希望都是我的。没有人能理解完整的含义，因为我赋予了内涵和强度。当我与我的员工分享时，他们部分地理解了它。作为个人，我会在我开发的框架的轮廓中塑造自己的情绪并看待他人。我是什么以及发生在我身上的事情是我基于我的感知的意义而关心的；没有人能够完全分享它。如果其他人在我创建的结构中找到满足感，他们可能会更好地理解我。但我是独一无二的，其他人可以根据自己的愿望和希望自由地发展他们的结构。全额支付他人的服务费用，远远超出他们的期望或应得的。在这个过程中，每个人都将以自己的方式享受自由、平等和正义。"卡兰分析道。

"你的意思是说个人是首要问题，社会无关紧要？"阿玛亚问道。

"除此之外，对我来说，我在所有情况下都是第一位的。我包括我的人民、我的社区和我的国家。当我爱我时，我也爱他们。如果否定所爱的人，就不会有爱。我是我故事的主角，我行动的英雄；所有的叙述都是关于我的人和我的，"卡兰说。

"你如何看待与你亲近的人？"

"我看到了与我亲近的人。他们珍视的事情对我来说很重要，我会尽一切努力来实现这些目标，所以在这种情况下，什么是对或错是无关紧要的。"卡兰的回答是不合格的。

"你如何解释你对整个人类的责任？"阿玛亚问道。

"我对人类没有任何责任，因为人类作为一个整体并不存在。它是一个没有形状、长度、宽度或密度的概念。存在的是个人，你和我。如果每个人都照顾好自己，就不会有问题。再说了，我不可能爱一个我不知道的人；它们不存在。例如，我对西伯利亚荒野中的花朵、孟加拉湾的海豚或南极洲的企鹅没有任何感觉。对人类的爱的概念是一个神话。在轰炸广岛和长崎时，亨利·杜鲁门没有考虑人性。斯大林亲手杀害了超过一千万的人类。希特勒毫不犹豫地在奥斯威辛、滕宾卡、贝尔热茨和海乌姆诺的毒气室中消灭了数百万犹太人。在毛泽东统治下，数百万人死于中国农村。印度分裂后，印度教徒和穆斯林屠杀了超过一千万同胞。丘吉尔在孟加拉饥荒期间造成了超过 600 万印度人的死亡，而西班牙人在 16 世纪在拉丁美洲杀害了数百万人。法国人、比利时人和德国人在非洲也做了同样的事情。伊朗在也门和叙利亚所做的事情是一样的。因犯罪、恐怖主义、战争和占领而受苦的是个人，而不是人类，"卡兰解释道。

"个人的选择自由是公正社会的条件吗？"阿玛亚问道。

"自由是个人的选择，因为它以责任为前提。对于某些人来说，自由就是奴役，因为他们宁愿继续阿谀奉承或被奴役。个人之外不存在任何自由原则。追求幸福是我的自由，这并不意味着生活有固定的目的。我们每创造一个目标，个人就可以自由思考，即使她不知道未来会发生什么。

"尽管如此，我们仍努力走向未来，却忘记了未来早已存在于我们之内。因此，生活就是要实现一种追求，一种知道其效用的欲望。当遇到障碍和死胡同时，我会适当地重新设计它，以最适合理解我的选择。我的目标包括我的人民和我自己。在我的选择之外不存在任何道德，因为没有个人的行为，道德就不可能存在。任何个体之外的道德都与人性一样抽象，而存在于我之外的道德并不困扰我。对我来说重要的是我对生活的诠释，"卡兰解释道。阿玛亚觉得他的论点很清晰，概念基于他所珍视的某些信念。

"你如何解释你所做的选择？例如，你决定邀请我和你住在一起，现在我们是合作伙伴。我们彼此相爱、彼此信任。"阿玛亚很想知道。

"我的选择是解释性的，是我对那些与我经历合一的人感觉良好的东西。你是一个陌生人；现在，你是我生活的一部分。这是一个有意识的决定；当然，所有决定都是自私的，因为个人会评估他们从这些选择中获得的利益。你也可能有这样的感觉，你的决定也是你自私动机的结果，因为你可能觉得你的选择会对你有利。自私的动机是关系中的生命线。爱、信任和同理心是利己决策的产物。作为爱的爱或作为信任的信任并不存在。你可能对某人或社会有同理心，但同理心表达了你的不成熟和软弱。它是痛苦和伤害的，影响你的个性，它摧毁你的自尊。生活中不断感到悲伤和产生消极倾向是同理心的产物。最初，您打算帮助某人，但由于您的愤怒和沮丧，您甚至逐渐开始讨厌那个人。我们需要超越同理心，因为专业关系总是让每个人受益。对家人的爱是自爱的结果。在这里，爱意味着尊重。我选择拥有你是自我深思熟虑，考虑什么对我的家人和我有好处。"

"卡兰，现在我能更好地理解了。你爱我，因为你爱你自己。"阿玛亚回答道。

"确切地。我相信你的情况也是如此。如果你不爱自己，你就无法爱我或任何人。自我是我们存在的中心。我创造关于我的需求的故事，我存在；你只存在于我为自己创造的故事中。在我生命中的每一秒，我都在评估和重现他人的故事和需求。我能感觉到我与另一个人的存在密不可分，他使我的生活变得完整。这就是归属感的秘密，是人生的最终选择。称之为由两个人组成的最小团体中的亲密成员关系。阿玛亚，这些天，你就是我生命中的那个人。但它可以改变。"阿玛亚想，卡兰的话清晰而一致。

"那么，卡兰，你不考虑一下价值观、身份和取向，这可能会让你接受未知人类的责任吗？"阿玛亚问道。

"不，阿玛亚，我不喜欢承担这样的责任。我重视我身边的人，我能感觉到、触摸到、看到和听到他们。他们的痛苦和欢乐都是我自己的；我无法将自己与他们分开。我的宇宙仅限于我的直系亲属和我自己；除此之外没有人存在，因为我不认识他们。在遇见他们之前，我对他们并无好感；他们对我来说并不存在。从历史上看，种姓制度已经存在了五千多年，某些部分的人类所受到的待遇甚至比关在笼子里的动物还要糟糕。但我对此不承担任何责任，因为我没有同意或与之相关。从更广泛的角度来看，我不对我祖先的罪行、国家或宗教负责。没有人能够追究当今的阿拉伯人的责任，因为穆罕默德和他的军队在夜间袭击中斩首了巴努古莱扎部落的男子，屠杀和消灭了遍布阿拉伯绿洲的犹太社区。同样，你不能将针对穆斯林的十字军东征归咎于教皇方济各。而且，做对我来说正确的事并不是犯罪，因为这是生存法则。"

至少在某些地方，卡兰的观点对阿玛亚来说是不恰当的，但她没有表态。经过三个月的求爱，这是卡兰第一次谈论他的个人信仰，这对阿玛亚来说是一个启示。她对未来感到无法言表的担忧和焦虑，笼罩在恐惧之中。然而，阿玛亚爱卡兰并相信他的真诚。当他们在午夜时分回到酒店时，卡兰拥抱了阿玛亚并说："爱你，阿玛亚。"阿玛亚看着卡兰，微笑着亲吻了他的脸颊。

卡兰的出现让阿玛亚得到了提升，但与电视新闻主播见面后与他的讨论却让她感到不安，好像他对人权和正义的看法出了问题。阿玛亚面临着两种与内在价值观相悖的信念，形成了不一致的问题和相互矛盾的答案。结果是在接受卡兰的意识形态方面进行了永恒的斗争，但她爱他这个人。阿玛亚知道他诚实、慷慨、充满爱心和鼓舞人心，并且能够感觉到与他的价值体系的分歧。从小，阿玛亚就受到父母的影响，体验到了深厚的直觉智慧。罗斯热爱人类的各个方面、表现形式和色彩，例如音乐、舞蹈、艺术、建筑、服装、食物、文化、庆典、节日、团体和人群。她同情他人和他们的悲伤。

尚卡·梅农（Shankar Menon）处理问题时很理性。他作为外事人员和后来担任编辑的成功得益于他客观、科学的事实分析和积极的态度。他尊重通过研究创造的知识，并运用科学方法解释人类行为。他拒绝思想的支配，咨询自己的内心并接受头脑的精明决定。罗斯和尚卡·梅农坚信，他们的心脏具有超凡的智慧，这是了解人类同胞及其感受的重要因素。它微妙而抽象，但可以识别人类的愿望、需求和团结感。心脏的智慧使人与众不同，不同于其他动物，它定义了同理心、慈善、社会服务、沟通以及对为所有人实现正义的更深刻的承诺。真理在内心进化，萌芽于帮助人类同胞和滋养良性行为的愿望。对他们来说，心是子宫，道德通过聆听慈悲的音乐而萌芽和繁荣。如果不关注内心，个人就会变得没有成就感和不真实。无情的生活是混乱的、漫无目的的、没有爱的、浪费的。罗斯经常告诉阿玛亚，法西斯分子、恐怖分子、腐败政客、宗教原教旨主义者和自私的人没有良心。香卡·梅农（Shankar Menon）认为，平衡心灵和头脑对于成功的生活至关重要。"同时倾听你的内心和头脑，"他告诉阿玛亚。当心灵和头脑之间不平衡时，就会产生冲突。

阿玛亚成长在一个心胸昂扬的环境中，她内化了从罗斯和香卡·梅农那里继承的价值观。此外，她的教育是基于洛雷托的道德和伦理价值观。泽维尔学院和法学院铭刻着坚定不移的人文主义。"一个人的信念、想法、期望、欲望和梦想越明确，发生冲突的可能性就越大，"尚卡尔·梅农（Shankar Menon）在女儿表达毕业时希望从事新闻工作时对她说。"一个有良心的记者很容易识别出人类社会的放荡，特别是在政治、金融、法律实践和宗教领域。只有在你内心渴望并且头脑支持的情况下才从事一项职业，"她的父亲警告说。阿玛亚已经准备好勇敢地面对世界，罗丝和香卡·梅农是她的理想和英雄。

卡兰的话挑战了阿玛亚所持有的标准。她知道他没有做任何事情来减少她的爱或引发人际冲突。相反，他的感情比她想象的要多得多，甚至已经到了炉火纯青的地步。然而，由于在社会责任和人性方面存在两种相反的信念，他们对自己的价值观感到不安和困惑。阿玛亚知道她的不安是相当抽象的，与卡兰的日常生活无关。她的分析是，卡兰想要过上充实的生活，并鼓励阿玛亚也这样做，忽视周围发生的事情，忽视人类的苦难。卡兰不想做出任何改变来摆脱他的舒适区，将不幸的人视为他生活中不可或缺的一部分。

这在阿玛亚的脑海中引发了一场战争,她意识到自己内心的冲突。她想倾听自己的内心,直觉的声音;尽管如此,她还是不希望心主宰她,让她情绪激动。阿玛亚要求她的头脑倾听内心的声音,完全抛弃头脑。她认为接受心脏的最后几层以及基于客观现实的理性决定至关重要。她决定放弃自己反复无常的想法,权衡优劣,弄清楚自己的优先事项,并找出哪些错误的信念助长和影响了她的决定。她强调,她将自己内心的信号视为内心冲突的原因,并最终决定回报卡兰对她的爱,与他一起过上幸福满足的生活。人们意识到,他关于脱离整个人类的观点并没有影响她的生活;她的生活是这样的。相反,他们帮助她了解卡兰作为一个个体。

阿玛亚很享受与卡兰一起度过的每一刻。经过五天的采访和数据收集,他们决定晚上参观洛雷托学校,阿玛亚在那里完成了小学学业。停好车后,他们走到了正门,从那里阿玛亚可以看到建于十六世纪的哥特式建筑。当她进入它的场所时,她感到一种特别的快乐,体验到卡兰和她在一起的内心愉悦。她看到了六名修女,并开始与一位年长的修女交谈,她很高兴知道阿玛亚是洛雷托的学生。在向她介绍卡兰的同时,两人寒暄了一番。修女告诉他们,她是法国人,是马德里的新移民,此前曾在法国、瑞士和奥地利工作过。当阿玛亚表达她想要参观音乐室并弹钢琴时,修女带领他们去了那里。阿玛亚亲吻了她学习古典音乐的三角钢琴。阿玛亚邀请卡兰和她一起玩,两人玩了一会儿。阿玛亚有一次美妙/怀旧的经历,她感谢修女的好意。然后阿玛亚向卡兰展示了她学习的不同教室:图书馆、实验室和操场。在学校食堂喝咖啡、喝小酒的时候,她和卡兰分享了很多故事。

阿玛亚喜欢和卡兰一起穿过城市的迷宫。在一个有小花园的路口,他们看到一对夫妇正在拉小提琴。女人担任主角。

"他们打得多么可爱啊,"卡兰说。

"是的,确实,这听起来像是一首情歌,一个女孩和男孩的爱情,"阿玛亚回答道。

"是的，阿玛亚，你很清楚地感觉到了。这确实是一首带有一丝骑士精神的情歌。也许是一首士兵爱上乡村女孩或男孩在市场上遇见女孩的歌曲。但这听起来很神奇，"卡兰说。

一小群人静静地听着音乐。小提琴家的女儿可能十到十二岁，拿着一张白色的优惠券站在花园的入口处。阿玛亚看到人们最多支付两百比塞塔。"你可以支付任何金额。你可以自由进去，不用付钱。"小女孩笑着说道。当卡兰给了她三千比塞塔时，女孩很惊讶。

"Senora, senor, gracias（女士，先生，谢谢），"女孩说。

"Dios Bendiga（上帝保佑你），"卡兰回答道。

"先生，deje que lenga un hijo pronto（先生，让您早点生个孩子吧），"女孩说道。

"Una nina como tu（像你这样的女孩），"卡兰回答道。

阿玛亚微笑着看着卡兰。卡兰也笑了。

卡兰确实是一个谜。他爱每一个人，帮助有需要的人，而且很慷慨。

他们站在那里，听音乐一个小时。这是一场精彩的表演；阿玛亚被他们演奏的音乐惊呆了。

"音乐将人、动物和鸟类联系在一起。它是自然的表达；最终，它属于宇宙，"卡兰在开车返回酒店时评论道。

"仔细听；到处都有音乐；它包容一切，并扩展到永恒、无限，"阿玛亚说。

"我同意你的看法，阿玛亚；音乐塑造人们的行为，激发智力，赋予思想活力，并重塑生活，"卡兰解释道。

"通过表达情感，音乐使我们健康，引导我们成长，创造意识并灌输稳定性。音乐的力量直接进入听众的心灵，使其内部结构变得柔和，并带来欢乐的配置。听者的内心会出现逐渐的变化，随着心灵的平静，这种变化会变得更加明显。音乐可以没有听众而存在，但只有听众才能赋予音乐意义和成就。因此，小提琴家、她创作的音乐和听众之间存在着相互依赖。"阿玛亚分析道。

卡兰看着阿玛亚微笑着。"我钦佩你，阿玛亚；你的话很可爱。我们人类赋予一切以意义。音乐的意义因人而异。童年是诱发对音乐的热爱的最佳时期，是最适合创造意义的时期，因为音乐的表达可以毫无阻力地深入孩子的心灵。"阿玛亚想，卡兰的话既简单又真实。

阿玛亚知道文化影响音乐并发展了一种环境，带来宁静，创造广阔、深度和音乐的无限美。由于它涵盖了每一种艺术，因此音乐的主要情感特征在每个社会中都是相似的，尽管反应不同。这是因为对人类情感及其含义的不同看法。在某些文化中，情感环境是微妙的；而在某些文化中，情感环境是微妙的。音乐表达也更加具体。阿玛亚意识到节奏清晰度、突出性和节奏的音乐结构影响着人们的思想和社会互动。"情绪会造成一个人的身体和心理变化，"阿玛亚看着卡兰说道。

"这是真的。音乐可以减少一个人的焦虑、疼痛、痛苦、忧虑、自杀倾向和许多其他负面情绪，"卡兰回答道。

当他们到达酒店时，卡兰拥抱了阿玛亚并说道："你揭开了我心中隐藏的音乐家的面纱。"

"你重塑了我，解开了我的爱，"阿玛亚凝视着他的脸回答道。

对电视新闻频道、档案馆和图书馆的采访和参观进展顺利。阿玛亚为她的初步工作收集了足够的数据，卡兰表示有兴趣将这些数据编纂成表格形式以供解释。她很高兴知道卡兰可以分析统计数据并应用各种测试。

还剩两天；最后一天是斗牛。卡兰在斗牛士和斗牛场附近的树荫下买了两张前排票，那头公牛是一头斗牛托罗·布拉沃(Toro Bravo)。他们在这座城市停留的倒数第二天是参观马德里及其周边地区具有历史意义的地方。早上的第一个景点是德波神庙，这是公元前二世纪左右供奉埃及阿蒙神的神殿。阿玛亚知道埃及在1968年将圣殿捐赠给了西班牙。阿玛亚和卡兰绕着这座雄伟的建筑走了大约两个小时，然后想去看看阿托查车站。阿玛亚突然感到不安、恶心和疲劳。"卡兰，"她喊道。卡兰立即牵起她的手，朝停车场走去。在车上时，当阿玛亚试图呕吐时，他用毛巾擦她的脸。"阿玛亚,看来你怀孕了,"卡兰一边开车走向产科医生,一边说道。

经过大约二十分钟的检查和检查后,产科医生出来微笑着对卡兰说:"恭喜你当爸爸了。"

"谢谢你,医生,告诉我这个好消息。我非常想知道。这对我们来说是最令人高兴的消息。"卡兰兴奋地说。

"请进,"医生在上床睡觉时对卡兰说道。

"嗨,阿玛亚,恭喜你。我很高兴,"卡兰一边亲吻她的脸颊一边说道。阿玛亚笑了。

"卡兰,谢谢你的爱,"她回答道。

"我是世界上最幸福的人。"他再次吻了她。

"她需要多休息,让她在这里待大约三个小时。"医生对卡兰说道。

"当然,医生,"卡兰回答道。

卡兰在外面等着。当阿玛亚出来时,她微笑着。"卡兰,我没事;我爱你,"她说。

"爱你,我亲爱的阿玛亚。我不相信。你带着;我们的宝宝正在听我们说话。"卡兰拥抱了她。阿玛亚注意到他很兴奋。

"你需要照顾一段时间,休息一下。我会做所有的家务,"卡拉纳一边开车,一边看着阿玛亚说道。

阿玛亚又笑了。"嗨,你在打瞌睡。当我们到达酒店时,你就可以睡个好觉了,"卡兰说。

他们一到达酒店,卡兰就扶阿玛亚躺下。他看着她熟睡。一个小时后,当阿玛亚起身时,卡兰轻轻地拥抱了她。"爱你,阿玛亚。我无法用语言来表达我的喜悦。"他补充道。

"我很高兴,卡兰;这是我们的爱,"她回答道。

他们在房间里吃晚饭。"你需要吃健康的食物;增加一些体重是件好事,这样你就可以快速恢复并母乳喂养婴儿。"卡兰看着她的眼睛说道。

"当然，卡兰，"她微笑着说。

他们取消了斗牛票，并提前一天飞往巴塞罗那。当他们回到家时，卡兰拥抱了阿玛亚，将她压在自己身上。"爱你。"她能听到他轻柔的长篇大论。阿玛亚观察到卡兰的变化；直到前一天，他还是她最好的朋友和人生伴侣，但很快他就变成了母亲、姐妹、父亲、兄弟、丈夫和儿子。卡兰特别喜欢从最好的餐厅订购营养食品。他咨询了阿玛亚的日常喜好，并准备了一份三餐和两份健康零食的清单。该清单包括新鲜水果和蔬菜以及液体。他告诉阿玛亚，她的膳食和零食需要含有钙、铁和十几种主要维生素。鱼是主要成分，他坚持避免吃那些不利于宝宝生长的食物。这些食物包括高汞鱼、加工鱼、生鸡蛋、咖啡因、豆芽和未清洗的农产品。卡兰总是和阿玛亚一起吃饭，并小心翼翼地确保食物营养丰富、味道极佳且富含维生素。第一个月他不让 Amaya 做任何工作，过着无压力的生活。

卡兰告诉阿玛亚，他的精子与阿玛亚的卵子在输卵管壶腹部受精，结果是受精卵，即他们的孩子。突然，他说道："是个女孩。"

"你怎么知道？"阿玛亚问道。

"因为我非常渴望有一个像你一样的女儿，"卡兰回答道。

"哦，卡兰，"阿玛亚惊呼道。

"爱你，阿玛亚，"他重复道。

"女孩是一个女人能给这个世界的最珍贵的礼物，"阿玛亚看着卡兰说道。

"我们的女儿是我们送给家人的礼物，"卡兰说。

"她将成为一颗宝石，"阿玛亚回答道。

"她会像你一样最美丽，"卡兰预测道。

"卡兰，亲爱的，"阿玛亚笑着说道。

卡兰为阿玛亚订购了三把可调节的椅子，分别用于餐厅、客厅和书房。

第一个月，卡兰劝阻阿玛亚上大学。第二个月的整整一个月，他都到了新闻学院的阿玛亚，整天在共用客房里等待来访者，和阿玛亚一起吃饭也很小心。从第三个月开始，他鼓励阿玛亚开车。卡兰帮她洗了个热水澡，并用干净的毛巾擦干了她的头发和身体。晚上他们手牵手在海边散步，他总是陪在她身边。散步结束后，卡兰帮助阿玛亚和他一起在游泳池里裸体游泳，让宝宝感受到水的美丽和敏捷。在最初的三个月里，卡兰完全禁欲。一旦他们开始做爱，他就小心翼翼地不伤害阿玛亚和未出生的孩子。渐渐地，他减少了两周一次的做爱频率，从第二十六周开始，彻底戒掉了。

卡兰选择了拥有最好产房的顶级医院为阿玛亚进行检查和医疗。阿玛亚每四个星期去看一次产科医生，直到第二十六周。从第二十六周到第三十六周，每三周一次，从第三十六周到第三十六周，每两周一次，直到分娩为止的三十六周每周一次。产科医生与阿玛亚和卡兰谈论了为孩子出生做准备的事情。她让他们从最后一次月经的第一天开始算阿玛亚怀孕的时间，并要求他们在三十七周后的任何时候都可以期待孩子的出生。医生告诉阿玛亚，她的受孕发生在她末次月经第一天后两周，受精卵需要五到七天的时间才能在子宫内定居。在第九周进行超声波检查并核实子宫、阴道和腹部测试尺寸后，医生告诉阿玛亚和卡兰，他们可以在八月初的第一周预产期。

周末，阿玛亚和卡兰会开长途车，深入加泰罗尼亚的村庄、法国边境的苹果园和葡萄园地带。其中一天，卡兰告诉阿玛亚他们要去品酒，他们穿着随意，就好像这是一场非正式活动；他们小心翼翼地不喷任何香水。卡兰有一个品尝计划，但阿玛亚作为新手还没有。尽管从未参加过品酒会，阿玛亚还是感到兴奋。

"加泰罗尼亚和鲁西永的交汇处有数百个葡萄园，"卡兰告诉阿玛亚，双方的加泰罗尼亚人在进入酒庄时都是优秀的酿酒师。

"我们来这里做什么？"阿玛亚问道。

"我们会品酒，"卡兰回答道。

"真的吗？如果我喝了红酒，会对我们的宝宝有影响吗？"阿玛亚表达了她的焦虑。

"你只品尝每天饮用的白葡萄酒。少量最好的红酒不会造成任何问题,"卡兰回答道。

"有什么科学发现吗?"阿玛亚问道。

"目前还没有经过验证的发现,但一些研究证明红酒不会对母亲和胎儿造成不良影响。在意大利、西班牙、法国和加利福尼亚州,数以百万计的女性每天都会饮用葡萄酒;许多人是准妈妈。当然,即使是对父亲来说,酒也没有什么坏处。"卡兰笑了。

阿玛亚和卡兰可以看到数十名年轻男女在不远处的一个开放式大厅里品酒。

"我们如何品尝葡萄酒?"阿玛亚问道。

"有四个步骤:看、闻、尝并判断,"卡兰说。

"你需要成为所有这些类别的专家,"阿玛亚发表声明。

"每个人都是从初学者开始的,没有任何先验知识。通过长期品酒,您可以培养知识、技能和态度。首先,检查颜色、不透明度和粘度,即葡萄酒的稠度、粘性、胶度和粘稠度。当他们装瓶时,每一瓶酒上都有名称、葡萄园的详细信息、位置和葡萄品种,五分钟之内就能找到它们。但当你从玻璃杯中品尝葡萄酒时,并没有给出任何细节,"卡兰解释道。

"如何辨别酒的香气?"阿玛亚问道。

"气味可以告诉你所用葡萄的类型;它可以是第一级、第二级和第三级,有丰富的、弱小的、诱人的或引人入胜的不同维度,"卡兰补充道。

"听起来不错。我钦佩你对葡萄酒的了解。"阿玛亚欣赏卡兰说道。

"你的味蕾可以区分任何味道。根据几个参数,酸味是基本的,因为葡萄有点酸性;不同葡萄园、不同地区、不同大陆的口味都有所不同。人们可以通过舌头来决定质地,因为有些味道是持久的,但有些味道是短暂的,"卡兰解释道。

"卡兰,你如何判断葡萄酒的品质?"阿玛亚问道。

"您对葡萄酒的决定取决于它的许多特性。首先,你必须决定它是平衡的还是难以忍受的,太酸的还是酒精的,是滋补的还是潮湿的。您可以决定您品尝的葡萄酒是否独特、无关紧要或短暂。最重要的决定是它的闪亮特性以及你是否喜欢它。这就像评判一个女人一样。"卡兰看着阿玛亚微笑着。"走吧,我们去品酒吧。"卡兰说道,带着阿玛亚来到了品酒大厅。

他们品尝了许多不同类别的葡萄酒并决定了评价笔记。卡兰向酿酒师介绍了阿玛亚,并在向酿酒师提交笔记的同时讨论了他品尝的葡萄酒。临行前,他买了二十箱红白酒,共四瓶。

从法庭回来后,阿玛亚把车停在车库里,想起了那些从加泰罗尼亚和法国边境的一家酒庄购买的瓶子。他们在巴塞罗那的车库里呆了两天,因为卡兰在第一天只能把五个盒子搬到他们的餐厅地窖里。

那天晚上,阿玛亚迎来了两个新客户。伊丽莎白是一位三十岁的家庭科学毕业生,也是两个孩子的母亲,一个五岁,一个三岁。她的丈夫托马斯,三十五岁,是一家小旅行社的负责人,总是忙于组织前往圣地的旅行。每年四次,欧洲,适合四十五至五十人的团体。他安排了所有的访问并与团队一起旅行。大约七年前,托马斯在来自宗教团体的天主教牧师詹姆斯的经济支持下创办了这家旅行社。詹姆斯启发了他的大学同学托马斯,后者提出了旅行社的概念,因为詹姆斯在意大利、德国和比利时进行了神学和教会研究。他在圣地和欧洲都有联系。詹姆斯经常去旅行社的办公室,这是托马斯家的附属房间。在最初的几年里,托马斯和詹姆斯一起制定了几个小时的计划,每次访问都一丝不苟,该机构取得了巨大的成功。由于服务闪闪发光,两年内就有数百人进入候补名单,托马斯变得幸福而富有。

与此同时,詹姆斯与伊丽莎白开始了恋情,两人每天都享受着亲密的性关系。每当托马斯与团队前往圣地和欧洲时,詹姆斯都会与伊丽莎白共度夜晚,伊丽莎白相信詹姆斯是她两个孩子的父亲。然后,詹姆斯转移到维也纳,并在他的宗教团体的国际办公室与高级将军一起工作。出发前,詹姆斯向伊丽莎白保证,只要托马斯不在,他就准备娶她,并带她和他们的孩子去欧洲。伊丽莎白想和詹姆斯一起生活在欧洲,但又不想消灭托马斯。阿玛亚耐心地听伊丽莎白讲话。当伊丽莎白讲述完后，阿玛亚陷入了沉思。然后她低声建议伊丽莎白尽早去见临床心理学家。

法蒂玛，二十五岁，面容可怕。当阿玛亚请她坐下时，她浑身发抖，歇斯底里，仿佛害怕什么。法特玛坐在椅子边缘，讲述了她的故事。法蒂玛（Fatima）曾在市政公司开办的一所学校担任小学教师五年；她十六岁时嫁给了优素福·穆罕默德。结婚后不到六个月，优素福就到卡塔尔的一家大型制冷厂工作，薪水不错。他每年回家一次，与法蒂玛待一个月，但九年后他们仍没有孩子。优素福的父母、四个已婚的姐妹和四个兄弟在迪拜和科威特与家人住在一起。

由于法蒂玛是一名学校教师，领取州政府的工资，优素福不想带法蒂玛去卡塔尔。此外，作为最小的孩子，优素福与父母关系密切，他知道，如果法蒂玛不在，他年迈的父母，尤其是卧床不起的母亲，将独自一人，因为他们已经六十五岁了。优素福前往卡塔尔后，他的父亲开始对法蒂玛进行性虐待，每天强奸她。当她无法忍受时，她会反抗，而在这种情况下，他会答应将房子转移到法蒂玛和优素福的名下。后来，他威胁她；他会告诉他的儿子，法蒂玛对年长的男人进行性骚扰，强迫他和她一起睡觉。法蒂玛不想向丈夫透露她痛苦的原因，因为他拒绝相信她。对他来说，他的父母是真主赐予的不可思议的礼物。法蒂玛告诉阿玛亚，她想申请离婚并独自生活。但她害怕她的岳父和伊斯兰原教旨主义者发动致命袭击，即使是在学校校园内。阿玛亚指示她的后辈收集所有相关文件；向法院提出申请，除了离婚和适当的赡养费外，还寻求警方对法蒂玛的保护。

经过一个小时的内观后，阿玛亚查看了普尔尼玛发来的电子邮件。这是关于她父亲在加利福尼亚州一所大学进行的博士研究。阿查里亚博士在英国毕业后开始研究阿尔茨海默氏症的治疗方法，并最终在攻读博士学位期间开发出一种有效的药物。他在许多国家的不同情况下对痴呆症患者进行了测试。将药物溶解在白酒中后，在晚餐时或饭后服用。各地检测结果均为阳性，Dr Acharya 制药公司即将将其推向市场。"我的父亲是一位伟大的科学家；他发明的药物可以有效治疗阿尔茨海默氏症。我确信他会获得医学最高奖。"普尔尼玛写道。

一组研究人员发现，这种药物可能被滥用来诱惑普通人的大脑，导致狂喜、欣快和幻觉。因此，医生、政治领袖、宗教狂热分子或精神病患者很可能滥用它，通过掌握权威和权力来按照自己的意愿塑造人类大脑。他们的结论是，后果将是可怕和毁灭性的。这导致该药物被下架，禁止生产过程并禁止公开其内容。

"坦率地说，我父亲对它的滥用不负有责任，"普尼玛总结道。

"你对真相一无所知，普尔尼玛，"阿玛亚想。读完这封电子邮件后，她进行了反思。她再次想起卡兰从加泰罗尼亚北部鲁西永边境的一家酒庄购买的那些白葡萄酒瓶，他将它们整齐地摆放在巴塞罗那餐厅的地窖里。

怀孕了一个女儿

怀孕是卡兰爱的一次美丽的参与，是他在阿玛亚子宫里变形的经历，从火花开始，新生命的膨胀。那是一段美妙的时光；阿玛亚回想起她与卡兰的第一次会面、他们的孩子在她体内的受孕及其成长过程。阿玛亚不断地想起她与卡兰的一体性，一种不可分割的纽带，以及在她清醒的所有时刻将她与他联系在一起的希望之丝。他在她体内和周围的存在的宁静令人震惊。卡兰通过增强对他的信任，提炼了她的意识，集中了感知，重振了能量并闪耀了希望。无论她走到哪里，无论她看到什么，新的色彩都会让她兴奋，对生活的憧憬在她心中滋生。他无处不在，就像清凉的微风，安达卢西亚的香气，夜花茉莉的独特香气。阿玛亚将自己带入了卡兰的世界，对他神奇的存在感到困惑，她很少考虑自己体内正在成长的生命。

阿玛亚并不在意最初几个月经常出现的恶心症状，她认为卡兰是在照顾她。他充满爱意的抚摸会减轻反复出现的身体不适所带来的所有不良影响。当第一次听到婴儿的心跳时，阿玛亚以为是卡兰的，因为他躲在她的肚子里。尽管她经历了慢性背痛、情绪变化和情绪的不断起伏，就像坐过山车一样，但卡兰仍然亲吻她的脸颊、脖子、手掌和腹部，并用浸有温水的棉花按摩她。他弹了很长时间的钢琴，并帮助 Amaya 坐在他身边陪他弹奏。她并不孤单，她对卡兰无条件的爱和他持续的存在充满信心。每当她因不明原因情绪不安或身体不适时，他都会坐在她身边，握住她的手，按摩她的腿，耳朵贴在她隆起的肚子上，听着宝宝的动静来安慰她。阿玛亚喜欢卡兰的靠近，并渴望他温柔的触摸，因为他的痕迹可以舒缓并减少肌肉紧张和情绪混乱。

卡兰告诉阿玛亚，他们在她体内成长的女儿看起来会像阿玛亚一样，眼睛闪闪发光。她知道这个孩子对卡兰来说很珍贵，因为他为她的怀孕、与他的关系以及与他的亲密关系感到自豪。她相信两人的经济状况都良好，并且会给孩子一个幸福的未来。卡兰鼓励阿玛亚保持快乐并保持健康，尽管也会有怀疑、担忧、悲伤、痛苦和不愉快的杂念。他敦促她思考愉快的经历，想象未出生的孩子的脸微笑，移动她的手和腿。卡兰向阿玛亚解释了如何提前做好临产准备，她以为卡兰就是正在怀孕的阿玛亚。他订购了精美的香水；它们的气味唤起了美好的做爱回忆，以及无与伦比的团结和信任感。卡兰从第一个月开始就帮助阿玛亚在瑜伽中盘坐莲花位并冥想。他也坐在她身边，她与卡兰经历了令人震惊的亲密关系，消除了压力，控制了焦虑并增强了自我意识。在进行调息时，阿玛亚感觉到宇宙中只有三个人：卡兰、婴儿和她自己。她还能够感受到卡兰身上的善意如源源不断的流淌，蔓延到宇宙的各个角落。

阿玛亚惊讶地发现，银行的一位"不愿透露姓名的朋友"向她的账户转账了二十万美元。"你为什么要往我的账户上转这么多钱？我要用它做什么？阿玛亚问卡兰。

"你会需要它的，"卡兰微笑着说道。

"你一直在我身边；我没有任何费用。"阿玛亚回答道。

"金钱会给你力量。在我们无法预测的情况下，它会保证你的安全，"卡兰说。

"所以，我们可以用它来支付医院费用，"阿玛亚断言。

"为此，我有足够的资金，"卡兰回答道。

阿玛亚微笑着看着卡兰。但她的心里却有一股不为人知的痛苦，但她很快就忘记了。

阿玛亚偏爱家常菜，卡兰则煮早餐、午餐和晚餐。她喜欢看他做饭，并和他一起切美味的大块蔬菜。尽管卡兰最初选择了靶心，但她喜欢做煎蛋卷，但他在她怀孕期间也改成了煎蛋卷。她用盐、胡椒、丁香、小豆蔻、青辣椒、辣椒和一些香菜叶各一片搅拌鸡蛋。将橄榄油倒入不粘锅中后，她将打好的鸡蛋倒入其中，当鸡蛋呈金黄色时，她将煎蛋卷翻两遍，使其变得酥脆。卡兰和阿玛亚从煎锅里拿出来吃，两人都很享受。卡兰永远不会忘记将面包和奶酪包裹的小块煎蛋放入阿玛亚的嘴里。午餐有炸鱼、煮熟的羊排、糙米和多汁的蔬菜。

晚上有大吉岭茶和萨莫萨三角饺或卡乔里，他们站在东边的阳台上。在海滩上散步后，在游泳池里游泳一个小时令人心旷神怡，他们还随心所欲地弹钢琴。晚餐时听轻柔的音乐是很常见的，因为双方都相信宝宝会喜欢。晚饭后他们看了半个小时的新闻，卡兰很讲究。阿玛亚睡得很好。有时，他按摩她的额头、手和腿，把她的头靠在他的腿上，低声唱着印地语情歌。每天早上阿玛亚起床后，他们继续喝一杯由卡兰准备的热气腾腾的床上咖啡。

从第二十六周到第三十二周，卡兰每天都和阿玛亚一起去大学，一整天都在新闻学院的共用客房里度过。他帮助阿玛亚将数据整理成表格，通过统计测试进行分析，并将整个论文计算机化。在完成这项工作之前，阿玛亚与她的研究主管进行了详细的讨论。第三十二周后，阿玛亚就在家了，每周她都会和卡兰一起去看产科医生。卡兰记下了每位医生的话，并从医院药房收集了处方药。从阿玛亚怀孕开始，卡兰就严格遵循所有指示，给阿玛亚服用药物。阿玛亚并不关心她必须服用哪种药物，而卡兰知道一切，他就像一位警觉而忠诚的护士照顾她的病人一样管理着她。

与此同时，Amaya 完成了她的研究，并在得到导师的批准后将论文提交给大学进行评估。卡兰的名字和主管的名字出现在致谢词中。从小，阿玛亚就一丝不苟、按时完成工作。按时完成工作使阿玛亚成为高等法院杰出律师之一。法官们认为她是一位诚实的律师，从未试图误导法庭，或者说她在辩论中从未说过任何超出法律的内容。

晚上到达办公室后，阿玛亚会见了所有客户，并指示后辈为新客户准备案件卷宗，列出第二天的听证会清单，并对最终听证会列出的案件进行跟进。睡觉前，她在查看电子邮件时发现了 Poornima 发来的一封邮件；阿玛亚很想读它。

"嗨，女士，"她开始说道。"今天我想告诉你们更多关于我父母的事情，这将有助于你们了解我的父亲。我母亲对我父亲的爱是无法形容的，因为语言无法解释她的爱、信任和亲密的强度。她想要一个女孩，我父亲向她保证这个愿望是真实的。我母亲连续好几天都哭着笑着，看着我的脸，她简直不敢相信自己的眼睛。她的喜悦是无限的。我出生一年后，当他们从欧洲回到印度时，我的母亲与家人、亲戚和朋友一起庆祝了我的出生很多天。每年我的生日都是阿查里亚博士制药公司的一件大事，母亲也不忘向公司全体员工宣布加薪。

"拥有与她丈夫同性别的复制品，在我母亲的心里是难以估量的快乐。我经常反思她对一个长得像她丈夫的女孩的偏爱。我想，可能是因为父亲看到孩子和自己的相似，更加有信心；孩子是他的，花更多的时间陪伴孩子，照顾她，爱她。但我母亲没有必要间接向她丈夫保证孩子会像他一样，因为他们彼此信任、相爱。我什至无法想象我的父亲会怀疑他妻子的贞操。但为什么我的母亲想要一个像她丈夫的女孩呢？在大多数情况下，母亲会照顾她生下的孩子，因为她知道这是她的。这也是一种进化的需要，但男人不确定自己是否是孩子的亲生父亲。所以，像父亲的孩子有一个优势，因为孩子可以让父亲相信他是亲生父亲，为什么一个男人应该照顾另一个男人的妻子生下的孩子。这可能是真的；确保孩子是他的对父亲来说至关重要。婴儿一出生，父亲就会看着婴儿，寻找身体上的相似之处。母亲必须说服父亲；他是生父。但为什么我母亲不喜欢一个长得像她丈夫的男孩呢？我仍在寻找令人信服的答案。"

阿玛亚读了一些书就停止了阅读。*可怜尼玛，那是因为你的母亲不是你的亲生母亲。*她想生下丈夫的孩子，让他不惜一切代价继承他们的财富。但为了对你有一种天然的亲和力和无条件的爱，她寻求孩子是她的性别，这样她就可以认领她，分享身体身份，并让自己相信孩子是她的。她再次开始读："我的母亲同时是我的姐姐、朋友和导师。我们的关系在爱和信任的基础上发展。她教会我如何独立并承担风险。我们彼此相爱，理解彼此的情感；不用担心被拒绝。在我的童年，她是我的啦啦队长。

"我确信，我的父亲在我的生活中发挥了其他人无法替代的鼓舞人心的作用。他帮助我塑造我的愿景、理想和观念，始终作为我情感、认知、智力和精神发展的支柱。通过帮助我制定生活规则，他在日常活动中强制执行这些规则。当他参与我的整体成长和使命时，他提供的情感和身体上的安全感是非凡的。他充满热情和支持，引导我获得了所需的专业教育和资格。我也像我的父母一样成为了神经内科的外科医生。他的存在帮助我区分了与人的关系，特别是与家人、亲戚、老师、朋友和其他人的关系。因为他，我能在不同维度、不同情境、不同层次中感知人际关系的微妙和意义。"

阿玛亚再次停止了阅读。是的，他戴着不同的面具，为了自己的利益而表达强烈的情感。无法区分什么是真实的，什么是虚幻的。

读物继续说道："作为一个青少年和年轻人，我依靠父亲提供情感支持和安全感。他渴望向我展示什么是良好的关系，以及我在成年生活中会发展什么样的关系。我的父亲慈爱又善良，是我理想的父母，我正在寻找这样的品质作为我未来的生活伴侣。他在我的心理调整中发挥了巨大的作用，这种调整从我还是个孩子的时候就开始了，一直持续到我的童年、青春期、青年时期和成年女性。我意识到他对我的生活产生了巨大的影响。我的父亲是我的榜样，是我安全感、爱和信任的基础，因为他是我在所有情况下的试金石。我的自信、自尊和成就动机是通过我们家庭中的不同事件而形成的，反映了我父亲的个性。由于他对我的教育有着无与伦比的兴趣，我比其他父亲不关心女儿的女孩做得更好。我的父亲不评判别人，从来没有说过别人的坏话。他鼓励我要谨慎、成熟地与外界发展健康的关系，并让我了解不同的人生哲学和交往的方方面面。"

阿玛亚停读了一分钟。"你必须谨慎选择你的人生伴侣，他不会欺骗你。"普尔尼玛，祝你好运。"阿玛亚低声说道。突然她想起了卡兰为迎接孩子所做的准备。

卡兰在怀孕第三十六周时一直保持警惕，在卧室、厨房、餐厅、厕所、书房和阳台上都跟着阿玛亚。他对整个房子进行了清洁和消毒，包括存放酒瓶、汽车和车库的地窖。卡兰为阿玛亚购买了柔软的衣服、羊毛织物、一张他称之为婴儿床的婴儿床以及所有必需的东西，并将她和婴儿的衣服装在不同的袋子里。卡兰每天都会与产科医生交谈，产科医生自阿玛亚怀孕以来一直为她提供专门的医疗护理。他报告了阿玛亚病情的哪怕是最轻微的变化，并根据医生的建议保留了一份详细的书面报告。卡兰烧掉了不需要的药品，包括包装纸，并用清洁剂彻底清洗后将所有空酒瓶退回到他购买的酒厂。当阿玛亚问卡兰为什么要洗酒瓶时，他告诉她这是他的礼貌行为，城堡会感激的。阿玛亚回忆说，卡兰一丝不苟地打扫和拖地，让一切都井井有条。对他来说，家必须整洁、安全。

突然下起了雨；雷声划过地平线，阿玛亚在做内观之前再次检查了她是否锁上了办公室附近房子的大门并关上了窗户。

第二天阿玛亚很忙，因为不同的法庭有很多听证会。晚上，当她回到办公室时，候诊室里坐着一名带着两个婴儿的年轻女子。瓦亚纳德居民丽莎·托马斯（Liza Thomas）拥有计算机科学硕士学位，在班加罗尔的一家国际公司工作了四年，薪水丰厚。丽莎在四年级时遇到了一位来自卡萨尔戈德的名叫阿卜杜勒·阿齐兹的年轻人。他告诉丽莎，他是迪拜一家公司的高级管理人员，来班加罗尔做生意，并将在那里呆一年。后来，他们频繁见面，相恋，并决定结婚。丽莎知道她的正统基督教父母反对与穆斯林结婚。因此，她会在没有通知他们的情况下与阿卜杜勒结婚。阿卜杜勒在城里有几个朋友，他们根据伊斯兰法律安排了婚礼。

结婚后，阿布尔告诉丽莎，由于他丢失了护照和签证，他们将从古吉拉特邦海岸乘船前往也门和迪拜。令丽莎惊讶的是，阿卜杜勒可以轻松贿赂古吉拉特邦的政府官员，他的朋友在那里安排了一艘船。但几个小时后，他们登上了一艘巴基斯坦船只，载着许多受过教育的男女，主要是来自印度的工程毕业生，前往阿富汗和也门打仗。两天之内，他们到达了也门一个破旧的港口。他们一到达也门，阿卜杜勒就失踪了。丽莎再也没有见过他，一直待在一个有两百多人从事恐怖活动的营地里。集中营里的生活是地狱般的。丽莎必须经常在性方面满足至少六个男人。

她的主要工作是操作计算机，解码来自伊朗的信息并将其传输给与沙特阿拉伯作战的人员。她几乎每天都要工作十二到十五个小时。丽莎不知道外面发生了什么，因为她没有外出的自由，但她经常听到战机的轰鸣声。她的孩子是在没有医疗帮助的情况下出生的。作为男孩，他们逃脱了斩首，但女孩却没有那么幸运。营地的看护者在女孩出生的同一天将她们斩首。丽莎不知道她孩子们的父亲是谁。

第四年，丽莎遇到了一位来自门格洛尔的名叫阿布的男子，他在有食物的时候提供食物。阿布答应丽莎在六个月内帮助她和她的孩子逃离营地。一天晚上，基地附近发生零星爆炸事件，造成混乱，多人受伤或死亡。阿布抱着孩子们向大海跑去；丽莎追赶他。有一艘小船在等着他们，第三天，他们在马拉巴尔的贝普尔登陆。丽莎在科泽科德的一个家庭住了一个月。在他们的帮助下，她前往高知会见阿玛亚。

阿马亚说，丽莎应该立即向警方通报她在没有有效旅行证件的情况下前往也门以及带着两个没有签证的孩子返回的情况。阿玛亚向她保证，她会帮助丽莎和她的孩子们找到一个安全的住所；此外，她还会询问合适的工作。

另一位客户迪帕（Deepa）来自帕拉卡德（Palakkad）地区的一个部落社区，她和她的母亲一起前来。迪帕是一个聪明人，完成了高中学业，并准备参加专业课程入学考试。她的父母在森林部门担任警卫，迪帕是三个孩子中最大的一个。大约八个月前，德里一所大学的人类学博士生克里希南·南布迪里（Krishnan Namboodiri）在他们的村庄呆了六个月，研究部落。他要求迪帕的父母提供食宿，并承诺除了支付他的费用外，他还将指导迪帕的专业入学考试和她的两个兄弟姐妹的学习。他们很高兴地允许克里希南留在他们的房子里，分享迪帕母亲做的食物。

由于迪帕正值暑假，克里尚要求她陪他参观不同的房子，通过采访、填写调查问卷和观察时间表来收集数据，每天支付四百卢比。迪帕非常喜欢这项工作，因为她可以使用科学工具和人类学数据分析方法更多地了解她的人民。除此之外，迪帕也被克里尚的个性、研究敏锐度和人性化关怀所吸引，两人的关系逐渐变得亲密。与迪帕在一起并完成数据收集六个月后，克里希南回到德里，承诺迪帕每天给她打电话，并在完成博士学位后娶她。但迪帕离开后并没有接到克里希南的电话或消息。大约在与阿玛亚见面前一个月，迪帕意识到自己怀孕了，由于迪帕还未成年，不满十八岁，她的父母陷入了深深的情感困扰。她必须参加入学考试并修读专业课程。迪帕的母亲想知道迪帕是否可以堕胎。

根据《医疗终止妊娠法》，阿玛亚告诉迪帕的母亲，只要得到迪帕的同意就足以堕胎。由于她是未成年人，其监护人的批准也是有效的，并且在这两种情况下，如果因强奸而怀孕，则在二十周内可以堕胎。由于迪帕未成年且未婚，有一项规定将强奸幸存者、单身妇女和其他弱势妇女安全堕胎的妊娠期限延长至二十四周。

迪帕告诉阿玛亚,她与克里希南·南布迪里的性行为是经过同意的,这不是强奸罪。阿玛亚向迪帕和她的母亲解释说,迪帕的同意并不重要,因为作为未成年人,她没有能力表示同意。因此,无论迪帕是否同意,与迪帕发生性关系都构成克里希南·南布迪里的法定强奸。保护儿童免受性犯罪的立法为参与任何性行为的未成年人提供了正义,克里希纳·南布迪里(Krishna Namboodiri)犯有违反该立法的罪行。阿玛亚进一步告诉他们,法律规定父母或监护人必须向少年警察特别部队或当地警察报告犯罪行为。不这样做就是犯罪。阿玛亚敦促迪帕的母亲向警方举报这一违法行为。

听到这件事,迪帕开始哭泣,说她仍然爱克里希南·南布迪里,并反对向警方报告这一事件。阿玛亚告诉她,克里希南·南布迪里知道迪帕是未成年人。此外,他还做出了虚假的结婚承诺;他的性亲密行为使受害者长期遭受痛苦。因此,惩罚不仅是法律上的,也是社会和心理上的必要性。处罚不是报复或威慑,尽管如此,这是道义上的责任,他应得的。

正如阿玛亚所料,有一封来自普尔尼玛的电子邮件。她提醒阿玛亚今天是星期三,距离她访问德里只剩下三天了,她会热切地等待在机场见到阿玛亚。普尔尼玛相信,即使在昏迷中,她的父亲也会认出阿玛亚,而她的出现会导致她康复。前一天,她在他的档案中发现了一条潦草地写着阿玛亚是一位出色的钢琴演奏家;她的手指在键盘上优雅、神奇地移动,奏出优美的音乐。他提到阿玛亚最喜欢的作曲家是莫扎特、贝多芬和肖邦。普尼玛的父亲住在他们住所的一间专门准备的房间里,包括她在内的制药公司的一群医生全天候照顾他。她和他们商量后在房间里放了一架钢琴,希望阿玛亚能弹一段时间。正如医生所相信的那样,音乐无疑有助于她父亲的康复。阿玛亚记得她和卡兰坐在南阳台上,弹了好几个小时的钢琴,尤其是在背着的时候。阿玛亚经常坐在卡兰的右手边和他一起玩。他常常停下演奏,听阿玛亚的音乐。他对她的钦佩令人难以置信。尽管他永远不会忘记弹钢琴时亲吻和拥抱阿玛亚,但卡兰通过他非凡的音乐表达了他的爱和感情。他们在一起度过的时光非同寻常。即使知道卡兰欺骗了她，阿玛亚对他也没有恶意。阿玛亚在接受内观训练后为他开脱，认为他可能有强迫症，但他却有一种无法抑制的想要见到女儿的渴望。阿玛亚对卡兰并没有感到兴奋，因为她已经训练自己的头脑保持冷静。普尔尼玛进一步提到，她曾邀请几位钢琴家短暂演奏。尽管如此，她父亲的病情却没有任何变化。

Poornima 在电子邮件中还提到，她发现一些笔记显示 Amaya 和 Karan 在一起几个月，这让 Poornima 非常痛苦。她想知道为什么她的父亲离开了马赛，而她的母亲在怀孕期间独自一人留在马赛，而她需要丈夫无条件的爱和承诺。她的母亲对她的父亲有着绝对的信任，因为普尔尼玛知道世界上没有人能像他们一样彼此相爱，而她的父亲愿意为他的妻子做任何事情。普尔尼玛解释说，她对他们的分离进行了反思，尤其是在她母亲怀孕的关键时期。普尔尼玛不明白为什么她的父亲邀请阿玛亚到他家并和她住在一起。这样的相处常常会带来亲密的性关系，为什么她的父亲会与另一个女人发生不正当的关系呢？性是一种生理需要，而爱则是情感上的需要。但信任的增长是由于有意识的信念和行为，因为对另一个人的明确承诺。作为一个已婚男人，她的父亲不可原谅地冤枉并侵犯了她母亲给予他的信任。

阿玛亚突然停止了阅读。这确实是对信任的侵犯，是对他妻子的看似无可辩解的冒犯。但他的妻子也是实施这种行为的一方，对第三人构成犯罪，外人多年来遭受了无数痛苦，剥夺了正义，贬低了她的人权。普尔尼玛很容易责怪那个和她父亲一起住在巴塞罗那的女人，但那个女人毫无疑问地信任他。普尔尼玛聪明、好奇、善于分析，并且有着不可抗拒的寻找真相的渴望，但了解真相会带来痛苦，并粉碎她对人性的信心。

普尔尼玛写道，她无法追踪父亲和母亲之间的任何冲突事件；伊娃医生从未在言语中责怪她的丈夫或指责他欺骗，违反了她的信任。她提到他们在欧洲的生活是黄金时代，因为他们有了一个女儿，实现了他们的梦想。伊娃医生多次称赞她的丈夫，并称赞他为生孩子而坚持不懈的努力。普尔尼玛发表声明称，这可能表明她完全了解丈夫在巴塞罗那一年的行为。

尽管如此,伊娃博士绝不会鼓励他与另一个女人发生婚外情。普尔尼玛确信马赛有合格的医生和护士在怀孕期间照顾她的母亲,因为钱对她的父亲来说不是问题。他们的制药公司已经开发出了一种治疗阿尔茨海默氏症的药物,尽管当局禁止了这种药物。它正处于开发其他治疗神经系统疾病的方法的边缘。公司的名声和名气与日俱增,当她父亲去世后接管公司时,公司呈指数级增长,赢得了声誉并积累了财富。

卡兰尝试使用这种药物来创造一个完全信任和钦佩的想象世界,尽管它并没有对阿玛亚造成身体伤害。她对他的爱是不容置疑的。她从未怀疑过他的正直、诚实和宽宏大量。几个月后,她才意识到,他转入她账户的钱,房子和车子,都是他女儿的价格。与此同时,他对婴儿母亲的心脏造成了无法修复的伤害,从而做出了令人难以置信的补偿。于是,他转移的财富变得无用、不值、卑鄙。

Poornima 写道,她的父亲将其收入的 25% 捐给了慈善机构,主要用于儿童和妇女的福利。女儿出生后,伊娃博士说,他改写了自己的人生哲学,并捐赠了大量资金以消除饥饿、贫困、文盲和疾病,从而改变了自己。

由于进化过程,人类有能力改变;没有人会永远保持原样。在进入深度睡眠之前,阿玛亚分析道。

第二天,安娜玛举行了最后一次听证会,她的孩子们提出了申请。安纳玛出身于罗马教皇领导下的叙利亚马拉巴尔教会的一个中上阶层家庭。她的丈夫马泰是一位农民,在埃尔讷古勒姆地区的农村地区拥有十二英亩肥沃的农田,种植椰子树、槟榔、橡胶和腰果树。土地收入足以满足家庭的主要和次要需要。马泰、安纳玛和他们的孩子过着幸福而富裕的生活。每当教区神父和主教请求财政支持时,他们都会向教堂捐赠现金和善意。由于他们经济条件较好,不少修女、神父登门拜访,邀请他们参加教会组织的宗教节目和活动。他们反复谈论耶稣的受难和死亡。修女和神父告诉马泰和安玛,尽管耶稣是上帝的儿子,但他谦卑自己,为人类、为他们的罪孽受苦,并死在十字架上。他们会说:"按照教会的指示,跟随耶稣的脚步,在天堂里发财。"修女和神父经常在家里安排每月的祈祷会,邀请邻居们用念珠祈祷并要求他们每天晚上背诵，以鼓励圣母玛利亚的奉献精神。安娜玛和马泰的家人开始笼罩在深深的祈祷气氛中。孩子们专注于祈祷，忽视了学习。"每当你犯罪时，你就把耶稣钉在十字架上。主爱我们所有人；这就是为什么我们是他的新娘，"修女们告诉安娜玛和马泰。安玛（Annamma）每天早餐、午餐和晚餐之前和之后祈祷很多次，因为他们讨厌罪恶；他们不想伤害耶稣或下地狱。

一群牧师来到他们家进行五旬节祈祷。几天后，他们建议安玛和马泰参加在祈祷中心 dhyana-kendram 举行的为期十天的 dhyanam 或大型五旬节祈祷会，成千上万的奉献者可以聚集在那里祈祷。禅定-肯德拉姆的座右铭是"将自己从永恒的诅咒中拯救出来，回到耶稣身边来拯救你的灵魂。"在让大女儿照顾她的兄弟姐妹后，安娜玛和马泰参加了十天的禅修。对于这对夫妇来说，与数千名信徒一起生活和祈祷是一种全新的体验。他们大声唱歌，疯狂跳舞，在幻觉中背诵祈祷文，用未知的方言胡言乱语，赞美耶稣和玛利亚。在圣灵的启示下，他们相信五旬节的祷告改变了他们的看法。

禅定从七点左右开始，一直持续到晚上八点。祭司们安排住宿和膳食，但需付费。尽管食物很少，但寄宿设施也不达标；没有人抱怨，因为祈祷准备他们去天堂见到耶稣和圣母玛利亚。当主礼人触摸会众中选定的一些人的头时，会场里充满了集体歇斯底里。在祈祷、红字、香火、魔法和敲响的手持铃铛预示着超自然事件发生在他们中间的疯狂气氛中，神父高呼"哈利路亚，哈利路亚"，反复祈求圣灵以鸽子的形式降临在他们身上。女人和男人倒在地上，不断地打滚，说着方言，表现得就像有人着了魔一样。当祭司们擘开饼、喝下被认为是耶稣的身体和血的酒时，许多人在祭坛上见证了复活的耶稣。

禅修会中最重要的事件是祭司的驱魔活动，他们主要从女性身上驱除恶魔，用拐杖殴打她们，并用叙利亚语、拉丁语和模糊语言背诵祈祷文。医治病人是由主礼人完成的。

安玛和马泰感觉自己仿佛与耶稣和玛利亚在天堂，回家后仍处于祈祷的气氛中。安纳玛陪伴马泰又参加了四次五旬节祈祷会，每次在喀拉拉邦的不同地区持续十天，三个月内就让他们的孩子独自一人。渐渐地，安娜玛意识到，孩子们不再上学，而奶牛和家禽仍然挨饿体弱多病，反复的禅定给她的家庭带来了严重的破坏。最严重的问题是他们的农场管理不善。结果，回报减少了。饥饿和健康状况不佳，孩子们变成流浪汉，家庭争吵频繁爆发，马塔伊行为暴力，变成了酒鬼和吸毒者。安纳玛要求马泰停止参加祈祷会并咨询精神科医生。但为了克服酗酒，他变得更频繁地进行冥想，并前往不同的祈祷中心。马塔伊喜欢信徒们的大规模聚会、大声祈祷、说方言、赶鬼、不用药物治愈病人、恳求圣母玛利亚创造奇迹和幻觉舞蹈。马塔伊仍然生活在一个充满迷信和魔法的虚构世界中，就像古代的食人者一样，面包和酒变成了耶稣的身体和血液。他开始卖掉自己的农田，前往各个祈祷中心，牧师鼓励他与玛丽和耶稣在一起，过贞洁的生活。他们一起祈祷，把手放在他的头上，以治愈他的酗酒问题。与此同时，他的大女儿和一个来自哥印拜陀的人跑了，这个人来到他们的村庄，出售现成的化纤衣服。

Annamma 觉得受够了，于是与 Amaya 会面，在彻底讨论了这个问题后，她提出了一份申请，限制 Mathai 出售更多土地并停止参加祈祷会。此外，安纳马还要求法院指示冥想中心的神父和当地主教支付一千万卢比的赔偿金，以补偿他们破坏家庭安宁和经济安全的行为。在最后的听证会上，阿玛亚详细解释了案情，并说服法院限制马泰出售剩余的三英亩土地和房屋。法院告诉马泰，他有责任待在家里、在外地工作、照顾孩子并为他们提供适当的食物、教育和安全。法院指示马泰不得出售土地和房屋。

此外，法院还命令神父和主教向安纳玛赔偿一千万卢比。教会蓄意地、怀着邪恶的意图破坏了和平、和谐和经济福祉。将人们转变为宗教奴隶是一种严重的罪行，可能会被监禁，法院对这位五旬节派传教士判处三年严格监禁。

晚上到达办公室后，阿玛亚遇到了一位新客户。她的名字叫卡利亚尼·南比亚尔 (Kalyani Nambiar)，是一名退休政府雇员，担任海洋学首席科学官。卡利亚尼在波士顿大学获得了海洋生态学博士学位，并在政府工作了三十四年多。她的丈夫是一名在卡吉尔战争中阵亡的士兵，她的女儿大约四十岁，是唯一的孩子，有智力障碍。在卡利亚尼职业生涯的最后阶段，她不得不请三年的长假来照顾从小就和卡利亚尼在一起的单身女儿。当卡利亚尼退休时，政府拒绝支付她的养老金，称卡利亚尼已经放弃了工作。卡利亚尼没有其他收入。她迫切需要经济保障来照顾女儿。阿玛亚意识到事态极其严重，要求后辈们准备好案卷，立即移送法庭。

睡觉前，阿玛亚在浏览电子邮件时发现了普尔尼玛发来的消息。内容很简短。

"嗨，女士；今天，我可以从父亲的涂鸦中追踪到一些令人不快的事实。他们在很大程度上粉碎了我对父亲的信心，他写道："由于阿玛亚反复出现恶心，我带她去看马德里的产科医生。医生确认；阿玛亚怀孕了。女士，我读这封信感到羞耻，不是因为您怀孕了，而是因为我的父亲欺骗了我的母亲，欺骗了一个无辜的女人，这是不可原谅的违背她的信任。他冤枉了我的母亲，我无法原谅他。你完全有权利怀孕，但我相信你知道我父亲已经结婚了，他的妻子怀着孩子。你诱导我父亲和他在一起几个月，怀上了他的孩子，这是一个阴险的决定，这是错误的。您将正义和人权理念隐藏在哪里？你需要为你所犯下的可憎行为感到羞耻。我不想知道我同父异母的妹妹苏普里亚在哪里。虽然我不恨她，但我还是厌恶你的贬低行为。你的行为很邪恶。我对你没有任何尊重。晚安。可怜尼玛。"

阿玛亚静静地坐着，心碎了。她哭了，但试图控制自己的情绪。夜晚是痛苦的；尽管如此，她还是像往常一样练习了一个小时的内观。果然，这是进入深度睡眠前最舒缓的体验。

她的希望

阿玛亚度过了忙碌的一天，因为从早上起就有八个案件在不同的法院审理，苏南达在那里为她提供帮助。在最后一次听证会上，三十多岁的瓦纳贾（Vanaja）一年前提出了申请，这是最严重的侵犯人权案件之一。她祈求赔偿，因为森林官员无情地摧毁了一位农民的生计，烧毁了她的农田，拆毁了她的房屋，据称还杀死了一头野猪。阿马亚认为，森林官员的反应是不人道的，侵犯了印度宪法规定的基本权利。瓦纳贾及其家人受到残酷对待的后果是毁灭性的。它摧毁了自由、平等、平等机会和人的尊严。阿玛亚试图说服法院，强调印度宪法和联合国《世界人权宣言》的基本权利的各个部分，印度是其中的签署国。她援引瓦纳贾农场发生的事件解释说，森林官员的侵犯人权行为在文明社会是不可接受的。阿玛亚系统地伏击了政府辩护人的论点；瓦纳贾和她的丈夫侵占了受保护的森林，砍伐树木并杀死野生动物，从而将三英亩土地变成了农场。Amaya 在法庭上出示了村办公室、村委会、税务局和土地登记办公室提供的所有必要的文件证据，证明 Vanaja 和 Gopalan 是土地及其中建造的房屋的合法所有者。土地所有权和所有权提到该农场属于瓦纳贾和她的丈夫。同时，林业部门的说法纯属虚假、捏造，缺乏有效证据。因此，他们焚烧农田和房屋的行为是违法的。

阿玛亚向法庭解释说，戈帕兰的祖父大约七十年前在森林旁边的山上购买了三英亩土地和一座小房子。该土地拥有政府颁发的所有必要文件。戈帕兰和瓦纳贾很勤奋；他们的农场几乎生产了所有东西。主要农作物是一亩稻田，每年耕种两次，足够他们一年的消费。半英亩的木薯、四分之一英亩的不同种类的蔬菜和香蕉树每年可以为他们带来大约二十万卢比的收入。其余农田种植橡胶、腰果、椰子和槟榔树的收入足以让银行结余每年有十万卢比用于女孩的教育。他们还有几棵芒果树和菠萝蜜树，在夏季提供最好的水果品种。瓦纳贾卖掉了两头奶牛和一头水牛的大约三十升牛奶，送孩子们上学后一整天，她都忙着割青草、采集饲料。

她闲逛的棚子里总是养着六只山羊,她不卖而是在家喝的羊奶对孩子们来说是健康的。她的家禽提供了足够日常消耗的鸡蛋和肉。瓦纳贾(Vanaja)重视她的所有工作,并且热爱戈帕兰(Gopalan)和她的女儿们。

阿玛亚告诉法庭,戈帕兰是一位理想的农民。作为一个模范人物,他从不向银行或金融机构借钱,坚信自己能站稳脚跟,认真为国家的福祉做出贡献。戈帕兰从来不给任何人带来负担,他过着没有任何恶习的生活,并且爱他的妻子和孩子。他从晚上七点到四点在地里干活。他对农耕的方方面面都了如指掌,将雨水收集在小蓄水池中,提供了充足的水源;因此,他可以在夏天灌溉农田。他家的一角有一个小鱼塘,他在那里养鱼。瓦纳贾和戈帕兰建造了一座拥有现代化设施的瓦房,过着幸福富裕的生活。他们的梦想是送孩子到专业大学继续深造。由于他们的家毗邻森林,每年至少有几次,主要是在季风期间,野猪会在夜间侵入他们的农场,破坏耕作,尤其是木薯。戈帕兰知道野猪数量众多且行为危险,但它们从未靠近过他们的房子。大约五年前,雨季的一个晚上,戈帕兰和瓦纳贾听到他们的狗连续吠叫,戈帕兰认为可能是狐狸或蟒蛇来捕捉家禽。阿玛亚暂时停止了叙述,但法庭渴望了解更多有关瓦纳哈和戈帕兰的信息,并要求阿玛亚继续叙述。

戈帕兰站起来,打开大门,走到鸡舍附近,想知道为什么狗叫了很长时间。狗和他在一起。突然,戈帕兰看到有东西向他冲来,不一会儿,它就攻击了他;那只狗试图救他。那是一头巨大的野猪。听到骚动,瓦纳贾和孩子们打开门,跑向戈帕兰。他们看到受了重伤的戈帕兰和狗躺在地上。在邻居的帮助下,瓦纳贾将戈帕兰转移到距离他们家约三十公里的一家医院。

戈帕兰腹部的伤口很严重;他无法移动他的手或腿。这只狗在两小时内就死亡了,因为它的全身都有很深的损伤。一周之内,愤怒的村民将野猪关在笼子里,并享用它的肉。当森林官员得知此事后,他们对戈帕兰、瓦纳贾和一些身份不明的村民提交了第一份信息报告。由于瓦纳贾和丈夫一起住院,她永远不知道家里发生了什么。

阿玛亚向法庭提交了医院文件,显示戈帕兰因脊髓严重受伤而仍在医院,并且在村民抓到野猪时卧床不起。三个月后,瓦纳贾把戈帕兰带回家。他的丧失行为能力对瓦纳贾和她的孩子们来说是一个打击。他们要向医院支付巨额费用，日常医疗费用难以承受。瓦娜佳的梦想在她眼前破灭，但她还没有准备好接受失败。在送孩子们上学并养活丈夫之后，她每天在农场工作大约八个小时。尽管她无法按时完成所有工作，但她的勤奋有所帮助，农场的回报也令人鼓舞。瓦纳贾像奴隶一样工作，需要照顾她的孩子和丈夫。照顾牛、山羊和家禽是最具挑战性的任务。农场里有足够的绿草，瓦纳贾花了大约三个小时为牛收集饲料。她还为家禽储备了一袋谷物。

杀死野猪一年内的一天，三名森林官员来到了瓦纳贾的家。他们通知她将提起诉讼；她和丈夫杀死了一头野猪，严重违反了野生动物保护法。瓦纳贾一再恳求——她没有参与杀死野猪，而且她和丈夫一起在医院——但未能说服森林官员。他们告诉她，如果她能付给他们二十万卢比，他们就会从犯罪中撤销她的名字。瓦纳贾没有钱支付林业官员的费用，因为她已经为丈夫的住院和治疗花费了相当多的费用，而他的丈夫仍处于残疾状态。两个月后，森林官员拜访了瓦纳贾的家；他们声称农田是森林的一部分。瓦纳贾和她的丈夫非法占领了它。他们建造的建筑物是未经许可且非法的；因此他们需要在一个月内腾出房屋和土地。

瓦纳贾去了村办公室、村委会和当地警察局，证明她和丈夫拥有农田。该房屋并不位于非法占用的林地上。村公所和村委会对她的痛苦漠不关心。相反，他们很粗鲁。警察谩骂她，说她非法占用林地、耕种多年、盖房、捕杀野生动物；多年来她罪有应得。瓦纳贾感到崩溃了；她没有得到邻居和村民的帮助。他们不敢和她站在一起，认为森林官员会因为他们杀死野猪而牵连到他们。有一天，林务官和十到十五名护林员开着推土机来到这里，在没有任何警告的情况下拆毁了房屋，砍掉了农田里的庄稼和果树，然后烧毁了。瓦纳贾和她的孩子们无助地大声哭泣。看到大火吞没了他们的农场和房子，她的心都碎了。

一家人无处可去，只能挤在二十公里外小镇的街角。他们在空旷的地方挨饿了一周，女孩们病倒了，戈帕兰在第十天去世了。一名社会工作者去看望了瓦纳贾，询问了她的悲惨处境，表示愿意帮助她，并对森林官员提起诉讼。一周之内，社会工作者将瓦纳贾带到阿玛亚。那是一个星期六；没有办公室。尽管如此，阿玛亚还是去了她的办公室，听了瓦纳贾三个小时的讲话，并表示愿意与瓦纳贾和社工一起去看看被烧毁的农田以及瓦纳贾和她的孩子们住的地方。

阿玛亚立即与瓦纳贾和社会工作者一起开始行动；被烧毁的农田和被拆毁的房屋就像被炸毁的缩小版美莱村。阿玛亚点击了一些被烧毁的农场和房屋的照片。瓦纳贾告诉阿玛亚，这是他们一生的成就；他的父亲和祖父戈帕兰在那里工作了七十年。尽管阿玛亚看到这惨状无言以对，她还是去森林办公室见了这位官员，但他拒绝接见她。然后她去看看瓦纳贾和她的女儿们住的地方。这是一个悲惨的场景。饥饿的孩子们看上去很痛苦。他们发烧了。即使知道这违背了自己的职业道德，阿玛亚还是无法控制自己的泪水。在瓦纳贾的允许下，阿玛亚拍了几张照片，并与社会工作者一起将女孩们转移到科钦的一家医院。一个非政府组织协助阿玛亚为瓦纳贾找到了靠近医院的地方，并在菜市场安排了就业。

阿玛亚请求法官向他们展示一些被烧毁的农田和瓦纳哈被拆毁的房屋的照片，法院表示愿意。这些黑白照片明确显示了森林官员侵犯人权的行为。法院对公然侵犯一个不幸家庭的基本人权表示震惊。剥夺瓦纳贾独立生活的自由选择并通过破坏她的生计来否定平等，导致了森林官员的恐怖主义。消除了三代人七十年的辛劳，森林官员和政府采取的专制手段，让一名妇女和她的三个女儿陷入贫困，这是一种令人难以想象的恐怖罪行。这种罪行应该受到严厉的惩罚。法院判处所有三名森林官员十年监禁，并指示政府终止他们的服务。法院以索贿罪对森林官员每人处以十万卢比的罚款，并要求他们在一个月内向四名受害者支付三十万卢比的赔偿金。如果未能支付和解金，将被判处五年徒刑。

政府将在一个月内向瓦纳贾和她的孩子们支付一亿卢比。林业部门将为每个孩子提供每年十万卢比的经济援助，直到他们完成大学教育。法院还指示政府在六个月内将农田归还给瓦纳哈并建造一座拥有所有现代化设施的房屋。这一判决对阿玛亚和瓦纳贾来说是一次巨大的胜利，因为它维护了自由、人权和正义的价值观。

阿玛亚当天还有一个案件需要进行最终听证会。苏鲁提出的申请是针对国家内阁一名部长的欺诈行为。在阿玛亚办公室将请愿书副本发送给部长律师的当天,她接到了部长私人秘书的电话,要求阿玛亚不要受理苏鲁的案件。阿玛亚告诉他,他无权干涉她的职业活动。他解释说这是部长的请求,他准备向她提供任何帮助。阿玛亚态度斩钉截铁。她没想到会得到部长的建议。一天之内,部长打来电话,建议阿玛亚不要接受苏禄作为她的客户。"部长先生,管好你自己的事吧。"阿玛亚回答道。那天晚上和接下来的几个晚上,阿玛亚接到了不明人士的电话,威胁要教训她。一周后,阿玛亚在去法庭时听到后窗玻璃传来一声巨响。她立即将车停在路边,看到破碎的后窗玻璃掉落下来。阿玛亚向警察局提交了一份书面申诉,向法院解释了这一事件。尽管阿玛亚记录了部长的电话,但她决定在投诉中不提及此事。

在法庭上,阿玛亚解释了带着两个婴儿的寡妇苏鲁的申请。当他在阿布扎比时,她的丈夫在修理窗玻璃时从高层建筑坠落身亡。苏鲁在一块价值三十美分的土地上有一栋四居室的房子,面朝马尼马拉河岸,距离科塔亚姆大约半小时车程。她给欧洲游客租了两间民宿,以适中的价格烹制喀拉拉邦风味的牛肉、鱼等菜肴,游客们享受到了苏禄的热情好客。她的房间全年都有人入住,她的生意也赚了足够的钱。苏鲁定期在银行存一笔钱,用于孩子们的教育,并照顾她的母亲。后者除了帮助苏鲁做家务和做饭外,还和她住在一起。

当地立法议会议员(MLA)在苏鲁家旁边购买了约五十英亩的土地,用于建造一个水上主题公园、两家餐厅和五十栋带两间卧室的独立别墅供游客使用。他计划在该项目上投资约五亿卢比,并获得了海湾国家实业家的合作。MLA 知道,如果不获得苏禄的土地,就不可能修建通往他的公园的引道。一天晚上,他去找苏鲁,要求她卖掉土地和房子,开价三千万卢比。他在一张纸上写下了数字三,然后是七个零,仿佛试图让苏鲁相信他准备付给她多少钱。苏鲁告诉 MLA,她对出售这片土地和她拥有的房子不感兴趣,因为她完全依赖它谋生。她从中获得的收入可以养家糊口并教育孩子。解放军威胁苏鲁,告诉他们如果她拒绝交出土地,几天之内她的尸体就会漂浮在马尼马拉河上。苏鲁坚持认为她不会放弃自己的财产。当晚，暴徒用石头和棍棒袭击了她的家，伤害了苏鲁、她的孩子和睡在那里的游客。第二天，苏鲁前往警察局，要求警官提交针对司法协助的第一份信息报告，但他拒绝这样做。警察辱骂苏鲁并告诉她："永远不要试图投诉司法协助。"但夜间投掷石块、打破窗玻璃的行为仍在继续，苏鲁发现自己的寄宿生意很难经营。由于游客不再租用苏鲁的民宿，她的生意在一个月内就倒闭了。

阿玛亚向法庭解释说，苏鲁必须同意以三千万卢比的价格将土地和房屋出售给司法部，司法部通过支票向她支付了一千万卢比，并承诺在一周内支付余款。在土地登记处，苏鲁签署了出售契约，显示她收到了土地和房屋的一千万卢比。当苏鲁签署出售契约时，司法部强迫苏鲁腾出房子。苏鲁花了950万卢比买了5美分的土地和距离那里约5公里的一套三居室的房子，但即使六个月后，她也找不到任何游客来寄宿，因为那里远离主要旅游景点。苏鲁经常去司法部的办公室索取余额，但她却永远见不到他。由于没有收入来维持家庭，她感到沮丧。

与此同时，MLA成为内阁部长。但他从未向苏鲁支付两千万卢比的余额。法院很体贴，但苏禄在入院时并未获得任何临时救济。在最后一次听证会上，阿玛亚说服法庭，部长曾向苏鲁承诺，他将支付三千万卢比作为房屋和土地的价格，但他只支付了一千万卢比。阿玛亚在法庭上出示了一张纸，上面写着数字三和七个零，作为书面证据。阿玛亚向法院提交了三份证明，以证明作者的真实性。第一份是笔迹学家的笔迹，证实纸上的笔迹是部长的笔迹。法医笔迹专家，有很多例子坚定地肯定了文字，属于第二份证书中的部长。另一位法医专家可以辨认出纸上部长的指纹。阿玛亚解释了她的论点的合法性和正当性。法院要求部长在两周内向苏鲁支付两千万卢比，为期三年，年利率为百分之十五，并支付十万卢比作为案件费用。法庭认为，欺骗寡妇的大臣不值得继续任职。

苏鲁很高兴听到判决，并告诉阿玛亚，她将在旅游胜地文巴纳德湖附近购买一套四居室的房子，以重振她的民宿业务。

已经是傍晚时分了。她所有的后辈都离开了。睡觉前，阿玛亚发现了一封来自普尔尼玛的电子邮件。阿纳亚坐在安乐椅上开始读：

"嗨，女士，

我为我之前的沟通中的粗鲁言论和贬低你的尊严而道歉。不顾你的感受，不顾你的感受，不顾你的心，不礼貌地表达我的心情，是有失尊严的。我写的内容是真实的，但我不应该在不了解迫使你和我父亲住在一起的确切情况的情况下表达这些观点，指责你。我不知道我父亲和你的关系有多深。我想象的情况可能并不真实。即使是像我父亲这样看似正直的人，见到你并邀请你去他家里做客时，也未必有什么高尚的意图。而且，你可能并不知道他的背景、意图和计划。

言语不当，敬请谅解；让我对你坦白说吧；我不恨任何人，尤其是我永远无法恨你。你总是很特别，当我寻找你的时候，我的脑海里就浮现出了你的画面。无需亲自见过你，我就能预测出你在我意识中的样子；你长得很像我，我喜欢你。这不仅是一种假设，而且是我在你身上的心理投射。我可以告诉你原因。你可能会感到惊讶；相互关系可能存在于素未谋面的人之间，坚信对方就在某个地方。他们互相了解并互相吸引。他们知道对方是谁。让我称之为心理引力，这是准确的，同时也是现象学的。这是在对方缺席的情况下相互承认对方的存在，如此强烈且包罗万象。你可以在你的内心感受、感知和体验它；不用看到、触摸、闻到、听到对方，你就知道对方是谁。

在大多数情况下，你的感受、渴望和预感被证明是正确的。我一出生，我就知道你在那里；你在身体上、心理上或精神上都与我有某种联系。我们之间存在个人依赖性，但我们是自由的，但我们深深地渴望见面并分享我们的存在和爱。这就是所谓的心有灵犀。我内心的声音告诉我，你离我很近，形影不离；我们的感受、情感、欲望和愿景是相互关联、永远紧密相连的。昨晚，我试图忘记你。然而，这却是不可能的任务，每当我想要忘记你，想要远离你的时候，你却以更大的力量、更灿烂的脸庞向我走来。你是我的意识流，浇灌着我最深的感情。

我从小就感受到有人在我身边，就像一股指引力量，一盏手持灯。我知道那不是我的母亲，而是与我的母亲平等；她的存在是明亮的、持续的、舒缓的和刺激的。她唱摇篮曲，给我讲故事，在我睡觉前读童话故事，并在我床边等着，这样我起床时就不会感到孤独或悲伤。她的触碰轻柔、温柔、充满关怀，让我在她说话之前先开口。当她没有碰我时，我感受到了她的温柔，并且从未感到失去了与她的亲近。她和我一起在幼儿园里，从不干涉，也不强迫我做我不想做的事情，一直和我在一起，永远是一副令人愉快的样子。

当我上学的时候，她坐在我身边，好像我能看到她，但别人却看不到她；她帮助我学习每一堂课，和我一起玩耍，和我的朋友们在一起，尽管她是难以察觉的。我们分享了我从别人那里收到的巧克力、蛋糕和糖果。她走在我身边，却渐渐成为我的影子，让我显赫，却又成为我永远的陪伴。我能听到她和我说话、叫我，每当我回头看时，我都喜欢她的表情、微笑和动作。我试图模仿她的肢体语言、手势、面部表情，甚至她的呼吸方式，这是一种有意识的模仿。我渴望在高中时能有更多的时间和她在一起，因为我觉得她很自然，而不是幽灵。无论我对自己的未来有什么想法，我都知道她影响并塑造了我。当我觉得她真诚善良时，我就想坦白大方；我没有对别人表现出敌意或粗鲁，因为我没有在她身上看到不良特征。

在我青春期的时候，她能感受到我的情绪；我能感受到她的良好反应，因为她希望我快乐。我意识到她是一个体贴的人，感情温暖，所以我可以相信她知道如何过上幸福的生活。有时，她告诉我，没有必要做到完美，因为完美并不存在，我很高兴听到她的话。她还警告我必须小心，不要脆弱。我喜欢她的措辞，喜欢她的小错误和缺点，这帮助我认识到她是人，而且人性是美好的。当我开始喜欢男孩和他们的陪伴时，她鼓励我说出来；朋友可以帮助我成长，让我知道谁可以成为值得信赖的朋友，谁可以成为人生后期的终生伴侣。她的价值观与我相似，我喜欢她，因为她有相似的价值观、态度和观点。那些日子里，有时她会微妙地触碰我，这是一种美妙的体验，因为她的触碰产生了很多温暖。我日复一日地渴望她的触摸。

她的笑容很和蔼可亲，我连睡梦中都记得。于是，我和她的关系就如溪水般顺畅地流淌，因为她有一张笑脸。偶尔，她会告诉我一些关于她的秘密，这表明她信任我，我们的关系变得更加深厚和牢固。她有时会问我关于我的感受、态度、价值观和厌恶的个人问题。我喜欢她的开放；她变得越来越个性化，我的联系也更加紧密。她讲述了自己，并就友谊、学业、事业、金钱、食物、性幻想、伴侣和生活伴侣展开了心与心的讨论。我把她想象成我理想的朋友，有时我表现得好像我是她的老师、导师和向导。我建议她如何照顾自己的健康，是否需要定期锻炼身体，不能吃什么以及应该睡多长时间。她情感开放、诚实、可靠。当她告诉我她可以信任我并保守她的秘密时，我感到非常高兴，因为她的话给了我信心。有时她很幽默，会讲笑话，甚至是关于性的笑话。我喜欢她，因为她爱我；就是这么简单。我永远不会不喜欢一个爱我的人；自然，我爱那个爱我的人。我不能恨某人，因为她不恨某人，我吸收了她的价值观并将她教给我的东西内化了。她对我很热情，表明我需要对别人有礼貌。

从小到大，她对我一视同仁；我们在很多事情上有着相同的立场。她尊重我、我的言语、态度和意见，对我的陪伴表示高兴，没有询问我的亲密关系，尤其是与其他性别的关系，但对我的幸福表现出兴趣，并在决策时保持谨慎。当她在场时，我能感觉到她对我的深厚感情。即使她不在，它的痕迹仍然存在，鼓励我变得独立和自尊。我与她交往的副产品是向我灌输尊严，让我有自己的意见和决定。最后，我认识到了自己的性格、社会观点、心理取向、情感形成和价值体系。我在很大程度上拥有她。

当我第一次和你说话时，我听到了那个声音；是她的声音，熟悉而个性化，在过去的二十四年里塑造了我这个人。我以为你就是她，而我与众不同；我和她在一起但又独立。她通过自己做决定来帮助我成长。即使穿过隧道，我还是在漆黑中遇到了她，她提着一盏手提灯。然后你就变成了她，一个希望的声音，我一次又一次地呼唤你。当你跟我说话时我所体验到的幸福是我存在的纯粹表达的最高例证。我内心渴望与你交谈，永远倾听你的声音。

我热切地等着见到你。有一种不同的渴望亲自见到你、看到你、触摸你、体验你。在我第一次和你交谈之前，我生命中最大的热情就是我父亲的康复。现在见到你已经成为一种同样强烈的渴望。我不会想象你,因为多年来我在内心的眼睛里看到了你,我知道你的样子、说话、走路和反应。我确信我看起来像你;这些天,我看着镜子里的你,感受着你的存在。当我独自一人时,我会和你一起聊上几个小时。人们可能会认为我疯了。但对我来说,这是一种需要;和你说话是我内心的表达,你一直拥有我一颗可爱的心。

女士,你是谁?我们有什么关系?

可怜尼玛。"

睡觉前,阿玛亚给普尔尼玛发了一封电子邮件。

"嗨,普尔尼玛。看完你的留言我无语了。我对于如何反应感到左右为难。你可以把我当作你的朋友。我和你的关系是你在每个家庭中看到的最简单的关系。晚安。

阿玛亚。"

第二天,一封电子邮件正在等待阿玛亚,她在内观后发现了它。

"亲爱的女士,

谢谢你给我写信;我收到的第一封来自你的电子邮件。读到它我感到很高兴。家庭中最简单的关系就是母女关系。但我已经有一个母亲,她是我见过的最有爱心的人。所以,你不可能完全是我的亲生母亲。

尽管如此,我可以假设我父亲取出了你的一半卵子,并将其与我母亲的一半卵子融合;因此,我出生时就有两个母亲;这就是为什么我对你们俩有同等的依恋。这是一个科学的选择;美国、新加坡和以色列最好的大学正在进行一项研究,将两名女性的卵子与一名男性的精子融合,产生一个拥有三个亲生父母的孩子,融合了他们最好的特征。我在同行评审的国际期刊上读过两篇关于这种可能性的文章。

您曾经提到过您的女儿苏普里亚(Supriya),她与我同龄。你不知道她的行踪和她在做什么。没有哪个女儿可以离开你,因为你有如此深情和迷人的个性。我试图在我的意识中遇到 Supriya 的存在,但徒劳无功。当我反思她时,我出现了,自我意识。意识可以检验感受的有效性。意识和心智一样，是人脑的副产品，属于更高的境界。头脑可能会把你引向充满危险陷阱的错误道路，而意识如果培养得当，则恰恰反映了存在的乐趣。因此，有一个超越物质的世界，不是知识或精神，而是对自我存在的纯粹意识，导致超越身体或物质宇宙的虚无。由于它是一门新兴科学，神经学中对意识的研究还处于合子阶段；我对此很感兴趣。

因为我意识到我身上有你，所以当我第一次和你说话时我就能认出你。这只不过是对一个人的意识的理解。当你在镜子中看到自己的形象时，你就知道那个复制品是你的，但你可以超越"你知道"这一点。这种意识会引导你超越身体的限制，前往遥远的国度。以后你不需要随着身体移动；你的意识可以跳跃，满足其他人的意识并交换概念、想法和愿景。所以，有一种存在超越我们此时此地的感受。在那种情况下不存在死亡，因为意识永远不会消亡。它本身就是能量。

在镜子里，我无法投射 Supriya。每当我寻找她时，每次都会出现我的脸，而不是两个人。但出现在我意识中的只是我的脸，而不是苏普里亚的脸。最新的神经学研究试图证明意识可以用人类直觉来测试和验证的假设。这种方法与灵性、神秘主义或魔法无关。佛教僧侣用这种方法在虚无中确认真理，因为虚无并非不存在。它是空虚的圆满存在，除此之外别无其他。在大爆炸之前，虚无是存在的，但虚无并不是空的或虚无，虚无是我们宇宙之前的宇宙。因此，虚无有可能进化、成为实体。Supriya 不仅仅是物质存在，因为纯粹的物质存在可能没有心智、意识和完全发育的大脑。人有感情，是心灵的产物。在我攻读神经学硕士学位期间，我试图验证许多假设，其中最主要的一个是存在先于本质。简单来说，事物的存在先于其细节。所以，Supriya 的存在是可以通过意识感受到的；这是我的理论。如果她不作为独立实体存在，苏普里亚的感觉能力就会消失。在我的实验中，我将 Supriya 的存在体验为我的存在。

我想测试的第二个现象是来自意识对象的知识。我认为知识是一个人对物体的认识的产物。因此，知识预设了一个客体和一个主体。任何知识都具有对象的特征和认识实体的理解的特征。因此，知识并不完全是客观或主观的；它不能反映主题的完整性。但对于人类来说，物体的最初知识会转化为更高的维度，认识该物体的人会发展出对她的认识。主体知道，它知道它知道，它知道什么。简单来说，我意识到我的意识。

从这种意识中，人类可以进入超越物质存在的更高意识境界，或者可以抛弃自己的本质，在那里没有感情。这是一个没有欲望、痛苦、悲伤、痛苦或快乐的阶段。本质上，没有头脑、情感、喜悦和理智思考。只有极乐存在，纯粹而简单，我称之为涅槃。我未来的博士学位将在这个领域。

女士，我从来没有听我父亲提起过苏普里亚的名字。如果她是他的女儿，我相信他不会忘记她，会继续谈论她，并用爱包裹着 Supriya，这是我从他身上体验到的。父女关系超越了时间的界限；它需要探索浩瀚的意识才能遇到崇高的喜悦。当两个人的交往仅限于肉体时，就不可能有任何爱，因为爱是意识的；它必须超越物质世界。我的人生哲学很简单：束缚你的思想，解放你的意识，像海鸥一样飞向遥远的岛屿，体验无畏和免于死亡的自由。人类的一切努力都是为了超越死亡。所以，还有一种可能，一种预感，我就是你的 Supriya；我的父母给我起名叫普尔尼玛。Supriya 是我。我可以用可验证的事实来检验这个前提。

您很快就会抵达昌迪加尔。我将去机场接您。我心旷神怡，因为你的存在给了我希望；你帮助我父亲恢复知觉。正如我告诉过你的，钢琴在他的房间里；你可以弹一段时间，他就会认出你的音乐。

祝你美好的一天。

可怜尼玛。"

"Supriya，阅读你的电子邮件是一次内观体验，因为我的头脑很平静；我的心充满了对你的爱；我的意识飞向未知的土地去遇见你，体验着生命的充实。你的成长远远超出了我的想象，成熟也超出了我的想象。你的想法得到了很好的发展，是多年反射意识的产物，你知道自己在说什么，对自己的知识有意识。"阿玛亚经历了她和普尔尼玛的存在，突然阿玛亚记起了她和卡兰的谈话。"在你身上，我拥有了完整的存在。"听到这里，卡兰笑了。

黄昏前，他们在海滩上散步。阿玛亚可以在离那里不远的地方看到他们的莲花，她在那里和卡兰一起度过了一年。"步行有助于保持身体平衡，有助于正常分娩，"卡兰说。卡兰怀孕已经第三十六周了，走路时格外小心。他始终站在她一边。她穿着一件白色飘逸的连衣裙，上面有鲜艳的花朵。卡兰穿着他的 T 恤和宽松的睡衣；他看起来很平静。当傍晚的阳光反射在他身上时，她喜欢看着他的脸。数百名游客，男女老少，都洋溢着节日的气氛。

阿玛亚和卡兰面向大海而坐，专注于不断涌动的海浪。大海与她的感情有关。远方海岸的空气气味令人陶醉，微风拂过她的头发，温暖的阳光笼罩着她的身体，耳边回荡着沉稳的海浪声。

"Amaya，子宫中的羊水，与水产生了生物联系，因为身体百分之六十以上和大脑百分之七十七都是水。许多科学家认为水与所有生物体都有共生关系，并影响生物体产生镇静作用，尤其是对人类心灵的影响，"卡兰说。

"卡兰，我在某处读到，大海的蓝色具有安慰作用，不仅对头脑而且对心灵都有安慰作用，"阿玛亚回答道。

"确实如此，阿玛亚。此外，大海的广阔和海滩的宁静给人一种安全感。我们的大脑可以很容易地识别出开放空间中是否存在隐藏的敌人。人类内心总有一种洞穴的感觉，因为他们在洞穴里生活了数百万年，保护自己免受黑暗森林和危险稀树草原中未知危险的影响，"卡兰解释道。

阿玛亚看着卡兰笑了。"和你在一起，我感到安全；你是我的海，亲爱的卡兰；你也是我的海岸。你保护我免受一切隐患。"阿玛亚微笑着说道。看着阿玛亚，卡兰也笑了。"当我们在海岸线上时，我们会因为与亲人在一起而感到幸福，分享美好的回忆，并且很少使用电子产品，"阿玛亚补充道。

"确实如此，阿玛亚；我同意你的看法。科学家已经证明，由于阳光的浸泡，我们的皮肤会产生并释放大量的维生素 D 和血清素，在人脑中产生无数让人感觉良好的化学物质，我们在海边自然会感到快乐。"当走进餐厅时，卡兰说道。

吃完阿玛亚最喜欢的菜肴后，他们走向莲花，他们温馨的家，但阿玛亚从未想过她再也不会和卡兰一起去海滩和餐厅了。

早餐后，阿玛亚突然感到腰部疼痛，第二天出现宫缩。下腹部痉挛，轻微液体渗漏，伴有轻微恶心。她能感觉到骨盆的压力。

"卡兰，"阿玛亚喊道。

"是的，亲爱的，"他回答道。

"是时候了，"她说。

"哦，亲爱的，我们去妇产医院吧，"卡兰回答道。"我把家里和汽车的备用钥匙放在你的包里了。"他吻了吻她的脸颊。

卡兰把行李转移到迪基上。共有三个袋子，一个是阿玛亚的，两个是婴儿的。阿玛亚感到轻微的头痛；十分钟内他们就到达了医院。阿玛亚从怀孕一开始就定期去医院的产科病房咨询产科医生，并在家陪伴她。卡兰推着阿玛亚的轮椅，医生就在那里。阿玛亚感到快乐，但头脑沉重，有一种滑入昏暗世界的感觉。

"卡兰，"阿玛亚喊道。她的声音有些模糊，还想再说什么，但舌头却在嘴里扭动着。她可以看到卡兰的脸雾蒙蒙的，融化了，就像挡风玻璃上的蒸汽一样。"阿玛亚，"他喊道。她听到他最后一次叫她的名字。阿玛亚陷入了彻底的黑暗之中。

女儿的诞生

那是星期五，一周的最后一个工作日，阿玛亚一早就浏览了当天听证会所列的请愿书。共有 7 个案件在四个法院审理，其中 3 个需要受理，3 个需要临时救济，1 个最终听证会。阿玛亚查阅了所有文件，记下每份请愿书的要点，并打电话给苏南达，让她在有空的情况下在法庭上协助她。

阿玛亚代表苏珊·雅各布（Susan Jacob）向就业局老板巴鲁（Balu）提出申请，在两名法官席上举行最终听证会。Amaya 详细解释了案件的背景，强调了 Balu 的违法行为、对 Balu 采取法律行动的原因以及对受害者进行赔偿和归还的必要性。苏珊是一名训练有素的护士，拥有护理学本科学位。七年前，她通过巴鲁就业局申请了沙特阿拉伯一家医院的工作。苏珊在申请这份工作之前已有三年的工作经验。巴鲁向她许诺在布赖代一位拥有数百英亩枣园的富有农民经营的一家医院里找到一份待遇优厚的工作。经过面试并向就业局做出重大承诺后，苏珊与巴鲁一起前往沙特阿拉伯。巴鲁认识阿卜杜拉，他是一家椰枣农场的老板，他每两年到喀拉拉邦接受一次阿育吠陀治疗。

到达布赖代时，苏珊遇到了阿卜杜拉，但那里只有一家农场工人诊所，有两名男医生。她决定加入诊所，因为承诺的薪水是她在喀拉拉邦的十倍。那里没有女性宿舍，阿卜杜拉在他富丽堂皇的住所中为苏珊提供食物和住宿，并承诺她会安全地与他的两个妻子和九个孩子在一起。苏珊开始住在他家后，阿卜杜拉就开始缠着苏珊嫁给他，几天之内，强迫性行为就成了家常便饭。苏珊渴望自由，梦想摆脱阿卜杜拉的控制，但在生下第一个孩子并皈依伊斯兰教之前，她逐渐失去了与父母和外界的联系。

阿玛亚向法庭提交了巴鲁签发的苏珊的任命书以及苏珊随其前往沙特阿拉伯的旅行证件。阿玛亚解释说，巴鲁将一名合格的护士诱入性奴役，并怀着邪恶的意图许诺她在布赖代的一家现代化医院找到一份高薪工作。每当阿卜杜拉访问喀拉拉邦时，阿玛亚还出示了巴鲁在法庭上充当皮条客的证据。法庭对巴鲁罪行的严重性和苏珊遭受的暴力行为表示震惊。四年之内，苏珊生下了两个孩子，由于她的健康状况不佳，阿卜杜拉将苏珊转移到利雅得接受专家治疗。她在医院住了六个月，苏珊的病却无法治愈。最后，阿卜杜拉同意苏珊回到喀拉拉邦，把孩子留在沙特阿拉伯，五年后，苏珊回到了蒂鲁瓦尔拉父母的家。

阿玛亚向法庭辩称，巴鲁应对人口贩运、强奸、强迫妇女皈依另一种宗教以及未经同意使她怀孕负责。它们是针对苏珊和国家的犯罪行为，破坏了受害者的心理健康，使她陷入严重的情感危机和身体丧失能力。苏珊所经历的精神痛苦、身体不适、个人冲突，以及在阿卜杜拉拘留期间遭受性奴役的痛苦，使苏珊失去人性，迫使苏珊考虑自杀。凭借纯粹的意志力，她能够在一个未知的土地、一个偏僻的地方，在性掠夺者的后宫里度过五年的极度痛苦和磨难。苏珊对她的孩子们有着深厚的情感依恋，将他们永远留在强奸犯的地方是令人痛苦的。显然，到达喀拉拉邦后，她甚至会面临受过教育的人的嘲笑和蔑视。阿玛亚认为，人口贩卖、后宫监禁、强奸和强迫生育对苏珊构成了卑鄙罪行，因为这些行为侵犯了她的基本权利和人权。

巴鲁因侵犯苏珊的自由、平等、人身安全和人类尊严而需要受到惩罚，因为苏珊相信巴鲁的就业局是真实的，而且还接受了大量佣金。阿玛亚辩称，巴鲁有自由意志，可以做出理性的决定，但有意识地违反国家的规范、价值观和法律，迫使受害者遭受巨大痛苦。受害人有合法权利保护自己在体面环境中工作的自由，但施暴者却侵犯了她的权利，并为了一己私利而纵容犯罪。对犯罪者给予适当的惩罚是必要的，因为这种惩罚反映了社会对犯罪者罪行的厌恶。

阿玛亚认为，惩罚巴鲁是社会谴责的一种表达。法院会通过谴责犯罪者的行为来认为犯罪行为应该受到惩罚。由于法律保护公民免遭犯罪，犯罪者通过违法行为获得了不公平的优势。但这只有在公民接受法律、远离违法行为的情况下才有可能实现。当一个人不尊重它时，他就从社会中获得了不正当的优势。共同体的均衡仅维持严格的惩罚，从而减轻了不正当的优势。阿马亚进一步表示，处罚是法律当局对违法者施加的痛苦；因此，这对犯罪者来说是不受欢迎的行为，但却是社会的直接谴责。国家通过惩罚巴鲁来表达对受害者的责任，同时通过恢复秩序来获得一定的利益。

巴鲁邀受惩罚；阿玛亚分析道，这是他应得的。国家制定了法律，将犯罪定义为违反国家公认的规范。因此，这是一个公共错误。巴鲁要就违规行为向政府负责，因此惩罚巴鲁的权力在于国家，惩罚是对他的不当行为应得的回应。他对一个不幸的女人犯下的罪行产生了罪恶感。除了对苏珊和国家负有道义责任之外，惩罚也是消除他罪恶感的一种解决方案。阿玛亚提醒法庭，巴鲁是一位千万富翁；他主要通过非法活动积累财富。警察、官僚机构和政界人士忽视了他的犯罪行为，因为他们中的许多人从他在印度和国外的热情好客中受益。阿玛亚最后说，巴鲁应该受到惩罚，法院是施加惩罚的权力机构。尽管苏珊支付适当的赔偿并不能消除苏珊的痛苦，但巴鲁有义务赔偿损失。

阿玛亚让法庭相信她的论点的合法性、合理性和道德力量。法院认为，当个人、组织或国家侵犯个人的基本权利时，赔偿是强制性的。犯罪者蓄意损害苏珊的合法权益，迫使她遭受精神创伤、性奴役、意外生育、主动抚养孩子、失去自由、在国外失去收入、被迫皈依伊斯兰教等苦难。尽管被告是受害人，但她在家里却受到轻视。法院进一步指出，所给予的赔偿是为了帮助受害人挽回经济损失，合法且人道。法院判处巴鲁十年严格监禁，不得保释或假释，并指示他在三个月内向被告支付一万五千万卢比的款项。法院授权国家要求罪犯在规定的时间内支付全部赔偿金额，否则允许政府拍卖其财产以恢复原状。

晚上，阿玛亚独自一人。她的下属只会在周一早上上班。像往常一样，她弹了一个小时的钢琴，轻松的音乐；很平静。然后，她为一家报纸写了一篇关于北方邦强奸达利特女孩日益增多的文章。阿马亚辩称，执政党及其政治家默认支持压制达利特人日益增长的知名度。在北方邦，在达利特女首席部长（达利特人）任职期间，总人口的 21% 接受了高等教育和就业。

因此，达利特人的社会和经济状况大大改善。后来，当以上层种姓为主的右翼政党上台后，他们开始压迫和征服贱民达利特人。上层种姓意识到强奸是摧毁达利特人自尊的最有力武器，并有意识地选择受过教育的女孩作为受害者。在北方邦的上层种姓中，轮奸达利特人已成为公认的常见做法。阿玛亚用统计数据解释说，印度每天约有十名达利特女孩被强奸，其中相当一部分来自北方邦。

文章发送后，Amaya 注意到有一封来自 Poornima 的电子邮件。她形容与阿玛亚的关系是一次美好的经历，并且非常珍惜这段经历。普尔尼玛指出，阿玛亚在十天内就融入了普尔尼玛的生活。尽管他们从未见过面，而且相隔很远，但这种感觉还是很强烈。他们的融洽关系深刻而有力，在行动上比她预想的更加全面。小时候，后来是青少年，普尔尼玛能感觉到她体内和周围存在着一种看不见的力量，就像母亲的照顾和保护一样。当她第一次和阿玛亚说话时，她感觉就像是在和一个非常亲密、形影不离的人说话，而普尔尼玛从一开始就认识这个人，当她听到阿玛亚的第一句话时，她的心狂跳起来。他们就像母女一样有着深厚的感情；由此产生了同理心、关怀、信任和爱。

"每当我想起你，我就会想起我的母亲，一种拥有两个母亲的感觉。我无法与你分开；你从一开始就在那里，"普尔尼玛写道。

对于普尔尼玛来说，母亲是女儿的情感基础。"你是一个很好的倾听者，没有评判，从不贬低或贬低你，像磐石一样和我站在一起，没有表现出等级制度。你身上有无条件的信任和无限的爱。这远远超出了一个最好的朋友能给我的。"普尔尼玛认为她与阿玛亚的关系在情感上令人满意，在心理上平静，在生理上坚不可摧，在精神上反思。这是一种近乎直接、毫不掩饰、丰富、令人振奋且存在永久的陪伴。"每个年轻女性都想要一个除了伴侣之外的朋友，而那个人通常是她的母亲；这些天我感觉你就是那个人。我在婴儿时期就非常想念你，想念你的关爱和存在。我会在童年时崇拜你，作为我的老师，作为我青春期的导师，作为我年轻时的朋友。"普尔尼玛的态度很明确。

阿玛亚在阅读电子邮件时停了下来，想着她的 Supriya。我会保护你免受我认为有害的一切伤害。从生理和心理上来说，女儿更依恋母亲，因为母亲对孩子的生活影响更大。女儿很容易理解母亲的心情，但父亲却始终是个谜。在孩子的成长过程中，母亲总是在身边，但父亲却在情感上缺席，在心理上疏远。普尔尼玛写道，孩子与妈妈的交流更容易，因为她的语言、手势和反应都很有吸引力和充满活力。

父亲有沟通障碍；他的讲话微妙而正式，很难理解其含义。每当孩子遇到问题时，无论是情感上的、教育上的、人际关系上的还是性方面的，孩子都会更喜欢与母亲分享并寻求帮助。当母亲倾听并理解孩子时，父亲会提供建议和指导。

阿玛亚再次沉浸在电子邮件中。

"这是一个谜；只有母亲才能怀孕。我深思熟虑，找到了一个很简单的原因：女人怀孕不仅是生理原因，也是她愿意成为母亲、抚养孩子、看着孩子长大成人的原因。她爱她未出生的孩子，并在孩子出生时将爱延伸到孩子身上。一名妇女准备为她所怀的孩子承受九个月的痛苦。她保护未出生的婴儿免受一切危险，热切地等待着婴儿的到来，唱着摇篮曲，日夜抚摸着婴儿，将婴儿抱在怀里，每当婴儿哭时就给婴儿喂奶。这是父亲不愿意表现的纯粹而简单的爱。现代科学可以在男性身上培育出子宫，但男性心理是反对生育和养育孩子的，因为男性厌恶自己肚子里有孩子。女人的心理则恰恰相反。她准备好承受身体上的痛苦，愿意承受分娩的创伤和抚养孩子的痛苦，她将其转化为无尽的快乐。她在任何情况下都会保护她的孩子，甚至是父亲，并在保护孩子的过程中忍受痛苦。在痛苦的分离中，母亲对与孩子见面的渴望是难以形容的。"

阿玛亚突然停止了阅读。"是的，Supriya，我对你的寻找是艰巨的、永恒的、深不可测的。只有母亲才能理解。同样，当你在我体内诞生时，你就开始寻找我。当你离开我的时候，寻找我心爱的女儿就变成了一种痛苦的追求，一种永无休止的追求。结束寻找母亲的旅程固然好，但永远不要结束你的旅程，因为旅程结束时最重要的是航程本身。您正在寻找的人就在她附近，但是当您找到她时，新的搜索开始寻找某人或某事或一个新的目的地。这就是生命的意义。从一开始就没有结局、连续体或结束。"阿玛亚确信普尼玛在听她说话，她又停了下来。

"今天一整天，我都在翻阅父亲的旧档案，"普尔尼玛写道。"突然，我发现了一堆我母亲的旧医疗报告，装在一个白色信封里，是由昌迪加尔、德里、伦敦和帕洛阿尔托的不同医院签发的，我的父亲和母亲在那里度过了几年的学生时光。有几份报告来自马赛一家医院，我父亲带我母亲在那里接受了一系列体检和手术。六年来大约有二十份来自医生的报告，主要是妇科医生、产科医生和肿瘤科医生。帕洛阿尔托一家医院的报告提到我母亲永远无法怀孕。昌迪加尔的一家医院表示，我的母亲在中年时患卵巢癌的几率高于平均水平。我的母亲在马赛接受了两次手术，切除了有缺陷且无法产生卵母细胞的卵巢，以防止未来的癌症生长。我傻眼了，看了报道，还没有从震惊中回过神来。

"我不明白，我的父母怎么会对你玩这么残忍、最阴险、最恐怖的游戏。这是一个骗局；你成了他们的受害者。我的父母对这种邪恶行为同样负有责任。我的父亲在巴塞罗那大学的食堂里不怀好意地遇见了你，用他的演技迷惑了你，用他的行为引诱了你。我确信他可能给你服用了治疗阿尔茨海默氏症的违禁药物，将其与白葡萄酒混合，让你陷入幻觉的世界，并让你怀上一个孩子。我发现你总是心情愉快、充满爱心、关心和信任。你在产房里处于轻度但持久的昏迷状态，医生对你进行了剖腹产来接生我。我父亲没有提到你昏迷了多久，但他确信没有医生能确定昏迷的原因。我母亲从马赛第一天到达医院，告诉医院当局她是她的妹妹。十八天以来，我妈妈每天二十四小时都陪伴在你我身边。最终，我父亲说服了医生，允许他将婴儿转移回家以获得更好的护理和舒适，而不是将我留在医院里，而你正处于昏迷状态。在接受了所有必要的疫苗接种后，我父亲带我去了莲花，你在巴塞罗那的家，我的父母在同一天晚上前往曼彻斯特。我再次震惊地从父亲的档案中发现，医院记录中母亲的名字是伊娃。在马德里产科医生诊所出具的医疗报告中，你就是伊娃。再说一次，当你第一次去巴塞罗那的医院时，你的名字叫伊娃。这是一场有预谋的犯罪行为，我的父母对你做出了不可饶恕的欺诈行为。你对我父亲的信任远胜于对你内心的信任，但他从来不爱你、尊重你，不认为你是一个有情感、有心理需求、有尊严的个体。他践踏了你的生活，没有任何愧疚感。请原谅我父亲犯下的罪行。我需要为他的罪行接受惩罚。阿玛亚停止了阅读。她的眼睛湿润了；她能感觉到泪水从她的脸颊上滚落下来。"

"但是你为什么要为你父亲的罪行受苦呢,Supriya?"阿玛亚问道。

"这是超越界限的欺骗,为了让我母亲开心,给她心理上的鼓舞,把她从自杀倾向中拯救出来,我父亲做出了邪恶的事情。看来你的爱对于他来说是幼稚的、转瞬即逝的、脆弱的。我能感受到你所承受的折磨、你所承受的悲伤、你所承受的痛苦。你可能多年来一直在世界各地寻找我;你的心在燃烧,你可能会梦见我,甚至在睡梦中也想着我,渴望与我共度至少几分钟。你给了我最美丽的名字,Supriya,意思是最亲爱的。我崇拜你的爱、耐力、自尊、信念和决心。在不寻常的情况下,孩子会选择母亲而不是父亲,父亲无法承受生下她的人的眼泪,却可以忽略父亲的哀痛。"阿玛亚把这一段读了两遍。

"你是我最亲爱的妈妈。我理解你这二十四年来的痛苦。让我用对你的爱的无限爱拥抱你;我爱你,我亲爱的妈妈。我可以叫你妈妈吗?

你的苏普里亚。"

阿玛亚默默地抽泣了一会儿。"亲爱的 Supriya,我爱你。"Amaya 在心里说道。这确实是一个永远改变生活的欺骗,令人难以忍受,令人震惊,超乎想象。即使二十四年过去了,她仍然记得每件事。当时是晚上六点左右。阿玛亚睁开眼睛的时候,出现了一群医生,花了一些时间才看到他们。"伊娃,"她听到有人叫道。"伊娃,你会没事的。不要闭上眼睛。"医生说道。医生扶她坐在床上。她可以看到许多管子连接到她的身体上,医生将它们移除了。阿玛亚感到轻松自在,并开始意识到自己和周围的环境。"我的宝宝在哪里?"突然,她问道。"她没事,"医生回答道。"我想见她。请让我看看,我的宝贝,"阿玛亚恳求道。"你需要更多的休息;我们稍后会给她看,"医生保证道。

一名护士给阿玛亚橙汁喝。然后阿玛亚一直睡到早上七点左右。

"伊娃,你昏迷了二十二天。现在看来你已经没事了。"第二天她起床时医生说道。阿玛亚想知道医生为什么叫她伊娃。她惊讶地看着医生,但没有说什么。

"你一到这里就陷入昏迷,我们立即进行了剖腹产。你女儿很好;你也是。我们有点担心,因为找不到昏迷的原因。"医生讲述道。

"我的宝宝在哪里?"阿玛亚问道。

"她身体健康,精神饱满。你今天可以回家看看你的女儿了。第十八天你丈夫就带她回家了。我们发现没有必要让她住院这么长时间。"医生说。

"她还好吗?"阿玛亚问道。

"当然,她是。您的孩子是足月婴儿,出生于第三十七周。根据医院规定,产妇和新生儿在产后四十八小时后即可回家。由于您处于昏迷状态,我们考虑让孩子在医院呆更长时间。但后来我们就允许你丈夫带孩子回家了。"医生解释道。

"这么说,我的宝宝在家了。"阿玛亚微笑着说道。

"是的,她很好。你姐姐在这里照顾你和孩子,"医生说。

"我的姐妹?"阿玛亚有些惊讶地看着医生。她觉得有些混乱,医生可能在谈论别人。

"是的。你姐姐在孩子出生的同一天来了。她是一个很大的帮助,非常友善和关心。她把你们俩照顾得很好,"医生补充道。阿玛亚无法理解医生所说的话。这可能是一个错误的身份。

"卡兰在哪儿?"阿玛亚问道。

"他每天都在这里。你很幸运有这样一个有爱心的男人。过去的四天里,我都没有看到他在这里。""他可能在家里忙着照顾孩子。"医生回答道,好像她很小心地不伤害阿玛亚的感情,但阿玛亚感觉到的不对劲比医生解释的还要严重。

"这么说,这四天都是我一个人了?"阿玛亚问道。

"不用担心。我们在这里照顾您。我相信你的丈夫会照顾孩子的。"医生试图安慰阿玛亚。

阿玛亚吃了一顿清淡的早餐。她试着想一想自己的孩子,但脑子一片空白。然后阿玛亚接受了一系列持续约三个小时的医学检查。午饭后她小睡了一会儿,医生晚上五点左右回来了。"你很健康；不用担心，如果你愿意，今天就可以回家；否则，明天早上。两周后就可以带宝宝来了。"医生嘱咐道。

"请把账单给我。我可以转钱，"阿玛亚说。

"你丈夫已经预付了费用。你的账户里还剩下一些钱。"医生澄清道。

"让它在那儿；我们还会再来的。"阿玛亚说。

"顺便说一下，昨天晚上我试图联系你的丈夫；""他的手机好像没电了。"医生说道。

阿玛亚惊讶地看着医生。她想说些什么，但没有说。

"我要再试一次吗？"医生征求了阿玛亚的许可。

"谢谢你，医生，你的好意，但我会打电话给他，"阿玛亚回答道。

医生离开后，阿玛亚几次尝试给卡兰打电话，但据医生说，手机没电了。

一个小时内，医生带着婴儿出生证明的复印件回来了。医生告知，"我们已经向你丈夫签发了你女儿的出生证明"，并向阿玛亚提供了一份副本。

阿玛亚仔细阅读了 8 月 18 日发布的一页文件。婴儿出生日期为七月三十一日上午十一点三十分，性别女。父亲的名字是卡兰·A，母亲是伊娃·卡普尔。阿玛亚简直不敢相信自己的眼睛；她以为自己不在现实世界，感觉一动不动，无法再思考任何事情。她在那里坐了一会儿，看着女儿的出生证明。

医生回来了；给了她一份螺旋装订的医疗报告，一份一百页的文件。"请彻底检查一遍；我会帮你的。即使经过反复的测试和分析，我们也无法理解您昏迷的原因。从神经学角度来说，你的健康状况良好；你没有什么问题。但我们已经给你开了一些未来三个月的维生素片。明年每三个月咨询一次我们的神经科医生。"医生建议。

"当然，医生，"阿玛亚回答道。"现在，我可以回家了吗？"她请求医生的许可。

"我们的司机可以送你回家，"医生说。

"谢谢医生；我能应付。"阿玛亚向医生保证。

"保重，"医生一边与阿玛亚握手一边说道。

"我很感激你，医生，"阿玛亚回答道。

她的车停在医院停车场，阿玛亚开车没有任何问题。到家后，她发现车库空了，卡兰的车不见了，摩托车放在自行车马厩里。"他去哪了？"阿玛亚问自己。"卡兰，"她喊道，但没有回应。"卡兰，"阿玛亚又叫了一声。她意识到，现场没有人为她的内心感到颤抖。恐惧淹没了她。阿玛亚将车库锁在里面，并打开了房子的侧门；黑暗让她害怕。"卡兰，我是阿玛亚，"她喊道，回声在她耳边回响了好几秒。阿玛亚第一次在没有卡兰的房子里。阿玛亚以前从未在他们家的四堵墙内经历过他的缺席。阿玛亚打开电源，突如其来的光让她感到害怕。她无法忍受独自一人呆在家里的恐惧。"Supriya，"阿玛亚大声喊道，然后倒在了地上。她发现呼吸困难，但试图抬起头；它变得麻木，手脚冰冷，大脑一片空白。她什么也想不起来。死亡仿佛刺穿了她身体的每一个细胞。阿玛亚好几个小时一动不动。她在地上睡着了，直到早上。

尽管又饿又渴，阿玛亚还是在地板上呆了好几个小时，看着天花板。她看着墙上的吊灯、扇子、挂饰和画作。阿玛亚慢慢起身，走到厨房，打开装满食物的冰箱。她拿了一包炼乳，去厨房煮了水，准备了咖啡，站在炉边喝了满满一大杯。厨房的架子上放着燕麦包，她煮粥，加入牛奶和糖。阿玛亚端起一碗粥，走到餐厅，坐在桌边的椅子上，几分钟之内就喝完了。她仍然很饿，于是在冰箱里寻找其他东西。一个大碗里有海鲜饭；她倒了一些到盘子里，站在冰箱旁边，慢慢地吃着。

她感到精疲力竭、头晕目眩，倒在地板上，睡在餐桌边，梦见了苏普里亚。阿玛亚和罗斯一起在家里弹钢琴。突然，她听到轻轻的敲门声。"妈妈，有人敲门。去看看吧。"阿玛亚一边说着一边走到门口。打开它。罗丝跟在阿玛亚身后，站在她身后。阿玛亚看到一个穿着牛仔裤和 T 恤的高个子年轻女子站在她面前。"妈妈，我是你的苏普里亚；""你在医院里找我。"年轻女子微笑着介绍道。阿玛亚看着她；苏普里亚是她的复制品。"阿玛亚，她就是你，"罗斯在后面说道。"Supriya，"阿玛亚哭着跑向她，好像想拥抱她的摩尔。突然，阿玛亚睁开了眼睛，惊讶地发现自己躺在地板上。"苏普里亚！"阿玛亚喊道。"你在哪里？我正在寻找你。"她的声音沙哑。

现在是凌晨三点，墙上的钟滴答作响。阿玛亚坐在地上，环顾四周，从一个房间走到另一个房间时，她感到很震惊，因为噪音吓到了她。她经历了对黑暗、阴影、灯光、静止和沉默的恐惧。一种看不见的威胁正在逼近，她想象着危险盘旋在上空，造成极度的恐慌和焦虑。房子里到处都潜伏着某种东西；她开始出汗，心悸不已，极其警觉地环顾四周。她口干舌燥，浑身发冷，胸口疼痛，心跳加速。阿玛亚感到胃部翻腾、恶心，她跑向厕所，浑身颤抖，反复呕吐。窗台上有什么东西在移动，就像黑暗中爬行动物的影子，看起来很危险。她跑回餐厅，躲在桌子底下。晦暗和沉默让她感到震惊。这是对恐惧的恐惧，因为想到恐惧本身就很可怕。坐在桌子底下，她想要讨厌黑暗，为开灯、关灯而苦恼，明知道自己对黑暗的恐惧是没有道理的，但却无法控制自己的反应。光让她感到害怕，这里赤身裸体，赤身裸体，像一只正在生下小牛的海豚。

日复一日，对黑暗和光明的恐惧与日俱增，随着阿玛亚拒绝在卧室睡觉，她在餐厅里用几条毯子、床单和枕头做了一个摇篮，让她感觉更安全，恐惧反应也变得更加严重。有时她看到卡兰的头发在房子的不同角落里晃来晃去，就会大声尖叫。做饭的时候，阿玛亚把菜刀放在身边，随时准备使用，有时还会像武士刀剑士一样在空中反复挥砍，仿佛在与看不见的敌人作战。在马德里洛雷托时，阿玛亚看过黑泽明导演的《保镖与吉姆博》，她很欣赏片中的无名英雄。阿玛亚在枕头下放了另一把菜刀，像武士一样战斗。她从不关灯，晚上用薄床单盖住灯，因为绝对的黑暗让她担心，完全的寂静使她惊恐，无影的光困扰着她。正当她想睡觉的时候，她看到了万千深渊峡谷的边缘，出现了奇异的外星人的拳打脚踢和猛犸象的斗牛。阿玛亚感觉自己正在滑入一个超越自然的痛苦和死亡的世界。大型喷气式飞机大小的鸟儿在头顶盘旋，注视着祈祷，她躲在餐桌下，感觉自己正在滑入一个偏执和恐惧精神病的世界。

除了她的行为和思想中出现幻觉和妄想之外，一开始与自己失去联系的情况很明显。一些并不存在的生物出现了，她发现很难区分事实和虚构。幻象就像闪电一样，她听到了声音，闻到了不存在的气味。妄想压倒了她的心灵，造成了无尽的混乱，她甚至想用锤子敲打她的头或用压路机压死她。有时，她会像电视新闻频道一样主持辩论。她与其他讲法语、加泰罗尼亚语、尤斯克拉语、西班牙语、英语、印地语和马拉雅拉姆语的人进行无休止的争论，表现出精神分裂的症状，参与者徒劳地试图安抚她。刺耳的声音持续了好几个小时。受邀演讲者之间发生了斗殴事件。

阿玛亚的心情变了；有时，她笑个不停，对她大喊大叫几个小时，哭个不停，经历多日的悲伤和悲伤。她很难集中注意力、做饭、吃饭和睡觉。渐渐地，她的心里充满了焦虑，庆祝自己的孤立，并感到手脚协调困难。她洗澡、刷牙、梳头、洗衣服和打扫房子都有问题。她的忍耐力越来越低，压力越来越大，她就会对自己大喊大叫。半夜起床，她漫无目的地跑进屋内，却没有察觉到自己的想法和行为自相矛盾，显得有些陌生。阿玛亚在凌晨两点左右做了一场噩梦，开始在屋内漫无目的地奔跑，撞到墙上，摔倒在地，失去知觉，一直呆在那里直到第二天中午。她感觉全身剧痛，但并没有受伤，只是因为她能够充分而有说服力地思考，经历了一些变化。

阿玛亚已经在房子里呆了两个半月了，忘记了外面的世界，忘记了它的样子、颜色和声音。辽阔的地中海、巴塞罗那的海滩、老城的迷宫对她来说都变得陌生了。突然，她很想站在自家的南阳台上，看看游客们庆祝他们的夜晚。她放弃了恐惧和压抑，打开了门。看到阳光、看到世界、看到它不同的颜色、运动和变化，我感到惊讶。她在画廊里站了很长时间；尽管她感到孤独，但这还是改变了游戏规则。

那天晚上，阿玛亚睡在客厅旁边的卧室里。早上，她刷牙，洗温水澡，准备早餐。阿玛亚打扫房子、洗衣服、做饭直到下午。吃午饭的时候，她想到了晚上去海边。然后她去了书房。书都在那里，电脑完好无损。在查看电子邮件时，她发现有很多邮件在等她。阿玛亚惊讶地看到她的银行转来了一笔五千万卢比的转帐，这笔转帐是"一位不愿透露姓名的朋友"转来的。阿玛亚嘀咕道，这是血汗钱，是生孩子的代价。然后她默默地哭泣。

阿玛亚承认孩子的父亲偷走了她的 Supriya。"但他无法思考；"孩子是他买的。"她低声说道。

晚上，阿玛亚出去了。世界焕然一新，她脚步轻快。大约花了二十分钟就到达了海滩。海水蔚蓝，风平浪静，海浪轻柔，微风徐徐。海岸线色彩缤纷，有数百名儿童、妇女和男子。阿玛亚漫步着，试图享受自己的存在。她感觉自己与大海、海浪、海岸、天空、星星和整个宇宙融为一体。这是一次新的、温和的经历，她想保持头脑冷静，不要因为失去机会、关系恶化、欺骗和欺骗而生气。她漫步了很多公里，感到很高兴。晚餐是在小亭里吃的，炸鱼、鸡肉和海鲜饭；她站着，吃着食物，津津有味。阿玛亚想要忘记发生的一切。然后她就步行回家，一直睡到半夜。

早餐后，阿玛亚弹钢琴；音乐触动了她的心。看着自己的手指在键盘上移动，她感到很惊讶。钢琴与她的身体和心灵密不可分。她记得她深爱的母亲，她从她的阿妈、妈妈和妈妈那里学到的最初的人生课程，甚至还记得弹钢琴。教她古典音乐的洛雷托修女们也同样怀着同理心。晚上，阿玛亚在游泳池里游泳；漂浮在水中，看着蓝天。

每周一次，阿玛亚都会在城市街道上漫步一次，环顾四周，置身于人群中，聆听来自巴西、阿根廷、智利和墨西哥的小团体音乐家的演奏，访问西班牙、葡萄牙和法国，演奏各种乐器。他们的音乐有着独特的魅力；他们讲述了年轻夫妇的爱情和分离的故事。阿玛亚总是在他们的小猫里放一把钱。有一天，她看到一对身穿色彩缤纷服装的罗姆夫妇；年轻人和他的妻子一起拉小提琴和弹钢琴。阿玛亚请求这位女士允许弹钢琴，她同意了。他们一起玩了一段时间；然后，女人允许阿玛亚独自演奏。阿玛亚演奏了一些关于爱和团结的印地语歌曲，人群聚集在一起。她在键盘上创造了一个小时的魔法；这对夫妇很高兴，因为那天他们收到的钱是原来的两倍多。离开时，他们给了阿玛亚一部分钱，但阿玛亚微笑着把钱还给了他们。

阿玛亚感到孤独,回到家,仿佛没有什么能给她带来充分的快乐,她内心缺少了一些东西,孤独感与日俱增。随着空虚的扩大并吞没了她,烹饪、音乐或游泳都无法帮助她。这是一种非自愿的孤独,暴露在空虚之中,失去了人际关系,没有人分享她的生活。半夜,她突然站起来,想知道自己在哪里,为什么会在那里,阿玛亚环顾四周,认为她独自一人,完全孤独。她想要联系;她不知道该与谁交往、交谈和分享,但没有人。那里存在着一条无法逾越的鸿沟,一直延伸到无穷大,她多次试图将缺口闭合,但都没有成功。她没能建立起辛酸、温暖、令人安慰和顺利的人际关系。梦想和现实压垮了她,她像一张褪色的旧报纸一样,在失败中摔倒了。

她内心的声音告诉她,她缺乏陪伴,一种远离本应靠近、在她身边或在她内心的人的感觉。一种被排斥的感觉变得更加强烈;孤独感加剧,意识到无法与他人建立团结,缺乏真实性。她的土坯房的四堵墙里有些不对劲,空荡荡的,虚无:没有多余的脚步声,没有粗重的呼吸,没有移动的影子,也没有心爱之人的气味。没有人可以拥抱,没有灵魂可以问:"你好吗?你好吗?"或者打招呼:"嗨,Amaya!"空虚的存在、弥漫的虚无、空虚的浩瀚、孤独的深不可测,让她沉浸其中。她认识到潜在的拒绝、孤立、存在中的负面偏见的迹象,一种感觉,甚至最好避开她的父母,过隐士生活,成为一个把一切都留给空虚的桑雅生。

她将孤独地死去;恐惧正在破碎。不会有人注意到,因为她从里面锁上了所有的门;她的身体会退化和解体,空的头骨和骨架会躺在房子的角落或游泳池附近。阿玛亚放声大笑,但她那无皮无毛的脑袋却在嘲笑着她,问道:"我为什么要死?你为什么不寻找 Supriya,找到她,拯救你的小爱人呢?"我到哪里去找她?"阿玛亚一边问自己,一边跑向书房。一整天她都在电脑上搜索孩子和卡兰的下落。突然间,她发现自己甚至不知道卡兰的全名。婴儿的出生证明上,他的名字是卡兰·A。阿玛亚试图找到卡兰的个人资料或任何其他详细信息,但没有成功。她脑海中突然闪过一个念头;她对卡兰一无所知。他的父母、他出生在哪里、他属于哪个城市或州、他的地址、职业以及他是印度公民、西班牙公民、法国公民还是美国公民,这些都是有趣的问题。信任他，完全相信他，从不费心去询问他的任何事情。痛苦地试图记住他的脸，因为即使在电脑上也没有他的照片。在她穿越西班牙的长途旅行中，她从未点击过他的照片。当他们在家吃东西、弹钢琴、在游泳池里游泳或在海滩上散步时，她忘了给卡兰拍一张照片。记忆中，他的脸像海市蜃楼或初冬时苹果树的落叶一样憔悴。她对卡兰一无所知，她和卡兰住了一年，卡兰让她怀上了他偷来的苏普里亚。

阿玛亚，你为什么要隐居在这里？你要在这里停多久？你住在这里的目的是什么？她无法回答任何一个。*让我出去满世界寻找 Supriya*。这是一个果断的决定，她收拾好行李前往伦敦。但她不知道为什么选择伦敦，也不知道她要在伦敦的哪个地方寻找她的 Supriya，也不知道要花多长时间。阿玛亚两天内乘飞机前往伦敦。

寻找女儿

苏普里亚被绑架是阿玛亚一生中最痛苦的事件，她没能说服自己卡兰能做到这一点。她心里一阵颤栗，沉思着，持续了很久。失去亲人造成了痛苦和悲伤，而卡兰的行为则令人羞愧和痛苦。有时痛苦难以忍受，有一种头被机器挤压的感觉。屈辱带来了深深的沉默。她觉得与人交谈很尴尬，并避免看着他们。伦敦的每个人都知道她的故事；他们谈论这件事，嘲笑她，这迫使她继续隐居。她与充满外星人的周围环境失去了联系。与他人交往是一种屈辱的经历；她忘记了单词、短语和语言，甚至事物和地点的名称。经常记不住适当的动词来解释某个动作；她想知道如何通过语言描述她周围的环境并表达她对世界的理解。

阿玛亚变得孤独和悲伤，并开始恨自己没有走出酒店房间。她质疑着心中的一切，有时会想象管家每天的来访是为了绑架她的女儿，并疯狂地到处寻找苏普里亚是否安全。意识到苏普里亚和她父亲在一起，让她暂时感到安慰，但悲伤和羞耻立刻摧毁了她的情绪和心理平衡。她从来没有想过，因为对 Supriya 的安全的不断担心，可能会给自己带来不利的后果。到达伦敦不到一周，阿玛亚在穿过顶点角时在路口的另一边看到一对夫妇带着婴儿车在婴儿车里。突然，阿玛亚放声大哭，反复喊着女儿的名字，并向这对夫妇跑去。她挤过行人，试图过马路，马路人惊讶地看着她。到达另一边时，一名警察快步向她走来。"你怎么了？你为什么尖叫？警官问道。"我的宝贝，我的宝贝，"她呻吟着，指着大约五十米外的这对夫妇和婴儿车。她的话语颤抖着，身体剧烈的颤抖着，脚步也摇摇欲坠。用对讲机向下一位警察传递信息后，鲍比和阿玛亚一起轻快地走向这对夫妇，被前面不远处的另一名女警察拦住。当阿玛亚和警察站在他们面前时，这对夫妇脸上露出惊讶的表情。"他们不是，"阿玛亚呜咽道。"女士，先生，很抱歉给您带来不便。"鲍比向这对夫妇表达了歉意，夫妇俩立即恢复了轻轻地推着婴儿车的姿势，好像什么也没发生过一样。"女士,您没事吧?"第二个警察问阿玛亚。但阿玛亚并不在乎她在问什么,也没有反思她刚刚听到的话。

她漫无目的地徘徊了好几天,她害怕通过手势和面部表情看别人的脸。由于她不想看到卡兰的脸,所以她避免看别人的脸,但一想起苏普里亚,她的心就猛烈地跳动。试图在不记住卡兰面孔的情况下认出他是一场持续不断的斗争。每个过路人都是卡兰,对于即将与他相遇,内心都会颤抖。下周,她坐在国家特快长途汽车站,看着公交车乘客进出。接下来的一周,她一直在维多利亚长途汽车站和阿尔德盖特公交车站,以为只要他一出现,她就会跑向他,看也不看他的脸,从他手里抢走她的孩子。然后,她就会带着心爱的女儿轻轻地走开。

多次穿越地铁,回想起自己的英勇遭遇,扳过卡兰的双手,救下苏普里亚,她又笑又哭,忘记了周围的一切。她像一尊雕像一样站了几个小时,站在阿尔珀顿入口、伯恩特奥克站、古奇街站、莱顿站、阿诺斯格罗夫站、克罗克斯利站和伍德赛德公园站,怀疑地观察着乘客。每当有人靠近她时,她就转过脸,仿佛没有勇气与她目光接触。到达大象城堡后,一名年轻女子看着她摇摇晃晃的脚步,主动提出要帮她过马路,阿玛亚严厉地看了她一眼。"我不相信你,"她低声说道。

在伦敦的第二个月,阿玛亚连续几天没有吃东西,她认为去餐馆是一种自我侮辱,因为她必须在点菜时与服务员交谈。肚子饿了,她鼓起勇气来到格林公园附近的一家路边小餐馆,站了半个小时也没有点菜。她想要酒店的客房服务,但经常在拨打电话后更换听筒。"小姐,您打电话来了吗?"不断有人询问,阿玛亚宁愿保持死一般的沉默。第一个月,她在酒店里观看了波兰战争纪念馆,但后来,她把窗户关得严严实实,不与外界接触。她每天很难睡两个小时以上,而且已经分不清白天和黑夜的区别了。当她的时间概念变成了无限的秒和分钟的网格时,小时和天不再存在。经历的创伤是无限的;它把她包裹在寂静之中,但她永远都在与自己搏斗,以摆脱它的控制。

一种愧疚感让阿玛亚感到无助和不安,她咒骂自己信任卡兰而不质疑他的意图。有时她想知道他长什么样,或者他是否是真实的。但阿玛亚记得他的一件事:他有一头长发,这使他具有空灵的吸引力。阿玛亚从来没有恨过卡兰，因为她无法忘记他对她的爱、关心和保护，但也感受到他的不忠和欺骗的痛苦。她所承受的伤害，比希腊神话中的阿尔盖亚还要高出百倍。这是她意识到自己无法阻止自己遭受的巨大痛苦的现实，而这个人与她分享了一年的爱、信任、性快乐和亲密的陪伴。这种认知刺痛了她内心深处的自我，粉碎了她对自己和其他人类的信心。为什么以及如何发生在一个受过教育、理性的人身上，一个走遍世界各地，在不同情况下会见数百人并分析不同条件下人类行为的女人？她无法接受一个在最好的教育机构学习并毕业于新闻学和法律专业的人成为欺骗的受害者。她探究自己为什么会陷入这样的泥潭，良心不安地意识到，尽管她的智力不断扩展，推理更加敏锐，知识不断增长，但她的思想仍然狂野而不受控制。结果，她未能做出适当的决定来保护自己免受背叛和欺骗。

阿玛亚深知自己无法保护女儿，悲痛万分。她的身体和精神都生病了，导致她感到孤独、孤立，并且无法判断如何改善自己的状况；她不喜欢看镜子中自己的形象。狂野、蓬乱的衣服、凌乱的头发和凸出的眼睛让她感到害怕。用一张旧报纸盖住两面镜子——一张在卧室，另一张在卫生间——是逃离这些令人厌恶的人物的唯一选择。管家来之前，她每天都小心翼翼地把它们移走。但有一天，阿玛亚忘记从卫生间镜子上取下报纸。每天上门开床、更换床单、床罩和毛巾、补充日常所需的管家看到屏蔽镜都惊讶地叹了口气。"女士，您没事吧？"她看着阿玛亚问道。阿玛亚感到羞辱，在接下来的两天里将自己关在房间里。酒店经理敲了敲她的门，因为她没有出现在房间外面，而是被锁在里面。她与阿玛亚聊了半个小时，表达了对阿玛亚外表和健康的担忧，并询问她在没有适当的医疗保健和食物的情况下如何生存。经理立即打电话给住院医生去看望阿玛亚。医生给她开了一些药物，并建议她定期补充营养，并接受专业的心理治疗。

晚上，一位中年心理治疗师来到阿玛亚的房间看望她，她的出现给了阿玛亚信心。治疗师表示，她的作用是通过心理治疗帮助阿玛亚克服情绪问题并应对复杂的生活情况。治疗的目的是增强思想、增强感觉并体验整体情绪。是为了发展意识，让阿玛亚发挥她的能力和才能，目标是体验生活中的快乐和幸福。治疗师告诉阿玛亚，她可以自由决定是否参加距离酒店一公里的诊所的治疗项目。

阿玛亚走到诊所。大约花了十五分钟才到达。治疗师试图在第一次治疗中通过询问有关阿玛亚的基本问题来了解她，就像一次以目标为导向的访谈，但对话却自由流畅。阿玛亚告诉了治疗师一切：她在巴塞罗那出生，她的父母，在马德里、孟买、班加罗尔和巴塞罗那接受的教育。她讲述了她在大学食堂与卡兰的会面、他们在莲花的相聚、一起游历西班牙和法国部分地区、她怀孕、分娩以及失去苏普里亚的故事。治疗师听了阿玛亚的话，没有发表任何评论或价值判断，但阿玛亚感到安心。她正在等待一个可以与她分享感受、情感和故事的人。在第一次治疗结束时，治疗师告诉阿玛亚，她的思想造成了痛苦，而应对压力取决于她的资源。社会支持是一项重要资源，治疗师支持阿玛亚。她的支持过程可以提高她控制压力和引导思想的能力。阿玛亚在受控环境中连续十二天接受心理治疗，每天持续约两个小时。

治疗师声音清晰；她的语言充满意义。她可以毫不费力地感受到阿玛亚的想法和感受。她的言语和手势友好、热情、鼓励，以不带偏见的态度接受阿玛亚。阿玛亚认为治疗师表达了同理心，并且具有出色的倾听技巧。她告诉阿玛亚，她的思维过程最初会是关键但友好的，帮助阿玛亚在每个路口与她作为团队成员一起工作，以实现预定的目标。阿玛亚在讨论她的个人历史时经历了剧烈的情绪变化，她哭了，心碎了。有时她会表达愤怒，倾诉如洪流，每次治疗后她都感到疲惫不堪。

治疗师引导阿玛亚分析事实，评估她遇到的问题，利用她在解决问题中的洞察力并重新构建她的知识，以帮助阿玛亚实现身心健康。她有意识地利用自己的知识和技能发起 Amaya 来支持自己理解和解决问题。治疗师的积极态度，专注于让来访者了解自己。这让她意识到阿玛亚的思维过程对她有害，从而帮助阿玛亚找到应对压力的方法。此外，她还让阿玛亚检查她与卡兰的互动，为她转变思维、情绪和感受以从绝望和抑郁中恢复过来提供指导。在解释如何放松和实现正念时，治疗师给阿玛亚带来了希望、对生活的新鲜视角以及与他人的同理心、信任和关怀关系。所有互动都以客户为中心，治疗是一种自助练习。在十二次课程中，阿玛亚基本掌握了自己的思维过程，从经验中学习，创造了自我意识，并赋予自己自主决策的权力。这是学习自力更生，治愈她的精神创伤，减轻恐惧、羞耻和仇恨。治疗师要求她在接下来的三年里每年重复一次心理治疗；否则，就有可能复发。

在伦敦呆了四个月后，经过两周的心理治疗，阿玛亚乘飞机飞往日内瓦，但她不知道自己为什么要去那里、去哪里寻找苏普里亚以及要在那里待多久。阿玛亚从机场打车前往位于莱蒙湖（又称日内瓦湖）西岸的酒店时，天正下着雪。在参观圣皮埃尔大教堂时，阿玛亚注意到湖边一栋小建筑上贴着一张小海报："儿童社会工作需要志愿者"。透过玻璃门，阿玛亚可以看到房间内有一位女士在用笔记本电脑工作，门上写着："不客气，请开门。"里面很暖和。

"嗨，我是莉亚，"坐在座位上的人伸出手说道。

"嗨，莉亚，我是阿玛亚。我想和你一起做一名志愿社会工作者。"Amaya 一边介绍她给 Lea，一边和 Lea 握手。

"那太好了，阿玛亚；你可以从今天开始，"Lea 回答道。几个月后，当有人叫她的名字时，阿玛亚感到很高兴。

"当然，我已经准备好了，"阿玛亚说。

"我们有一个名为"*儿童关注*"的组织，由七名女性创立，我们称自己为社会工作者。我们致力于全球儿童的福利，特别是亚洲、非洲、东欧和拉丁美洲国家的儿童，主要涉及寄养、赞助、教育、营养和医疗保健等领域。我们积极废除童工、婚姻和虐待儿童，影响国际组织和成员国的政策制定者。儿童福利的各个方面都是我们关心的。*Child Concern* 没有固定职位；我们都是志愿者，"Lea 解释道。

那天阿玛亚在办公室里度过了一段时间，了解她的工作。志愿者社会工作者的工作领域有四个：筹款、资金分配、行政管理和现场监督。志愿者可以在*儿童关怀中心*工作一天到几年，但没有报酬，甚至没有旅行津贴。所有人都以志愿者身份加入，并发誓要诚实工作，不以《世界人权宣言》的名义滥用该组织的资金。组织中没有等级制度，没有人指挥或跟随任何人。发起*儿童关怀组*

织的七位女性都是职业女性，她们每天在总办公室或任何她们愿意的其他办公室待上大约两个小时。

同样，志愿者可以自由选择工作国家，也可以自由在另一个国家工作。那些工作超过十二个月的志愿者可以从政府、行业、公司、银行、组织、基金会、社团和个人筹集资金。全球数以千计的志愿者参与了筹款活动；他们筹集了大量资金。所有金融交易都是数字化的，没有现金交易。主办公室和分办公室的需求，如计算机、打印机、复印和扫描机、通讯仪器以及所有其他设备、文具和工具，均来自捐助者。有数百名捐助者支付这些费用，包括租金、税费、电费、水费和交通费，而且所有交易都是数字化的。

从事行政工作的志愿者对几个参与儿童福利工作的机构的项目提案进行了评估。评估针对每个项目的问题、目标、理由、效益和财务可行性。现场督导人员走访了项目提交单位，对其真实性、历史和意图进行了现场详细评估和评估。他们在*儿童关注组织*的内部网站上发布了全面的审查，以做出最终决策。项目建议书和评估报告再次经过行政部门社会工作者的认真研究。他们决定是否向该组织提供财政援助来实施该项目。该机构需要同意其资金仅用于项目目标。最后，负责分发的志愿社会工作者将发放六个月的资金。*儿童关怀中心*在六个月内完成了所有评估流程、现场监督、报告和资金发放。每个机构都需要以数字方式提交年度叙述报告以及经批准的特许会计师审计的财务报表。每个阶段都有检查和反检查。那些希望在*儿童关怀中心*工作超过一个月的志愿者从事行政或现场监督工作。他们的工作需要更多的时间进行项目评估、评估以及对申请资金运行项目的机构或组织进行实地考察。

在以《世界人权宣言》的名义宣誓后，阿玛亚加入了*儿童关怀组织*，成为一名志愿者社会工作者。她收到了政府网站的密码，该密码在作为志愿者的最后一天有效。行政部门有八名志愿者，她也在主办公室工作。阿玛亚的第一项工作是准备一份在所有国家前一天午夜加入的志愿者名单。总共有一百零四个，身份各异。她还整理了一份在关爱儿童组织完成工作的志愿者名单，为前一天退休的志愿者准备了一封感谢信，并将名单和证书发布在*关爱儿童组织*的网站上。

第二天，计算机建议阿玛亚评估南非一家非政府组织提交的一项项目提案，旨在帮助从事农业和家务劳动的儿童康复。该非政府组织主要由妇女管理，拥有约十年以不同身份从事儿童工作的经验，并在诚实和致力于反腐败工作方面拥有良好的记录。该项目针对大约四百五十名儿童，他们大多来自农村地区，他们一生中很大一部分时间都在农业和家务劳动中度过。大约百分之十五的儿童是文盲，百分之六十五的小学辍学。45%的儿童是兼职童工，例如每天工作时间少于四小时，而其余儿童每天工作八小时或八小时以上。拟议项目的所有受益人均年龄在 16 岁以下，其中绝大多数（例如约 61%）是女孩。尽管童工在南非属于刑事犯罪，但由于贩卖儿童，童工现象十分猖獗。它迫使孩子们在父母的帮助下从事危险的工作，以摆脱极端贫困。

该项目为期五年，目标明确，例如为所有儿童提供教育、住宿设施、营养食品、现代医疗保健、提高家长意识、社区参与和康复。该非政府组织将发起社区努力，为每年年满 16 岁的儿童提供教育和技能发展。所需的经济援助是每个孩子每月一百二十美元；尽管如此，社区将提供所有基础设施。阿玛亚认为问题解释令人信服，目标可实现，计划基于当地条件，社区参与设想强劲且适度的预算。Amaya 的评分为"A"，意思是"推荐"，她将其评估结果发布在管理网站上以征求第二意见。

下午，阿玛亚审阅了一份来自印度尼西亚的项目提案，并发布了第二意见，以及第一个评估该提案的志愿者的简短评估报告。请求是在十年内为四王群岛（由一千五百多个偏远小岛组成）的约万名儿童提供书籍。无法获得书籍造成了类似文盲的情况，对人类发展的质量产生了负面影响。这些岛屿上大约百分之八十五的儿童无法获得书籍，这迫使他们成为文盲。他们无法理解书面文字的含义。它对儿童的情感、个人、学术、社会和经济领域产生了深远的影响，影响了社会发展。项目提案中提到，孩子们没有机会得到一本书，缺乏阅读习惯。爪哇岛、巴厘岛、苏门答腊岛和四王岛环礁岛之间存在着巨大的差距，这些岛国缺乏公共图书馆。该项目设想在十年内使一万名女孩和男孩完全识字，并规定在未来的许多年里为子孙后代继续该项目。在评估了该项目提案后，Amaya 阅读了第一份评估报告，该报告给予该提案"A-Plus 等级"，这意味着"强烈推荐"。经过仔细、彻底的评估后，阿玛亚写下了"A"，表示"推荐"，并进一步指出了现场志愿者全面、严格的监督，因为大多数岛屿甚至连政府都无法进入。

阿玛亚每天花大约十个小时在*儿童关怀中心*；发现其办公室全年二十四小时工作，没有假期。志愿者们默默地工作，大多数大学生都在处理孩子们的问题。一些普通人在下班后去那里工作几个小时。每逢节假日和周日，医生、律师、银行家、工程师、建筑师、演员、艺术家和其他专业人士都会来到办公室，为他们从未见过或听说过的孩子们做志愿工作。这对他们来说是一种新宗教，因为他们相信儿童权利和人类尊严。在整个工作过程中，苏普里亚的记忆抚摸着阿玛亚的心，她认为自己正在通过非洲、亚洲、拉丁美洲和东欧的孩子们来照顾女儿。

Amaya 在接下来的几天内评估了十几个机构的六个月报告、年度报告和项目完成报告。对进度或完成报告进行评分是一项艰巨且艰巨的任务，因为有许多标准需要严格遵循。定量参数优先于定性参数，因为发展是一种观察到的现实，而不是感知到的现实。阿玛亚试图统计教育、营养、医疗保健、童工预防、虐待儿童和暴力等方面的增长指标。报告坚称质变没有抓住重点，因为它们在实现项目提案目标方面缺乏扎实的工作、变革和成长。那些只提出质变的人隐藏了他们的失败，因为没有实质性的量变就不可能存在质变。Amaya 坚持并要求非政府组织以量化的方式表明其项目的工作成果。她建议，如果非政府组织未能定量地实现其项目提案的目标，现场志愿者就停止进一步资助。

浮动医院对阿玛亚来说是一个新概念，因为这是她从孟加拉国收到的一个项目提案的标题。由于河流和水体众多，通过船只前往该国不同地区比通过公路更可行。孟加拉国项目提案一贯强调社会各阶层的广泛社区参与。水上医院就是这样一个概念，强调人们通过水体参与进来。该项目提案针对 100 万属于贫困线以下的 0 至 14 岁儿童。阿马亚注意到孟加拉国在教育方面快速发展，提供营养食品、改善健康状况、建立初级保健中心和健全的妇幼保健计划。该国政府注重人民的发展，鼓励数千个非政府组织与政府合作，消除文盲、饥饿、贫困和疾病。政府无法到达所有地方，但人们可以遵循他们的理念。浮动医院项目提案有明确的问题陈述、具体目标、明确且可衡量的活动、可论证的计划和可验证的预算提案。Amaya 为该项目标记了"A-Plus"，并将其发布在管理网站上以征求第二意见。

当天评估的下一个项目是一项旨在使大约两千名泰米尔埃拉姆解放军儿童康复的项目提案。项目建议书内容粗略，缺乏明确的问题陈述、具体目标、活动、量化的计划时间表和成果指标。提交项目建议书的机构不是注册组织，在斯里兰卡没有银行账户。尽管阿玛亚同情拟议项目地区的儿童，但没有理由批准该项目提案。她给出了"F"等级，意思是"拒绝"，并发布了它以征求第二意见。

在日内瓦，当她在*儿童关怀*办公室全力投入儿童社会工作时，幸福感在她心中萌芽。经过心理治疗，她的心情平静了；没有悲伤或沮丧，她的身体放松了。这项工作令人非常满意，数百名儿童从志愿工作中受益。她已经在*儿童关怀中心*度过了大约两个半月的时间，评估了五十四个项目提案并评估了超过三十五份完成报告。阿玛亚评判了勒克瑙关于北方邦强奸受害者创伤咨询的项目提案。该项目提案正在征求第二意见，第一位评估员授予了"A Plus"。一个由一群妇女创立的非政府组织提交了该提案。问题的陈述相当详尽，分析了其背景。该项目提案援引印度政府机构国家犯罪记录局的话说，印度平均每天发生七十五起强奸案，其中北方邦位居榜首，其中包括针对妇女的暴力犯罪。警方登记的强奸案仅占十分之一。属于执政党的政治家、民选代表和部长经常阻止警方报告显示其选区犯罪率乐观情况的问题。

该项目提案援引印度政府消息人士的话说，北方邦 95%的强奸受害者是达利特人，85%是未成年人或未成年人。在雅利安人入侵期间，印度拥有繁荣的文明。尽管如此，新来者还是击败了手无寸铁的土著人民，并奴役他们做卑贱的工作。

在北方邦的本德尔坎德地区，达利特农场工人的新新娘常常被迫在新婚之夜与"上层种姓"土地所有者同眠。该项目提案解释说，达利特人对于"上层种姓"来说是"贱民"，但"上层种姓"男性在强奸年轻的达利特女性时毫无顾虑。

该提案有具体的、切实的目标；设想设立配备合格专业人员的咨询中心，治疗遭受创伤的强奸受害者。该非政府组织提议在北方邦的主要城镇，包括瓦拉纳西、阿拉哈巴德、加济阿巴德、戈勒克布尔、勒克瑙、坎普尔、密拉特、诺伊达撒哈拉布尔和阿格拉，长期设立治疗中心。项目提案解释说，该项目为期十年，每年至少将有一万名强奸受害者获得心理支持和精神治疗。Amaya 对该项目提案给了"A Plus"评价，并将其发布给现场主管进行现场初步评估。

度过了最满意的三个月后，阿玛亚感谢莉亚和她的同伴允许她从事儿童工作。Lea 赞赏她的奉献精神和承诺，她告诉阿玛亚，欢迎她将来使用*儿童关怀组织*来提供志愿服务。阿玛娅将 Supriya 紧紧地抱在心里，她乘飞机前往音乐、华尔兹和轻歌剧之都维也纳，希望能在六月的第一天见到 Supriya 本人。

"音乐创造旋律，旋律创造欢乐。"从酒店出来时，阿玛亚在私人乐器博物馆上方看到了一块巨大的牌子。阿玛亚拿了票进去，一扇大玻璃门感应到她的存在，自动打开。这是一个奇妙的乐器世界，有数十种钢琴、小提琴、吉他、长笛、鼓和其他数百种不同尺寸和外观的乐器。"乐器创造出一种旋律，以特定的音符序列的时间包裹着，从一个音高到另一个音高都有节奏的运动。音乐之声是旋律、和声、音调、节拍和节奏的终极，而人类用声带无法做到这一点。"阿玛亚想起了罗丝的这句话。许多来自世界各地的游客都在认真地观看各种展示。阿玛亚在博物馆里待了大约四个小时，然后参观了维也纳国家歌剧院，欣赏莫扎特的《唐璜》的表演。她买了一张票，音乐会是一次神奇的体验，莫扎特的声音在大礼堂的各个角落回响。第二天，她骑自行车来到莫扎特位于多姆加斯的公寓，莫扎特在那里创作了《费加罗的婚礼》，这是一部精心制作的四幕歌剧，序曲欢快。随后，阿玛亚参观了《费加罗的婚礼》首次上演的 Frauenhuber 咖啡馆。

阿玛亚在 Rauhensteingasse 站了一分钟，莫扎特在这里度过了他的晚年，并创作了未完成的《安魂曲》。她在莫扎特最后的安息地圣马克思公墓的一个没有标记的坟墓里跪了一段时间。当她站起来时，阿玛亚看到一个女人站在她身后。

"嗨，看来你很欣赏莫扎特，"她说。

"当然，我很喜欢他，"阿玛亚回答道。

"我是卡洛塔，"女人伸出手说道。

"我是阿玛亚，"阿玛亚说。

"我是一所学校的校长；如果你有空的话，请参观我的学校。"卡洛塔给了她一张卡片，说道。

"当然，"阿玛亚回答道。

"明天早上九点我可以等你吗？"卡洛塔问道。

"我会在早上九点到达那里，"阿玛亚确认道。

早上，阿玛亚骑着自行车到达了学校，学校的现代化建筑掩映在绿树和操场之间。卡洛塔正在她的办公室附近等她。

"嗨，阿玛亚，欢迎来到我们学校，"卡洛塔向阿玛亚打招呼。

"嗨，卡洛塔，周围的环境看起来很漂亮，"阿玛亚评论道。

卡洛塔微笑着，带着阿玛亚来到她办公室附属的客厅。她告诉阿玛亚，她在学校工作了十年。那是一所初中，有八十二名学生，完成四年小学教育后入学。奥地利有 Volksschule（小学）和 *Gymnasium* （中学）。一个孩子六年入小学后，又在那里学习了四年。此后，初中为四年，高中为四年。卡洛塔的学校由政府管理，共有 82 名学生，除了两名音乐老师、两名体育和游戏教练、两名图书管理员和五名行政人员外，还有十名教师。音乐从一年级开始就是必修课，每天都有音乐课，包括学习至少一种乐器，而且大多数学生掌握了不止一种。

喝完咖啡后，卡洛塔带着阿玛亚来到音乐室，里面有十多个隔音隔间，每个隔间都分配了一种特定的乐器。每个摊位里都有两到三名学生在练习。卡洛塔问阿玛亚弹奏什么乐器，阿玛亚说她从母亲那里学了钢琴，后来在马德里洛雷托修道院的修女们的指导下完善了钢琴。其中一个隔间里有三架钢琴，卡洛塔告诉阿玛亚她可以弹奏其中任何一架。阿玛亚更喜欢九十七键的贝森朵夫，并开始演奏莫扎特的《幻想曲》。卡洛塔惊讶地看着她玩耍，着了迷。完成装饰作品后，卡洛塔向阿玛亚表示祝贺，带她去见其他老师，并向她介绍了她。卡洛塔询问阿玛亚未来三个月是否可以在维也纳工作。经过短暂的沉默和思考后，阿玛亚说她将在维也纳待到十月。然后卡洛塔微笑着问她是否有兴趣在九月底之前给学生们教音乐。阿玛亚深思熟虑后表示愿意。她表示很荣幸接受卡洛塔的邀请。突然，卡洛塔站了起来，拥抱了阿玛亚。"我很高兴有你。我们的学生肯定会受益；你还可以教他们一些他们喜欢的流行印度电影歌曲。"阿玛亚笑了，这是大约十一个月后的第一次微笑。

第二天，阿玛亚就加入学校四个月了。对于阿玛亚来说，这是一个新世界。她每天四门课各教一小时。最初，她为学生演奏并教授了一周的印地语电影歌曲。"Awaara Hoon"，"Aaj Phir Jeene Ki"，"Dum Maro Dum"，"Kabhi, Kabhi Mere Dil Mein"，"Aap Jaisa Koi"，"Dheere, Dheere Aap Mere"，"Tujhe Dekha"，以及其中的大多数受到学生的热烈欢迎。卡洛塔告诉阿玛亚，学生们喜欢这些歌曲，并且经常高度评价他们的老师。阿玛亚知道师生关系主要基于教学的公平性和质量以及学生的知识、技能和态度的培养。她满怀热情地提前解释了自己要教的内容，并且不忘将幽默融入到课程中。学习对学生来说变得很有趣，因为阿玛亚利用他们的兴趣来发挥自己的优势。她将莫扎特、贝多芬、巴赫、勃拉姆斯、瓦格纳和德彪西等伟大作曲家的生活事件融入教学中。

入校一个月后，对 Amaya 的表现进行了评估，绝大多数学生给了她"优秀"的评分。一周之内，卡洛塔在九月下半月告诉阿玛亚，初中最后一年的所有二十名学生，十一名女孩和九名男孩，以及五名老师，将参加为期十天的游轮航行，从维也纳到黑海。这是为了体验集体生活，了解多瑙河沿岸的人们的社会。此次航行的另一个主要目的是观察自然、沿岸生命，以及多瑙河沿岸和黑海沿岸十个国家的生态、环境、天气和气候系统。学生们会表演音乐会、华尔兹和歌剧。卡洛塔邀请阿玛亚参加这次航行，赞助人是一位前学生，她和丈夫一起拥有几家欧洲乐器店。阿玛亚感谢卡洛塔的邀请，表达了自己加入学生的意愿，并向卡洛塔承诺，她将帮助学生准备航行前和航行期间的所有活动。

德国、奥地利、斯洛伐克、匈牙利、克罗地亚、塞尔维亚、罗马尼亚、保加利亚、摩尔多瓦和乌克兰都是多瑙河国家，此次航行将为师生们开启一个新的体验世界。从九月初开始，卡洛塔、阿玛亚和另外三位随行老师就忙着为学生准备和训练华尔兹、轻歌剧和音乐会。学生们在老师的帮助下单独或小组创作用于表演的音乐作品、锚定舞蹈剧本和歌剧剧本。

九月十五日星期一，二十名学生和五名老师的巡游开始了。这是一艘名为*多瑙鲁姆号*的小船，为所有乘客提供设备齐全的独立隔间，以及一个与餐厅相连的大客厅。有两个设备齐全的大厅，可举办音乐会、舞蹈和歌剧，设有座位，一间可容纳三十人，另一间可容纳五十人。图书馆、自助餐厅、健身中心、电影院、商店、水疗中心和利多甲板都位于长廊甲板上。三个大的开放式阳台可供观察自然。航行是早上十点开始的。船开动前，所有学生、老师和船员聚集在一起，演唱奥地利作曲家约翰·施特劳斯创作的圆舞曲《美丽的蓝色多瑙河》。师生们演唱了美国摇滚乐队 Journey 的《Don't Stop Believing》，赢得了热烈的掌声。歌曲结束后，从学生开始，大家进行了自我介绍。包括船长在内，共有十名船员。

多瑙河是欧洲最美丽的河流之一，起源于布雷格河和布里加赫河这两条河流汇入德国黑森林地区。它流经巴伐利亚高原，并通过运河与美因河和莱茵河汇合。在德国，奥地利边境，因河在帕绍与多瑙河汇合。多瑙河是欧洲第二长河，注入黑海，流经十个国家，全长两千八百五十公里。阿玛亚和其他师生来到阳台观看船的移动。河岸两旁的城堡和要塞显得雄伟壮观。

多瑙河作为国家之间重要的商业高速公路，除了构成许多国家的边界外，还成为它们的文化纽带。从德国沿着多瑙河有一条自行车道到黑海，从多瑙艾辛根到布达佩斯，这是很时髦的。维也纳郊外河两岸都是群山，波西米亚森林引人注目。船缓缓行驶，学生们可以欣赏到奥地利的自然美景，师生们的节日气氛也融为一体。他们中午聚在一起吃午饭，因为吃饭是一种庆祝活动。

不到三个小时，船就到达了斯洛伐克首都布拉迪斯拉发，一辆巴士正在等待学生和老师，载着他们游览这座中世纪的城市。他们在参观了市博物馆、德文城堡、圣迈克尔塔和几条街道后返回六点。小喀尔巴阡山脉内，靠近奥地利、斯洛伐克和匈牙利边境的交汇点，多瑙河流经峡谷，傍晚时分，阳光显得绚丽多彩。

晚餐后，七名学生和两名老师观看了一场以小提琴、中提琴、大提琴、低音提琴为主的音乐会。音乐总监介绍了她的音乐会成员和乐器。小提琴是一种独特的乐器。它的音乐解放了心灵，创造了生活的平静、幸福和满足。中提琴比小提琴稍大，声音更低沉。同样，大提琴属于小提琴家族，是一种弓弦乐器。音乐总监解释说，低音提琴也是一种弓形乐器，比小提琴大得多。音乐会持续了约两个小时。这部由一名学生编写的轻歌剧讲述了发生在奥地利乡村的一对女孩和男孩的爱情故事，引人入胜。九点三十分，所有学生和老师聚集在客厅，评估这次航行的计划和执行情况，历时半个小时，然后大家就各自睡觉了。

第二天，早餐后，大约九点，所有人都聚集在客厅，一起唱着"Break My Stride"开始新的一天。卡洛塔主持了对前一天活动的评估，评估持续了大约一个小时。学生和老师们看到了斯洛伐克和匈牙利之间的两个大岛。匈牙利一侧，多瑙河右岸是阿帕德王朝在阿尔福德平原和喀尔巴阡山脉山坡上修建的许多堡垒和大教堂。河流流域盛产水獭、黄鼠狼、狐狸、狼、黑熊、海龟和蛇。一位老师在讲解多瑙河生态系统时告诉学生，这是欧洲大陆上最长的沼泽地。在匈牙利的维谢格拉德，多瑙河变得狭窄，阿玛亚试图触摸河岸上的树木。

下午三点，船抵达布达佩斯。一辆巴士正在港口等待学生和老师。布达佩斯是一座令人惊叹的美丽城市，充满了城堡、教堂、广场、桥梁、博物馆、大道和最现代的建筑，是多瑙河上的女王。一段时间后，学生们更愿意四处走走，为家乡的亲人购买纪念品和礼物。阿玛亚突然想起了她的母亲，她在阿玛亚上学时带她穿越了欧洲和印度。从尼泊尔回来后，阿玛亚在孟买学校组织的一次短途旅行后为罗斯购买了许多礼物；其中有一尊打坐的佛像，是罗丝最喜欢的。当 Supriya 上学时，Amaya 会带她环游世界，当她去郊游时，Supriya 会为她的母亲购买礼物。她想从女儿那里得到任何东西，甚至是贝壳。

阿玛亚也在队伍中，首席小提琴手向学生和老师介绍了队伍。音乐会使用的乐器有钢琴、吉他、竖琴和长笛。钢琴涵盖了所有能够演奏出美妙曲调的乐器。最聪明的吉他；小提琴演奏家补充道，年轻人对它的外观、声音和敏捷性非常着迷。她补充说，竖琴代表音乐家的守护神圣塞西莉亚，代表天堂和希望，长笛为音乐会带来魅力和美丽。这是球队的精彩表现。直到九点三十分，男孩、女孩和老师们随着《Wannabe》、《Smells Like Teen Spirit》、《What is Love》、《Vogue》和《This is How We Do it》的曲调起舞。当天晚上，卡洛塔请阿玛亚主持评估。

第四天，阿玛亚注意到多瑙河上有许多岛屿，其中最大的是切佩尔岛。从船上看，多瑙河的支流德拉瓦河、蒂亚萨河和西瓦河气势磅礴，克罗地亚这片古老的土地迷人。学生们对所有活动都充满热情，许多人还记录了他们的观察结果。音乐会、歌剧、华尔兹等活动日渐热闹，全校师生积极参与；当晚音乐会使用的主要乐器是鼓、贝斯吉他和钢琴。"击鼓可以对人类和动物产生深远的心理影响；即使是婴儿也能对其声音做出反应。音乐是情感自由、想象力和人类活动顶峰的总和。所有动物、鸟类、鱼类、植物和树木都会对音乐节奏做出反应，音乐节奏是文化和文明之间的共同语言，是团结一切的最强大力量。即使是宇宙也有它的音乐，所有星系都能理解，从宇宙大爆炸一开始就演变而来。"首席小提琴手在介绍团队成员后说道。

第二天，游轮在贝尔格莱德抛锚，师生们充分享受了城市游览和塞尔维亚美食。除了塞尔维亚，阿玛亚可以看到左边是罗马尼亚广阔的平原，右边是保加利亚的高原。许多教堂、城堡和堡垒，包括德古拉的布兰城堡，遍布各地，笼罩在森林茂密的特兰西瓦尼亚地区，受到喀尔巴阡山脉的保护。穿越罗马尼亚大草原和保加利亚高地花了很多天。多瑙河在途中形成了许多岛屿，在加拉茨之后，多瑙河开始抚摸摩尔多瓦的南端几分钟。学生们载歌载舞，期盼着到达黑海的目的地。早上，船进入了河流形成的三角洲。突然间，苏普里亚出现在了阿玛亚的心里，一种痛苦的感觉在她的脑海中蔓延，孤独感压倒了她，仿佛她周围什么都不存在。学生们正在庆祝，阿玛亚感到孤独，仿佛回到了苏普里亚失踪后在巴塞罗那的日子。

第九天，他们可以远远地看到黑海，第十天，游轮到达河口，景色诱人；学生和老师一起在平静的水域里游泳几个小时。阿玛亚站在船的阳台上，看了他们一会儿，然后加入了学生们的行列。她毫不费力地游泳，并与同伴和学生一起玩水球几个小时。

黑海中数百艘驶向乌克兰、俄罗斯、格鲁吉亚、土耳其、保加利亚和罗马尼亚的船只描绘出一幅幅全景。晚上，大家乘坐巴士前往卡塔洛伊过夜，赞助商安排了他们在城市的住宿以及第二天从图尔恰机场飞往维也纳的航班。学生们整个晚上都用音乐和舞蹈庆祝，阿玛亚、卡洛塔和其他老师也加入了进来。

在维也纳，卡洛塔对阿玛亚的积极参与表示衷心感谢，学生们也见到了阿玛亚，对她的鼓励和支持表示感谢。"你一直和我们在一起；我们不能忘记你。"他们异口同声地说。"女士，您美丽又亲切；你改变了我们的生活。我们爱你，因为你知道如何爱孩子。"让我们唱首歌来纪念你，"他们说。他们围着她围成一圈，唱着托尼•布拉克斯顿的《Un-break My Heart》。阿玛亚和他们一起跳舞，以为她是在和苏普里亚一起唱歌跳舞。她渴望与她相遇、玩耍，并与她一起远航，走遍江湖大海。

令她惊讶的是，卡洛塔和二十名学生带着一束玫瑰在机场向阿玛亚告别。这是阿玛亚新生活的开始，隆隆的维也纳音乐和孩子们安慰的话语在她耳边融合并回响了很多年。

"您是一位称职的老师，一位杰出的人。我觉得很幸运能够遇见你并认识你。请你再来和我们一起住吧。"卡洛塔握着阿纳亚的手说道。

"卡洛塔，谢谢你深思熟虑的话语；我很喜欢它们，"阿玛亚回答道。

卡洛塔拥抱着阿玛亚，补充道："你温柔又和蔼，作为一名忠诚的老师，赢得了良好的声誉。"

九月的最后一天，阿玛亚乘飞机前往赫尔辛基，但她不知道自己为什么要去。赫尔辛基，一座充满幸福人类的城市，非常迷人。街道迷人、干净、挤满了游客。但阿玛亚知道夏天很快就过去了，夜晚变得漫长而寒冷。从酒店房间的窗户，她可以看到大教堂的绿色圆顶；还有十二使徒的雕像，他们俯视着，寻找在那个无神论国家中很少见的信徒。她骑车环游世界上最安全的城市；漫长的冬季即将到来之前，餐馆里已经人满为患。阿玛亚想知道人类在爬上芬兰堡海上堡垒的台阶时克服挑战的顽强精神。波罗的海风平浪静。冰山的山峰出现在远处。到了十月，公园变得荒无人烟，大雪纷飞，阿玛亚感到孤独和悲伤。一种思乡之情包围着她。当黑暗让她害怕时，她想要有母亲的陪伴，渴望见到罗丝。十一月拂晓，寒风徐徐；白雪覆盖的城市街道看起来很可怕。阿玛亚从来没有意识到她在长凳上坐了多久，想着罗丝和苏普里亚。当伊莎贝尔来时，她坐在她旁边。伊莎贝尔的触摸温暖人心、充满希望且人性化。

"Esabel，谢谢你在餐厅提供的营养咖啡和热情的存在。感谢您陪我步行到酒店并将我带到安全的地方；不然的话，我就跟一条冻鱼一样了。我会永远记住你。"在离开赫尔辛基之前，阿玛亚给伊莎贝尔发了一封电子邮件，表达了她的感激之情。这一个人代表了芬兰的总人口。

罗丝回到了她的村屋，知道阿玛亚已经到了那里。女儿面容憔悴、郁郁寡欢、沉默寡言、孤独寂寞，一直活在自己的世界里。希拉斯的残余，对苏普里亚和卡兰的思念，她永远无法返回的家，一个从未存在过的家，折磨着阿玛亚，粉碎了她的敏感性和欲望。它像地狱的猎犬一样纠缠着她，把她的心咬成碎片，把肉片吐到心灵的镜子上；每一点都变成了伊甸园的蛇，诱惑着她，让她永远受苦。

罗丝说服阿玛亚离开房子的四堵墙，去享受阳光和新鲜空气，弹钢琴，参加内观课程来控制自己的思想，并恢复平静。三年后，菩提伽耶附近的那烂陀成为了她的目的地。

成佛

菩提伽耶看起来很古老。乘坐公共汽车前往那烂陀（那烂陀），那烂陀是一所古老大学的所在地，阿玛耶决定在那里接受为期十天的内观训练课程，她步行了一小段距离。古老破旧的建筑散布在两侧，就像波斯尼亚乡村被炸毁的建筑一样。然而，因德拉普什卡里尼湖看上去很平静，西岸的冥想中心在阳光下闪闪发光。

阿玛亚登记为参与者，到达内观中心，交出了她的笔记本电脑、手机、笔、纸和其他个人物品，但衣服和洗漱用品除外。十天的课程完全免费，包括吃住。有关于规则的简报。阿玛亚发誓，即使在离开内观中心（训练心灵发展智慧的基础）后，她在所有的交往中都遵循道德行为。这些规则包括保持身心的安静，避免与其他参与者目光接触，以及禁止偷窃、撒谎和杀害任何生命形式。饮酒、吸烟、饮酒、非素食食品和不当性行为均违反行为守则。宗教、祈祷、瑜伽、背诵经文和佩戴宗教标志不是内观的一部分。所有指示均来自老师的录音和录像。来自不同国家的约五十名男女参加了会议，会场里弥漫着深深的寂静。志愿者把阿玛亚带到她的房间，房间里有一张床和一间连接浴室。从窗户里，她可以看到那烂陀大佛寺的遗址，这是一个与佛教寺院生活相关的高等教育中心。

晚上，内观训练老师在大厅举行了迎新讲座。参与者聚集在一起，盘腿蹲在地上，将一只手掌放在另一只手掌上，形成心灵结合。志愿者们帮助每位参与者选择了自己想要的舒适姿势，导师深深地跪拜欢迎大家。老师用轻柔、准确、意味深长的声音解释内观是平静心灵的心理发展训练。这是一条将人从痛苦中解放出来、通往觉醒、进化意识以实现涅槃最终目标的道路。因此，内观是一种培养平静、正念、专注和平静的技巧，以实现在平静中获得快乐存在的内观。通过身体和精神的约束和模范努力，一个人可以训练思想并控制其活动。

导师将心比作海洋，海洋总是会产生波浪、风暴和海啸，平静心就像让大海安静一样棘手。如果心烦躁，整个身体都会受到影响，思想会衰弱，感觉会饱和，观察会迷失方向，言语会断断续续，智力会被破坏，人际关系会变得不对称。保持思想纪律就像开发一个强大的工具来完成预期的工作，这有助于实现其目标。为期十天的内观训练有助于将心发展为一种工具，使其保持在控制之下。内观不是治愈疾病的良药，也不是获得神奇力量的灵丹妙药。但是，通过简单的练习，一个人就可以完成对思想的控制，在此过程中，认识自我的简单性、赤裸性和整体性。老师说，通过了解自我的本质、维度和广度，实现自我的能力、容量和潜力，来赋予自我力量。观察身体的每个部分、它们所从事的不同任务、它们的角色以及形成的统一性都是冥想的一部分。它导致个体的身体、心灵、智力和意识的整体显现和凝聚力，从而导致开悟。改善一个人对自我、他人和世界的看法同样重要。"我们的想法就是我们自己，"老师说。"一个人从小就创造了自己，后天和先天在这个过程中起着主导作用，"老师补充道。改善一个人的观点有助于过上更好的生活，带来内心的平静、和谐、发展和快乐。成功生活的秘诀是活在当下，而不是徘徊在过去的危险地带或未来的荒野中。"随后老师解释了内观训练课程的时间表：

凌晨 4 点：晨钟。

4.30 am 至 6.30 am：在房间或大厅冥想。

早上 6.30 至上午 8:00：早餐和私人工作。

上午 8 点至 9 点：在大厅集体冥想。

上午 9 点至 11 点：在房间或大厅冥想。

上午 11 点至中午：午休。

中午 12 点到下午 1 点：与主管讨论。

下午 1.00 至 2.30：在房间或大厅冥想。

下午 2.30 至下午 3.30：在大厅集体冥想。

下午 3.30 至下午 5.00：在房间或大厅冥想。

下午 5 点至 6 点：在大厅集体冥想。

下午 6:00 至晚上 7:00：茶歇和个人工作。

晚上 7 点至 8 点 15 分：在大厅进行演讲。

晚上 8.15 至晚上 9.00：在大厅集体冥想。

晚上 9:00 至晚上 9:30：大厅内的问答环节。

晚上 9.30：熄灯

尽管不明原因地焦躁不安，阿玛亚睡得还算舒服，三点三十分左右起床，四点三十分到达大厅参加第一次冥想。她坐在地上，保持身体挺直，因为这个姿势是长时间冥想时所必需的。大约有五十名学员、几名志愿者和一名主管。阿玛亚开始冥想，专注于呼吸，将意识固定在吸气和呼气上，这在日常生活中是很自然的。她意识到每一次呼吸，集中注意力，因为呼吸从出生起就存在，并持续到她生命中的每时每刻，即使是在睡觉或昏迷时。呼吸是最熟悉、最一致、与生俱来的活动，但集中注意力却很困难。十天之中，有三天半的时间，她只专注于呼吸。她必须全神贯注于呼吸，才能控制和平静自己的思绪。老师提到，心灵的集中将为个人提供内在的秩序、平静和清晰，因为它是身心合一的行为。此外，呼吸除了可以缓解悲伤、痛苦和痛苦之外，还可以使身心集中在当前的现实上。

阿玛亚未经引导和未经训练的心智是软弱的、优柔寡断的，缺乏达到开悟所需的坚定性。它再现了过去的事件，从真实的情况跳到了虚幻的、想象的、奢侈的事情，开始陷入悲伤、悲伤和痛苦之中。为了摆脱痛苦的过去，心灵创造了一个幻想的未来，在一厢情愿的荒野中无尽地旅行，从不停留在当下享受存在的乐趣。她试图调整自己的思绪，专注于当下，但她发现控制自己的思绪异常困难。阿玛亚引导她的思绪不再徘徊在叛逆的过去或构建幻想的未来梦想，而是始终如一地为自己的目标而努力。持续练习专注于呼吸对于平静心灵至关重要，这是达到最终目标的唯一方法。

在冥想的过程中，心始终没有不动。它不断地抱怨、争论、解释、批评、嘲笑、纠正、辩论和判断。即使阿玛亚闭上眼睛，她的思绪仍然活跃而痛苦，让她想起自己的过去，以及当她从产房回来时意识到苏普里亚和她的父亲失踪时的极度痛苦。她的思绪带她回想起她独自在家里度过的痛苦的四个月，思考着孤独、对孤独的恐惧和令人心碎的欺骗。阿玛亚盘膝而坐，哭泣着，默默地回想自己的过去，产生压抑的情绪和压抑的想法。坐着时，她向后摔倒，头撞到地板上；跌倒造成的痛苦是难以忍受的。阿玛亚尝试再次盘腿坐，但发现很难，无法集中精力呼吸。不知怎的，她聚集了所有的力量继续冥想，克服恐惧、痛苦和折磨。

老师说过，专注呼吸是让心平静下来最有效的方法，她想丢掉过去那些浪费的包袱。她试图摆脱过去的痛苦，开始新的生活。她想为妇女、不受欢迎的女孩、被拒绝的母亲、受剥削的老处女和文盲儿童做点什么。她需要接受内观，训练自己的心，烧掉过去，成为一个新人。控制和约束心灵对于实现这一命运是必不可少的，即使心灵反复反抗或假装疲劳和疾病。头脑常常抱怨内观古老、不科学、经不起检验；最重要的是，其结果是不确定的和间接的。心灵不断地告诉阿玛耶内观杀死了她的个性、地位和个性，把她扔进一个燃烧欲望和梦想的熔炉里。内观训练课程结束后，她的身体、精神和智力就像植物人一样，会夺走她所有的主动性和信心。她将过着托钵僧的生活，云游四海，化身为寄生者。头脑试图吓唬她。阿玛亚告诉心灵要安静，不要干涉她的个人决定。她解释说，她选择接受为期十天的调解是经过深思熟虑的计划；她独自承担了这一切，并完全清醒地接受了它。

她的姿势不舒服，造成身体疼痛、精神痛苦和内心的情感冲突。有时，心灵会告诉她罗丝独自一人在家，以此来敲诈她。她可能遇到了意外，需要帮助和关心她的女儿。在极少数的情况下，心灵告诉她，冥想超过五分钟就会导致她发疯；她会在街上徘徊，人们会向她扔石头，警察可能会拘留她。阿玛亚突然想起她在海德公园与两个鲍勃的会面。时间已接近午夜，附近有人坐着或行走。阿玛亚没有注意到站在她身边的警察。

"小姐，你喝醉了吗？"一名警察问道。事情发生得很突然，阿玛亚很惊讶；她看着他们就知道他们是谁。

"不，先生，"阿玛亚回答道。

"你无家可归吗？"还有一个问题。

"不。我住在附近的一家旅馆，"阿玛亚说。

"那你怎么这么晚才来？"警察想知道。

阿玛亚没有回答。"我刚来这里，没想到已经太晚了。"她起身回答道。

"公园在午夜后关闭。有时，独自一人在这里很危险，"鲍比补充道。

"我从来不知道，"阿玛亚说。

"我们可以到您的酒店接您吗？"一名警察问道。

"不用了，我一个人去就可以。"我很安全。谢谢你的关心。晚安。"阿玛亚轻快地走开了。

"保重，女士。晚安。"她能听到一个温柔的声音。

那是一次与伦敦鲍勃的午夜邂逅。然而，当她突然意识到自己正在逃离内观的真正道路时，她的心成功地分散了她的注意力，把她带到了遥远的国度。她的心正在讨好她离开内观，以便她能够再次走遍世界寻找她的女儿。阿玛亚可以理解她的思想渴望放弃冥想过程，以便它可以统治她。压力战术持续了很长一段时间，阿玛亚开始警惕自己的心灵。

她决心连续几天绝对专注于呼吸将使她获得正确的思想和正确的理解：对自我和周围环境的认识和智慧。她的目标是创造一种独特的氛围，寻求纠正、控制和引导思想，将自己从消极、有害的影响中解放出来，并以全意识的方式过上富有成效、幸福的生活。但尽管她努力集中注意力于呼吸，她的思绪却无休无止地飘向自己的童年、青春期、青年时代以及在巴塞罗那度过的那一年。一想到四年来她在欧洲和印度寻找女儿，她的头就一直隐隐作痛。这给她带来了刺痛和悲伤，有时阿玛亚会哭泣，泪水从脸颊上滚落，她发现很难控制。她多次尝试控制自己的思绪，将注意力集中在呼吸上，但这是一项令人沮丧的练习，她挣扎着却没有成功。她的思想彻底主宰了她，践踏了她的感情，摧毁了她的目标，就像一场飓风，无法控制，漫无目的，具有破坏性。她认为通过专注于呼吸来监控心灵是失败的，因为心灵在荒野中驰骋，给阿玛亚带来了极大的挫败感。

当在房间里进行冥想时，阿玛亚感到绝望和失败，想到放弃十天的内观课程，在那烂陀和菩提伽耶的街道上徘徊寻求和平。一旦她起床，收拾好衣服和洗漱用品，并认为内观是一个骗局，这并不能帮助她控制自己的心。她的内心有无法表达的情感和痛苦；她想大喊大叫，有一种撕心裂肺、砸碎头、自我毁灭的感觉，突然有自杀倾向。

"阿玛亚，"她喊道。"你在干什么？你疯了吗？"她问自己。

"控制你自己，控制你的思想，"阿玛亚命令道。她突然意识到：放弃内观就像把自己交给秃鹫，交给心灵的独裁。她有两个选择：要么任由自己的思想摆布，要么控制思想；一种导致痛苦，另一种导致启蒙和幸福。阿玛亚可以自由选择其中任何一个，而她选择了后者，这是她一生中做出的最艰难的决定。她再次盘坐，闭上眼睛，用内眼看着自己。"专注于你的呼吸；看着你的鼻尖，"她引导着自己的思绪。

阿玛亚一动不动地坐着；她的呼吸注意力突然发生了变化。宇宙中只有一个存在，那就是她，只有她；她做了唯一的一件事，就是呼吸，她静静地坐着，很长一段时间没有思考任何事情，在一个空虚、虚无的世界里。

阿玛亚睡得很香，三点三十分左右起床，感到饥饿，记得自己没有吃晚饭，因为十天晚上茶歇后没有食物供应。晚茶只有一杯，但阿玛亚决定不吃晚饭继续内观。凌晨四点钟声响起，四点三十分她来到大厅，开始当天的第一次冥想。阿玛亚决定在严格控制下让自己的思绪安静下来，专注于呼吸至少一分钟。她知道，通过控制心智的不断练习，她可以体验到开悟，而最好的技巧就是专注于呼吸。阿玛亚想要消除所有消极的想法、态度和仇恨，灌输同理心、仁慈、谦逊和谦逊，以增强意识。她知道她有坚定的决心克服过去和现在的欢乐，通向帮助他人、消除他们痛苦的幸福未来。她要净化自己所有的负面情绪，超越悲伤、哀叹，消除痛苦和悲伤，走在正义的道路上，获得光明。

内观不是呼吸练习，而是了解事物本来面目的开悟过程；阿玛亚记得老师告诉她要对现实或存在有正确的看法。禅修者可以体验浅或深，取决于定力的严格程度以及不带任何执着地了解自己的身体，从而成为一个人存在的观察者。所发展的意识并不局限于呼吸，而是渗透到整个身体的每一个活动中，例如坐、站、行、跑、观察、看、吃、玩、睡或任何人所做的事情。

通过观察呼吸，禅修者将学会观察人内在和外在的各种身体感觉，例如感觉、思想、意志和身体动作。通过掌握对心的控制，禅修者可以辨别感受是愉悦还是不愉悦，并且不带任何执着地觉知它的本质和来源。冥想者将变得有意识，身体成为与自我不同的实体。所以，喜欢或不喜欢身体对于一个人来说是没有意义的。

渐渐地，阿玛亚能感觉到鼻孔里有呼吸，那种感觉触碰着鼻孔最里面的部分，充满了鼻孔。进去时有清凉的感觉，呼出时有温热的感觉。感觉是一个独立的实体，就像呼吸一样，存在着三种不同的存在：身体、呼吸和感觉。阿玛亚感觉到空气在她的全身流动；她可以作为局外人观察它。然后，阿玛亚就可以心无旁骛地专注于呼吸大约两分钟了。这是一项成就，因为思想服从了她的指示并沿着她选择的道路行驶。

那天的开示是关于佛陀教导我们要避免走两个极端，一是纵容身体，二是自我折磨，既卑鄙又无用。这对阿玛亚来说是一个启示，她更愿意走中间道路。阿玛亚询问如何在问答环节中延长注意力。主管告诉她，要心空地看着墙上的一个虚拟点，集中注意力看其他东西。阿玛亚了解到大脑需要更多的训练才能保持注意力集中，到第二天她会集中注意力更长的时间。还有一些关于呼吸、感觉、注意力和精神控制的问题。答案很简短，在一定程度上是为了在日常调解中练习。阿玛亚仔细地听他们讲话，将他们的内容内化到她的内观中。她内化了自己的进步，这是渐进的、持续的、来之不易的。阿玛亚睡得很好，一直睡到凌晨四点，听到铃声就醒了。

第三天黎明，阿玛亚四点三十分出现在大厅里。沉默融入了她的内心；她体验到了一种深沉、渗透、无处不在的宁静。她将自己分开，清晰地站立着，独立地观察自己的身、心、智。阿玛亚发出命令，他们就服从她，听从她的指示。她开始在行动中使用工具，没有激动或抵抗。当她不间断地将注意力集中在鼻尖上大约一个小时时，她经历了对她的感官、感觉、情绪、欲望和想象力的控制。即使闭上眼睛也能看到她的鼻尖。然后，她把注意力集中在上唇和鼻根之间的三角形上；她觉得自己正在获得力量，可以掌控自己的身体和思想。她从三角形的底部慢慢行进，经历了每一个原子、粒子和细胞。旅程是无尽的，她仿佛在无限的空间里遨游了亿万光年。这是一段直到她鼻子尽头某个特定点的旅程，这个点像宇宙一样广阔。这是一次永恒的参与，无空间的旅行，而她独自一人。然而，她认为她周围的宇宙是真实的和不真实的，有限的和无限的，连续的和无序的，短暂的和永恒的。

阿玛亚经历着无限的变化，但没有什么是永恒的。尽管如此，她仍然意识到她周围的一切，超越她，并且当她意识到她的意识时她很警惕。这些知识改变了她。她知道没有什么可以打败她，压倒她，因为她是有意识的，同时意识到她的意识，一种启发性的感觉，她内心的光芒，她存在的灼烧感，最内在的自我。

这种意识给她的思想带来了力量，给她的智力带来了方向。她集中注意力，没有感到疲倦、虚弱、倦怠或沮丧。然后她转向自己的身体，开始观察从脚趾到头顶的微小部分，这是一个渐进的过程，细致而费力。阿玛亚引导她的心灵去感受这种感觉，不加判断地深深地触摸它，没有先入为主的观念。心灵跟随她，服从她的每一句话和命令，每当她经历一种特定的感觉时，她就会再次停下来。她要求头脑深刻地观察它，而不是成为它的一部分，而只是一个外部观察者。阿玛亚逐渐意识到她的身体充满了数以百万计的感觉，就像拥有数十亿星系的浩瀚宇宙一样，是独立的、明亮的和令人满意的。身体的每个部位都是一个座位，是感觉和感受的宝藏。这对阿玛亚来说是新的知识，她以前从未理解过。突然，阿玛亚知道她是感觉、感受和意识的整体，但与它们不同，就像锅不是粘土，光不是太阳，美丽不是玫瑰，因为它们是粘土的创造物，太阳和玫瑰。这种感觉是她的创造，与它分离且独立，是一个独特的实体，是减去本质的存在。阿玛亚独自站立、独自观察、独立存在，不受周围物体的影响；一种与悲伤、痛苦、痛苦和痛苦分离的理解，因为它们是她的创造，而不是她的存在。

阿玛亚独立存在。她将自己的感情与头脑分开，意识到自己对自己的感情拥有主权。因此，他们不应该支配她。由于缺乏这种认识，她遭受了无尽的痛苦；在那之前，她认为感觉和感受就是她，它们与自我密不可分。当一个人将感觉、情绪、身体和心灵视为个人的亲密部分时，痛苦就来了。新的认识是，他们不是她，随着对这种分离的了解，阿玛亚变得占主导地位，并决定她再也不会成为痛苦的奴隶。

阿玛亚将她的身体视为一个独立的实体，与她的存在不同，因为它是她存在的外在表达。感觉是她对身体变化的感知，感受则是感官的后遗症。作为一个独立的实体，她可以站在自己的身体和情感之外。阿玛娅一旦陷入感情的泥沼，她就会痛苦万分，无处可逃。只有当她意识到自己是一个独立的实体，而不是感情的一个组成部分时，逃脱才有可能。当感情占据主导地位时，痛苦的破坏就变得显而易见。当沉思时，她的思维变得强烈和专注，阿玛亚开始花大量时间思考她可以将她的思维转变为消除痛苦的有效工具。她意识到心灵需要训练、持续的监督和指导。否则，心灵就会变得具有颠覆性、强制性和自主性，给她带来痛苦，而痛苦将持续到死亡。

心灵可以作用于自我之外的物体，帮助智力分析和解释物体，创造知识。在自我的注视下，心与客体的关系是牢固的，这会引发正念。阿玛亚称之为对心灵的实践训练。心灵的适当专注是内观的结果，阿玛亚在冥想的第三天就学会了这一点。在与主管讨论时，阿玛亚询问如何带来持久的改变。

"你唯一想改变的人就是你自己，所以专注于你的思想，控制它并训练它，"主管回答道。

这对阿玛亚来说确实是一个启示，因为她无权改变任何人，因为改变必须从内部开始，因为其他人可以做他们的工作。专注的头脑将成为这种变化的中心，因为只有自我才能指导头脑采取行动，而其他人则无法。把一个人锁起来，关进监狱，除了心灵之外，没有人能奴役她。监狱那难以逾越的围墙只存在于心灵之中。当自我警觉时，头脑永远无法成功囚禁自我。消除心灵的背叛行为对于战胜痛苦至关重要。

"幸福的秘诀就是不断发展你能成为什么样的人，"离开家去那烂陀时，罗丝说道，阿玛亚还记得她的笑脸。阿玛亚沉思着罗丝所说的话，因为幸福是开悟不可或缺的一部分。个人可以通过专注于身体和思想，将它们视为独立的实体，将自我作为站在它们之外的观察者来持续发展它。身体和心灵中发生的事情不应该影响自我；它奴役了自我。控制思想是获得幸福的唯一途径。自我能够认识到它的真实本质，并引导身心按照自我的方向发展，从而幸福就会变得谦逊。结果，幸福将取代存在的痛苦。

那天的开示是关于苦的生起和灭尽。妄想是心游移的表现，它会抑制意识，从而使感觉、感受和情绪变得突出，而贪爱就会主宰个体。观察他们，通过专注来控制心，并在抑制心的同时专注于心，这是至关重要的。持续的心训练和深度的专注将会导致对心的掌控，将自我从身体的束缚和心的俘虏中分离出来。只有心灵的解脱，痛苦才能消除、消灭。心灵需要摆脱过去的妄想和未来的欲望。头脑就是子宫，愤怒、嫉妒、嫉妒、悲伤、哀伤、痛苦、自我憎恨、绝望、杀人行为和痛苦都在子宫里萌芽。"在孤独中，一个人会认识到自己的本质，"这是当天的最后一条信息。阿玛亚一边走回自己的房间，一边回想起这段话，心里充满了"崇高的思想"。对于阿玛亚来说，内观成为一种持续的练习，以远离不善的权宜之计，限制思想以实现她存在的圆满。能量的解放、觉醒和开悟是最后的步骤。她开始评估一切，检验事实的真实性，意识到教义、经文、宗教和信仰是有害的，会造成痛苦。这是一种认识：任何能带来福利、消除痛苦、创造快乐和开悟的事物都是善的。平静与安宁是个人的命运，在这样的环境中，个人、家庭和社区都充满欢乐。它既丰富又美丽。

阿玛亚睡着了，没有思考任何事情，没有任何感觉，没有噩梦，因为她的头脑没有妄想和幻想。第二天，在冥想时，阿玛亚体验到了极乐，意识到她就是她存在的圆满，是她让她快乐。任何外在的力量都无法否认她对生活的满足、对快乐的选择。她意识到悲伤和痛苦不是她存在的一部分；她是一个人。如果她决定的话，她可以远离他们。贪婪、仇恨、嫉妒、嫉妒、骄傲、仇恨行为和自私会导致痛苦。昏睡、冷漠和冷酷给人类和动物带来痛苦，帮助他人获得幸福和启蒙是每个人的责任。对身体享乐的渴望、对物质和思想的奴役导致了痛苦；阿玛亚沉思着。相比之下，深度的沉默和对人的感受的反思会增强幸福感。她在沉默中寻找自己，意识到除了自我之外，不存在任何超自然的、更高层次的体验。

阿玛亚沉思着她的母亲，母亲建议她在睡觉前参加过去三年的内观训练课程。

"妈妈，我很感激您。您建议我参加内观禅修，从而改变了我的生活。它让我变得面目全非，帮助我了解我是谁、我的能力和潜力。现在我相信行动，而不仅仅是思考和担忧；我的思想已经成为我可以使用的工具，而不是思想将我用作破坏的工具。我战胜了苦难；活着、体验觉醒、启蒙是一种快乐，"阿玛亚在心里背诵道。突然她想起了罗丝的话："要幸福，你只需要两件事：健康的身体和健康的心灵。"阿玛亚分析了母亲的话，发现：她拥有健康的身体，但试图获得健康的心灵。夺回它，让它充满活力、听话，是她的责任。心神平静，阿玛亚四年来第一次安稳地睡到了早晨。

阿玛亚在新的一天将她提升到了一个她以前从未发现过的现实新境界。它是二维的，了解自我并意识到真正的了解。她站在身心之外观察身心。人们意识到她的身体和心灵与自我不同，它们在她体内独立存在，但没有她就无法发挥它们的存在。然而，身体和思想可以征服自我，破坏她的思维模式并改变她的思维过程。结果，她将成为思想的奴隶。纵容自己的身体，她就无法体会到身体几乎所有部位所产生的无数种感觉。为了克服身体不受头脑的支配，必须修习内观，启发她站在身体和头脑之外，将它们视为纯粹的物体。对于阿玛亚来说，这是一种启示性的智慧，即了解身心的基本本质，同时了解它们作为她知识的对象的智慧，她称之为伴随智。她创造的第二个意识是了解自己的意识，她称之为反射性知识。阿玛亚拥有巨大的内在活力；它将她从感觉、感知、想象和判断的奴役中解放出来。她变得强大，意识到"她知道她知道"，没有人可以强迫她改变她的原则、价值观和决定。只有她才能将自己从悲伤、痛苦和磨难中解放出来，也只有她要为自己的行为负责。

自由、责任和义务的实现是阿玛亚反身性知识的核心成果。它是摆脱一切的自由，灵性，宗教，上帝，意识形态，政治立场，迷信，成见，成见，嫉妒，嫉妒，自我玷污的态度，自我蔑视，自卑情结，优越感，自我压迫，自我折磨和自欺欺人。她所经历的反射性知识不是抹杀、贬低和污损，而是赋予她力量、增强她的存在、庆祝她的存在、行动的自由和完全享受她的生活。不是滥用它来征服或贬低他人；这是为了重建关系、增强希望、重拾有意义的生活。这是一种免于剥削他人的自由，但赋予他们实现其新生潜力的能力。阿玛亚反思了责任和关系，因为不做某事或强迫某人做某事会产生后果。它是多维的，包括偶然的、法律的和道德的，她的道德责任观念是对人类的。尽管如此，并不存在先入为主的道德和普遍秩序。阿玛亚通过内观获得的反射性知识是她一生中获得的最强大的工具。

在接下来的几天里，阿玛亚冥想了觉醒与和平。两者相互关联、不可分割，对于幸福生活至关重要。开示中，老师要求禅修者回到各自的位置时观察周围的一切，不要夸张。为了幸福共存和觉醒，必须对世界进行客观评价。

"生活不应该太快或太慢，因为这会导致身心鲁莽，对周围和内心发生的事情缺乏认识，"老师继续说道。

将心灵从不必要的负担、愤怒、报复、敌意、性幻想和快乐中解放出来对于获得启蒙至关重要，因为不健康的生活方式会破坏客观和批判性思维。尽管如此，提出问题还是必要的，只有彻底的提问才能得到答案，因为探索是阿玛亚所学到的所有变化的基础。

即使是最珍视的价值观和教条，也不要害怕质疑。阿玛亚决定成为一个不害怕质疑和揭露生活中的虚假和不实的人。没有人超越询问的门槛；没有人是完全神圣的。一切事物的存在都存在因果关系，这种关联是推理的基础。原因应该是你的行为和信念的基础；任何超出理性的东西都是迷信。信仰没有理由；因此信仰就是幻想，阿玛亚告诉自己。

阿玛亚从最后一天的调解中学到了很多东西，这帮助她做出了人生中的重要决定。当她引导自己的思想集中注意力时，她体验到了聆听内心自我的快乐：生活中拥有的东西很少，只使用最需要的物品。物质事物会奴役她，因为它们会产生依恋、渴望、嫉妒和羡慕。扔掉让她依赖的物品。同样，对有限的空间感到满意也让她感到满足。吃健康、充足、有营养的食物，但节食不应该成为一种时尚。食物甚至会让和尚发疯，因为暴食是邪恶的。阿玛亚决定在中午之后避免独自一人进食，因为两顿饭就足以维持健康的生活。

她认为，获取新知识、创造知识、为自我实现和他人福祉而努力、每天保持充足睡眠以保持快乐和满足至关重要。阿玛亚意识到需要准时起床，集中精力保持活跃和高效。

接受无法控制的情况，但对生活、世界和宇宙抱有科学的态度。你无法阻止太阳升起、月亮闪亮、星星闪烁、黑洞形成、引力和季风期间的降雨。环顾四周，看看事情是如何发生的。观看日出、光线、天空、星星、云朵和阵雨，观察季节，向动物、鸟类、植物和树木学习。看连绵起伏的山峦、森林、瀑布、河流、湖泊。享受海洋的美丽和壮丽，因为海浪可以教给您许多人生课程，因为它们是持续不断的，并且永远不会厌倦它们的活动。你周围的一切都是美丽的、迷人的、充满挑战的。阿玛亚告诉自己要与你合一，与世界合一，与宇宙合一。始终对受苦受难的人抱有同情心。相信团体的力量和人类的团结。最后，每天做内观，起床一小时，晚上一小时；这是一个坚定的决定。

当为期十天的内观训练课程临近时，她发现自己内心一片寂静，这彻底改变了她。当痛苦的日子结束后，阿玛亚内心充满了喜悦，她找到了启蒙、觉醒，并最终获得了内心的平静。她的内心充满了平静，因为她能够克服自己的消极情绪、自我中心和昏昏欲睡。生活是为了建设性的活动、新的概念、想法、结构和事件。阿玛亚了解到，这是一个关于创造和娱乐、建设、重建和开放自己迎接新可能性的持续传奇。

阿玛亚知道十天的课程只是一个开始，而不是结束。她需要每天继续沉思的生活，将其发展成为自我不可分割的一部分，并保持智力上的活力。她的生活将成为内观的生动体现，以消除她多年来背负的沉重负担。挣脱束缚她身心的枷锁，给她带来了难以想象的痛苦。内观可以永久地减轻她的痛苦，消除无边的烦恼，提供清晰的生命形象、真实的心性、智力和意识，以达到希望、和平与安宁。阿玛耶离开那烂陀时，坚定地决心将内观融入她的日常生活。她每年都会回到那烂陀或菩提伽耶一个月，参加为期十天的冥想，并在剩下的日子里做志愿者。

罗丝一进家就拥抱了阿玛亚；她注意到阿玛亚的变化是明显的、生动的、持久的。阿玛亚看起来很清醒，她的触感温柔、关怀和友善。

"妈妈，我已经永远改变了；最初带来了难以忍受的痛苦，但后来变得崇高而持久。内观已经进入我的头脑、智力和心灵。我爱它就像爱我自己的一样，它已经成为我生活的一部分。"阿玛亚坐在母亲身边，讲述了她内心发生的事情。

"我可以观察到你的变化；你看起来谦虚、富有同理心、节制和充满爱心。我已经找回了我的女儿，她是一个成熟的成年人，她的生活中有很多事情要做，"罗斯感叹道。

"是的，妈妈，我想开始新的生活。我决定从事法律工作，这是一种帮助遭受剥削、征服和酷刑的妇女的建设性媒介。我想帮助尽可能多的女性伸张正义，减轻她们的痛苦，"阿玛亚解释道。

罗丝平静地看着女儿；她能感受到阿玛亚的信念、意图和决心。"这是一个好主意；我全力支持你，"罗斯肯定道。

当尚卡·梅农从孟买来见他的女儿时，罗斯和阿玛亚讨论了这个问题。

"阿玛亚，这是一个有意义的想法；你可以做得很好；你是帮助需要法律帮助的妇女的最佳人选，"他一边拥抱女儿一边说。

几天之内，Amaya、Rose 和 Shankar Menon 访问了科钦，为 Amaya 寻找住所兼办公空间。经过三天的紧张搜寻，他们找到了距离法院约三公里的一处别墅。尚卡尔·梅农（Shankar Menon）购买了它；把它送给阿玛亚。房子的一部分，包括一间起居室、两间卧室、一间阿玛亚改建为住所的厨房，以及四个用作办公用途的房间。罗斯监督了住宅区的内部结构改造，并建造了壁橱、橱柜、架子和家具。她购买了电脑、打印机、复印机和办公室必需的电子设备。

罗斯与尚卡·梅农（Shankar Menon）一起订购了有关人权、司法、社会学、心理学、经济学、社会活动主义以及科学和人工智能最新发展的法律书籍、期刊和出版物。有一个专门的马拉雅拉姆语、法语、西班牙语和英语部分，包含大约一百篇小说和诗歌。罗丝送给她几本关于佛陀和内观的书籍，阿玛亚很珍藏。罗斯送给阿玛亚的最漂亮的礼物是一架钢琴，阿玛亚和罗斯一起演奏了几个小时他们最喜欢的音乐。

在开始法律实践之前，阿玛亚授权一家国际机构出售她在巴塞罗那的别墅、家具、电脑、书籍、摩托车和汽车，并在三个月内将诉讼费用捐赠给*儿童关怀组织*。她的银行里有八千万卢比，卡兰已经将血汗钱转入她的账户，阿玛亚将这笔钱捐给了印度各地的女孩教育。

阿玛亚在一位资深律师的指导下执业了两年，这位律师对她进行了严格的培训，以培养她的技能和态度，并成为一名成功的法律从业者。阿玛亚学习了面试、起草、在法庭上提交申请、基本法庭程序、礼仪以及雄辩、有力和逻辑性的案件陈述，从而形成强有力的论点的基本课程。阿玛亚从她的前辈那里学到了最重要的教训之一，她在法庭上穿着僵硬的白领和黑色长袍，并谦虚地称呼法官"我的勋爵"或"大人阁下"。这位高年级学生告诉阿玛亚，许多法官都是利己主义者和自恋者，他们爱他人，并将他们视为神。

当阿玛亚开始独立执业时，要成为一名有效的律师是很困难的。法官和律师同事中的腐败、裙带关系、种姓主义和宗教偏见让她感到惊讶，这是她以前从未遇到过的。阿玛亚第三年代表一个部落的妇女团体时，获得了妇女团体和活动人士无与伦比的掌声。多年来，这些妇女遭受森林官员和木材商人、采矿大亨的性剥削和经济剥削。阿玛亚在揭露这些违法行为时经历了死亡威胁、社会抵制和职业禁令。阿玛亚以真实的文件和统计数据为重点，讲述了十几个因强奸而出生的儿童及其受剥削母亲的不为人知的故事。判决结果对受害者有利，正如公众和妇女团体所期望的那样。法院判给受害者相当大的赔偿，并判处约 12 名森林官员和商人长期监禁。此案改变了阿玛亚在法律界的地位，在接下来的十五年里，她成功地帮助人们克服了痛苦。

在阿玛亚庆祝她执业二十周年的那天，她接到了一位身份不明的年轻女子的电话；这个电话再次超乎想象地改变了她的生活。几天后，阿玛亚才知道这名年轻女子正是她被绑架的女儿苏普里亚。周五晚上，她睡不着觉，因为第二天，也就是接到电话的第十五天，她将第一次去昌迪加尔与女儿见面。

午夜时分，阿玛亚注意到手机屏幕上有一条来自苏普里亚的新消息："妈妈，我想为我父亲的罪行赎罪；但我不能离开他。唯一的选择是……"这是一条未完成的信息，但其中的含义却让阿玛亚心里猛然一震。"不，苏普里亚。"别胡思乱想。"阿玛亚喊道，苏普里亚话语中隐藏的行动短暂地打破了阿玛亚的平静。这是未来许多年遭受苦难的可怕预兆。随即，阿玛亚发来消息称，她将在下午两点左右如期抵达昌迪加尔机场。睡眠障碍仍在继续，她的思绪纠缠在即将到来的灾难中，她的头脑也焦躁不安，想要摆脱徒劳的泥潭。尽管只睡了一个小时，阿玛亚还是在凌晨四点起床。完成内观后，她向苏南达发送了一封电子邮件，授权她代理自己的案件，此外，她还可以在长假期间管理阿玛亚的办公室（如果有的话）。她进一步授权苏南达如果一年内无法返回，可以出售阿玛亚的遗产，并将收益捐赠给*儿童关怀组织*。

九点的航班从科钦起飞；只用了三个多小时就到达了德里。经过一个下午的转机航班后，阿玛亚抵达昌迪加尔。见到女儿的兴奋是被动的，因为她将面临的悲剧的痛苦令人震惊。阿玛亚耐心地站了大约十五分钟，但没有人在等她。她心中潜伏着的恐惧多于失望，是灾难即将来临的预兆。大约花了二十分钟的时间，到达了苏普里亚的住所布谷鸟巢。阿玛亚可以看到卡兰·阿查里亚博士制药公司的总部。现场人潮较多，院内还停着几辆电视台、报纸、警察部门的车辆。没想到，阿玛亚一动不动地站着，因为一辆铺着白色床单的担架被警察推上了救护车。

"先生，我是 Adv Amaya Menon，Poornima Acharya 博士的顾问。我想立即见到她，"阿玛亚向一名警官介绍自己。

"女士，很抱歉您今天无法见到她。她因涉嫌谋杀而被捕，"该警官说。

阿玛亚一时间无言以对。"我什么时候才能见到她？"阿玛娅恢复平静后问道。

"我可能无法肯定地说。即使是周日，她明天也会被带到地方法官面前，并可能在接下来的十四天内被警方或司法机构拘留。"

"作为她的律师，我有权会见她，"阿玛亚坚称。

"我知道这。但你需要获得地方法官的书面许可才能会见她，"警官澄清道。

阿玛亚看到摄影师和新闻记者跑向一辆停在房子入口处的警用吉普车，女警官推入吉普车，一名用黑布蒙住头部的妇女。

"苏普里亚！"阿玛亚一边叫着，一边朝吉普车跑去。

"女士，您不可以和她说话。"警察拦住阿玛亚说道。

阿玛亚打开手机了解最新消息，各个电视频道都在直播。"卡兰·阿查里亚医生昨晚十一点左右去世了；他五十五岁了。他是Acharya 制药公司的董事长。阿查里亚医生因车祸昏迷了三个半月。医学报告证实他的脊髓严重受损。因此，他这两天一直处于危急状态。他的妻子伊娃·阿查里亚（Eva Acharya）博士三年前死于卵巢癌。Acharya 博士有一个女儿，Poornima 博士，她是公司的首席执行官。他在德里学习，在伦敦和加利福尼亚州帕洛阿尔托进行研究，在昌迪加尔工作，成为国际知名的外科医生和科学家。阿查里亚博士二十五年前开发了一种治疗阿尔茨海默氏症的药物，后来因其可怕的副作用而被禁止。医学界和国家领导人对他的英年早逝表示最深切的哀悼。"

阿玛亚可以想象会发生什么。"我需要保护我的女儿，"她对自己说。

随后，突发新闻："昌迪加尔警方逮捕了卡兰·阿查里亚博士的女儿、阿查里亚博士制药公司首席执行官普尔尼玛·阿查里亚博士，罪名是涉嫌谋杀其父亲。逮捕发生在周六下午。闭路电视录像显示，普尼玛医生于周五晚上十点三十分左右给她父亲注射。她没有在治疗日志中输入详细信息。在过去三个半月里照顾卡兰·阿查里亚医生的两名医生认为，到周五晚上十点，阿查里亚医生已经死亡。另一位医生表示，这是未经授权的安乐死。但普尔尼玛博士尚未否认谋杀指控。"

阿玛亚于周一早上前往法庭，并获准会见苏普里亚。下午三点左右，阿玛亚到达警察局，看到一名妇女坐在看守所的地板上。当女人看向墙壁时，阿玛亚只能看到她的后脑勺。

"Supriya，"站在上锁的铁栅栏外面的阿玛亚低声叫她。

"是的，妈妈。"女人头也不动地回答道。

"我想为你申请保释，"阿玛亚说。

"不，妈妈。你不需要申请保释，"该女子回应道。

"为什么？"阿玛亚问道。

"我想通过受苦来弥补我父亲的罪行。他对你犯下的罪行是不可饶恕的。由于他无法受到惩罚，所以我决定在接下来的二十四年里在监狱里度过。"该女子解释道。

"Supriya，这将是徒劳的。他已经不复存在了。请允许我为你辩护，"阿玛亚说道。

"妈妈，您爱我。我只能用我的痛苦来回报你的爱。如果我不受苦，我就是自私的，我不会有平安。我读过您的出版物；惩罚是赎罪的必然结果。所以，我必须入狱，因为没有其他选择。"该女子澄清道。

"Supriya，你还年轻，未来在等着你。您可以通过您的药品帮助数百万人。考虑一下生活中光明的一面。"阿玛亚试图说服这位女士。

"同样，我继承了父亲的名字、名誉和财富；他的罪行也是我的遗产，只有把我关进监狱才能报应。我想受苦。"女人解释道。

"保护你是我的职业。不要考虑我们之间的关系。"阿玛亚说道。

"为了保护我，你需要向法庭撒谎。但你保证真相和正义。我在某处读到过，你是一名普通的内观修行者；我相信你是。仅靠真理无法赢得诉讼，但说谎则违反内观原则，你讨厌这样做。所以，为我辩护是不道德的。"女人的态度很明确。

阿玛亚反思了一段时间。女儿所说的内观和真相深深地触动了她的心。"Supriya，你的父亲于周五晚上十点左右自然死亡。知道他死了，你在十点三十分给他打了一针。到了午夜，你给我发了这条消息，这是事后才想到的，"阿玛亚说。

一阵长时间的沉默。然后女人慢慢地、从容地说："妈妈，你知道真相，但在任何情况下，真相都不一定反映正义。当真理与正义发生冲突时，必须与真理站在一起。但没有正义，真理就是空的。我并不是否认真相，而是坚持正义的义务。我不能躲在真相背后，否认正义。这是道义上的要求，我无法逃避。我必须受苦，因为这是我唯一的选择，因为我的父亲深深地冒犯了你，而他已经不复存在了。他的罪行呼唤正义，只有我能惩罚他。再说了，我没有退路，因为你是我的母亲，他是我的父亲。请不要为我辩护。如果你阻碍我，我可能就得像俄狄浦斯一样在昌迪加尔的街道上苦修一辈子。再见，妈妈。"

"再见，苏普里亚，"阿玛亚转身离开时说道。

第二天，阿玛亚乘飞机前往雅加达；有一个转机航班飞往拉贾安帕群岛的瓦伊塞。在那里，她加入了*儿童关怀组织*，成为一名现场志愿者社会工作者，一生为浩瀚海洋上数千个无名岛屿的孩子们分发书籍。

关于作者

Varghese V Devasia 在特里凡得琅的洛约拉学校教授英语。他是孟买塔塔社会科学研究所前教授兼院长，也是塔塔社会科学研究所图尔贾布尔校区的所长。他曾任那格浦尔大学 MSS 社会工作学院教授兼校长。

他获得哈佛大学司法成就证书、印度班加罗尔大学国家法学院人权法文凭、申巴甘努尔圣心学院哲学毕业、孟买塔塔社会科学研究所社会工作硕士学位、社会学硕士学位拥有 Shivaji University Kolhapur 学士学位，那格浦尔大学法学学士、硕士和博士学位。

他在犯罪学、惩教管理、受害者学、人权、社会正义、参与性研究等领域出版了十多本学术参考书，并在同行评审的国内和国际期刊上发表了许多文章。他是短篇小说集《大眼睛的女人》（由伦敦奥林匹亚出版社出版）和小说《上帝祖国的妇女》（由 Book Solutions、Indulekha Media Network Kottayam 出版）和《独身者》（由 Ukiyoto Publishing 出版）的作者。，海得拉巴。他写了一部马拉雅拉姆语中篇小说，由卡利卡特的 Mulberry 出版社出版。Varghese V Devasia 因其处女作小说《上帝之国的妇女》而荣获由 Ukiyoto Publishing 颁发的 2022 年度作家奖。他住在喀拉拉邦科泽科德。

电子邮件： vvdevasia@gmail.com

www.ingramcontent.com/pod-product-compliance
Lightning Source LLC
LaVergne TN
LVHW041712070526
838199LV00045B/1307